히구레 민토 지음
ILL 나포 NAPO 일러스트
이서연 옮김

몬스터님의

MONSTER
TAMER

거베라
아라크네

아사리나
기생식물

마지마 타카히로
고등학교 2학년

"선배, 오랜만입니다."

쿠도 리쿠
고등학교 1학년

"릴리……."

"앗, 저, 저기……."

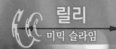

릴리
미믹 슬라임

Contents

MONSTER TAMER

몬스터의 주인님
6

히구레 민토 지음 | **나포** 일러스트 | **팀에스비** 옮김

커버·권두·본문 일러스트 | **나포**

01 산사태 자리에서 ~케이 시점~

사람 머리만한 흙덩이가 산에서 우르르 떨어져 나갔다.

몇 초 만에 흙덩이는 풍덩 소리와 함께 벼랑 아래에 있는 계곡에 물기둥을 세웠다.

물의 흐름이 빨라 시끄럽게 소리가 울렸다. 몇 미터에 걸쳐 붕괴된 산길 끝에 선 채 하얗게 거품이 이는 수면을 바라보며, 나는 얼굴에서 핏기가 가시는 것을 느꼈다.

"······타, 타카히로 씨 쪽은? 어떻게 됐어?"

황급히 주위를 둘러보았다. 하지만 여기까지 함께 여행을 한 사람들의 모습 대부분이 보이지 않았다.

갑자기 우리 앞에 나타나 공격한 '위타천' 이노 유나를 물리치기 위해 마나 씨의 지시에 따라 산사태를 일으킨 것은 거베라 씨였다. 이어서 마나 씨는 자신의 몸을 미끼로 삼아 섬광의 마석으로 기습을 가했다. 이 기습은 성공했지만, 동시에 타카히로 씨 쪽까지 휘말리고 만 모양이다.

"진정해요, 케이."

동요한 것을 감추지 못한 나의 모습을 보고 있을 수 없는지, 기사 갑옷을 입은 시란 언니가 말했다.

"성급하게 굴면 안 됩니다. 이런 때야말로 차분하게 생각해야 해요. 잘못된 선택을 하면, 정말로 돌이킬 수 없게 되니까요."

본래 근엄한 얼굴이 더욱 단호하게 굳어 있었다.

"언니……."

"산사태에 휘말리지 않은 사람은 우리뿐인 것 같군요."

나와 다르게 이런 긴급 상황에서도 냉정함을 유지하는 언니는 안대에 가려져 있지 않은 푸른 왼쪽 눈을 이 자리에 남겨진 다른 한 사람에게로 향했다.

"그런 것 같다."

거미 다리를 구사하여 벼랑을 올라온 거베라 씨가 고개를 끄덕였다.

온몸이 흠뻑 젖어 있다. 일행이 산사태에 휘말린 것을 알자마자 그녀는 계곡으로 뛰어들었다. 빈손으로 있는 것을 보아하니, 유감스럽지만 수확은 없는 모양이다.

"크웅……!"

우는 소리가 들려 나는 시선을 떨궜다.

커다란 꼬리를 축 늘어뜨린 새끼 여우의 모습이 보였다.

"아야메도 무시했구나."

이 자리에 있는 것은 넷이 전부였다. 나는 몸을 숙여 작은 몸을 안아 올렸다.

"어라? 하지만 아야메는 타카히로 씨 근처에 있었던 것 같은데……."

"아무래도 주군이 던져서 이쪽으로 보낸 모양이군."

물에 흠뻑 젖은 긴 머리카락에서 물을 짜내며 거베라 씨가 대답했다.

"붕괴에 휘말리지 않도록 하기 위함이었겠지. 실은 카토 공이 섬광의 마석을 사용한 직후, 소녀는 바로 주군이 있던 장소로 거미줄을 날렸다. 그러나 아무것도 포착하지 못했지. 아무래도 주군은 어떤 의도를 갖고 소녀보다 한발 앞서 움직인 모양이야."

그렇게 말하는 거베라 씨는 조금 안심한 듯 보였다.

"……무너진 바위 밑에 깔린 자는 없었다. 다들 물에 빠져 떠내려갔다고 보아도 되겠지."

그것을 확인하기 위해 아까 물에 뛰어들었던 모양이다.

거베라 씨가 멀리 시선을 보냈다.

"주군의 기척은…… 제법 멀군. 이곳은 물살이 빨라. 그럴 만도 하지."

"거베라 공. 이 경우, 신경 써야 할 사람은 마나 공이 아닐까요."

시란 언니가 말했다.

"이 정도 산사태라면 마력을 제법 다룰 줄 아는 타카히로 공은 문제없겠지만…… 마나 공은 아니죠. 걱정됩니다."

"음. 그것도 그렇군. 바위 밑에 깔린 자가 없다는 것은 확인하였으니, 일단 카토 공부터…… 응? 아니, 잠깐만. 혹시……."

거베라 씨가 무언가를 깨달은 듯한 표정을 지었다.

무슨 일일까.

잠시 생각에 잠긴 거베라 씨가 조용히 고개를 끄덕였다.

"……아니. 카토 공이라면 괜찮다."

"네?"

"생각해 보면 그때 **시야가 가려지지 않은 자가 두 명** 있었거든."

그것이 마나 씨의 안전을 확신한 이유가 될까.

거베라 씨는 옷자락의 물을 짜내고는 몸을 일으켰다.

"그 사실을 알았으니 멍하니 있을 수야 없지. 주군 쪽과 합류를…… 어?"

놀란 소리를 내며 조금 휘청거렸다.

유나 씨와의 전투로 여덟 개였던 다리 중 몇 개를 잃은 탓이었다.

남은 다리로 곧장 자세를 가다듬고는 거베라 씨는 이쪽을 돌아보았다.

"소녀는 주군 쪽으로 합류하겠다. 아야메는 케이의 호위를 위해 남겨두고 갈 테니 그대들은 여기서 기다려라."

"하긴 이동속도를 생각하면 그게 편하겠지만…… 그 몸으로 괜찮겠습니까?"

시란 언니가 걱정스러운 얼굴로 말했다.

"지금이라도 제가 상위 회복마법을 쓸 수 있으면 좋겠습니다만."

거베라 씨의 자연치유 능력이라면, 예전의 언니나 릴리 씨 수준의 회복마법을 걸면 그리 시간을 들이지 않고도 다리를 재생시킬 수 있다.

하지만 언니는 틸리아 성채에서의 전투로 '데미 리치'가

된 뒤, 회복마법을 잃고 말았다. 나도 회복마법은 쓸 수 있지만, 언니만큼 잘하지는 못한다. 제2계제에 도달할까 말까 하는 정도로는 완치하기까지 시간이 너무 걸린다.

"아니오. 전력이 떨어진 것은 부정할 수 없지만, 그래도 웬만한 몬스터를 쫓아낼 정도는 되오. 걱정하지 마시오."

거베라 씨가 자신만만하게 말하더니 땅을 박차고 나아갔다. 다리 몇 개를 잃은 탓인가 도약을 반복하여 이동한다. 그 하얀 모습이 금세 시야에서 사라졌다.

나는 품에 있는 아야메를 안고 눈을 꼭 감았다.

부디 저의 소중한 사람들이 무사하기를 바랍니다.
다치지 않고 돌아오기를 바랍니다.

그렇게 기도하지 않을 수 없었다.

02 강변에서의 대립

"……꽤 아슬아슬했네."

강변에 주저앉아 나는 작게 중얼거렸다.

눈앞에는 하얀 물거품을 일으키며 거세게 흐르는 강이 있다.

우리가 이용한 산길 아래로 흐르던 것과 같은 물줄기다.

거베라가 일으킨 산사태에 휘말린 우리는, 다치지는 않았지만 발 디딜 곳을 잃고 하류로 흐르던 이 강에 빠지고 말았다.

강의 흐름이 빨라 굉장히 먼 거리를 떠내려 왔다. 이노에게 그대로 당하지 않고 끝난 것만으로도 다행이라고는 해도, 원래 장소로 돌아가려면 적지 않은 시간이 걸릴 것이다.

한숨을 쉬는 나의 귀에 타닥타닥 불꽃이 튀는 소리가 들렸다.

젖어버린 옷을 말리기 위해 불을 피웠다.

맨몸을 드러낸 상반신에 열기를 느끼며 강에서 시선을 되돌렸다.

모닥불 주위로 세 명이 더 있다. 그중 한 사람에게 말을 걸었다.

"……카토."

나의 부름에 밑으로 양갈래 머리를 한 소녀가 이쪽을 바라보았다.

나처럼 그녀도 상의를 말리느라 상반신은 속옷 차림이었다. 가녀린 어깨도, 무릎을 당겨 안느라 다소 굽은 등 라인도, 젖어서 반들거리는 하얀 옆구리도 드러나는 바람에 눈을 어디에 두어야 할지 조금 곤란했다.

그러나 지금은 눈을 똑바로 마주하고 대화해야 할 때다.

나는 되도록 얼굴에만 시선을 고정시켰다.

"뭔가요, 선배."

"너무 무모한 짓은 하지 말아줘."

벼랑이 붕괴한 그 순간, 가장 큰 위험에 노출된 사람은 다름 아닌 카토였다. 나나 권속들은 차치하고, 마력도 제대로 다루지 못하는 그녀는 그 붕괴로 죽었더라도 이상하지 않았다. 충분히 승산이 있었기에 행동한 것이겠지만, 혹시 무언가가 잘못되었을 경우를 생각하니 오싹했다.

"하지만 그때는……."

무언가 말하려던 카토가 내 얼굴을 보고 말끝을 흐렸다.

"……아니요. 알겠습니다. 되도록 조심하겠습니다."

"그 대답을 들으니 전혀 안심이 되지 않는데……."

"후후. 미안해요."

카토가 미소를 지었다. 작긴 했지만, 귀여운 미소였다.

"걱정해 주셔서 감사합니다."

"……응."

되도록 얼굴만 보도록 해도 어깨부터 아랫부분을 시야

에서 완전히 지울 수는 없었다. 카토가 조금 몸을 움직이기만 해도 릴리와 비교하면 소박하지만 충분히 소녀답게 부푼 곳이 끌어안은 무릎과 몸통 사이에서 부드럽게 흔들리는 것이 눈에 들어왔다.

나는 얼른 카토로부터 시선을 돌렸다.

……그런 눈으로 그녀를 보아서는 안 된다.

그건 알고 있지만, 나도 남자다. 아주 잠깐 끌리는 것까지는 어쩔 수 없다.

사실 서로 반라로 있으면서 반응하지 않는 것은 생물로서 불가능하다.

그녀에 대한 편견이 없어지며 유일하게 실패했다고 생각한 것이 이것일지도 모른다. 꺼림칙하다고 생각했을 때가 그나마 다행이었을까…….

그 때, 고맙게도 누군가 '주인님' 하고 말을 걸어 준 덕분에 의식을 다른 곳으로 돌릴 수 있었다.

"춥지 않으십니까. 불이 부족한 것 같으면 장작을 모아 오겠습니다만."

"괜찮아."

목소리의 주인은 로즈였다. 젖어서 묵직해진 탁한 은발의 가면 여자가 이쪽을 보고 있다. 그녀는 감기에 걸릴 염려도 없으므로 젖은 옷을 입은 채였다.

다만 단단한 마네킹 몸에 옷이 들러붙어 있어서 이것은 이것대로 묘하게 적나라한 느낌이 들었다. 로즈 자신이 무방비한 것과 나의 마음속에 카토의 여성성을 직시하고 만 여운이 아직 남아 있기 때문일지도 모른다.

나는 한숨을 한번 쉬고 의식을 전환했다.

그러자 로즈의 옆구리에 생긴 균열이 옷 위로 주름을 만들며 드러난 것이 눈에 띄었다.

아까 전투 때, 이노에게 맞았을 때 생긴 손상이었다. 그 애처로운 모습에 인상이 찌푸려졌다.

"너야말로 몸은 괜찮아?"

"전투는 가능합니다."

몸을 걱정하여 한 물음에 로즈의 대답은 묘하게 어긋나 있었다.

동시에 그것은 항상 나를 지키려고 하는 그녀가 할 법한 말이기도 했다.

"하지만 다소 대미지를 입은 여파가 나타나는 것은 피할 수 없겠지요."

"그건 뭐, 어쩔 수 없지."

"파츠를 교환하고 싶습니다만…… 짐이 차체와 함께 흩어지고 말았습니다. 적어도 마법 도구 주머니라도 회수할 수 있으면 좋겠습니다만……. 동체 파츠를 비롯한 예비 파츠를 그 안에 몇 가지 넣어두었거든요."

"미안해요, 로즈 씨. 긴급한 일이라 거기까지 생각이 미치지 못해서……."

산사태를 의도하여 일으킨 장본인인 카토가 미안한 표

정을 지었다.

"아니요. 괜찮습니다. 파츠는 또 만들면 되니까요."

몸을 웅크린 친구에게 로즈는 고개를 가로저었다.

"마법 도구 주머니에 대해서도 많은 부분을 해석했습니다. 만약 없어지더라도 조만간 스스로 만들 수 있을 것 같습니다. 게다가…… 마나가 잘못한 것이 아니니까요."

"……뭐야. 내가 잘못했다는 거야?"

모닥불을 둘러싼 마지막 한 사람이 불평했다.

탐스러운 검은 머리에 날카로운 얼굴. 호리호리한 몸에는 외모와 달리 엄청난 엔진이 탑재되어 있다.

이노 유나. '위타천'이라는 이명의 치트 능력자 소녀다.

그러나 지금 그녀는 그 자랑스러운 속력을 잃었다.

바닥에 앉아 앞으로 뻗은 두 다리 중 왼쪽은 허벅지에 피가 밴 천을 감았고, 오른쪽은 천과 나뭇가지를 이용해 발목을 간단하게 고정시켰다.

"잠깐, 마지마! 자꾸 힐끔힐끔 쳐다보지 마!"

나의 시선을 느낀 이노가 화난 눈으로 외쳤다.

참고로 이노도 속옷 차림이다.

치트 능력자가 감기에 걸릴 것 같지는 않지만, 젖은 채로 있기엔 기분이 나쁘다며 벗었다.

비난하는 시선을 보내는 그녀를 나도 냉정하게 마주 보았다.

"……네 알몸에는 관심 없으니까 안심해."

"뭐?!"

가슴은 빈약하지만, 이노는 미인이다. 늘씬한 몸도 예쁘다.

하지만 속옷 차림임에도 이상할 만큼 아무것도 느껴지지 않았다.

뭐라고 해야 할까, 아무래도 좋다고나 할까.

뭐, 당연하다면 당연하다.

이렇게 같은 모닥불을 둘러싸고 있지만, 이노는 적이기 때문이다.

──현재는 기묘한 교착 상태라고 말할 수 있다.

특기인 발을 일시적으로 잃은 '위타천'이라고 해도 나와 로즈가 감당할 수 있는 상대가 아니다. 기습하더라도 반격당할 뿐이다.

반대로 이노도 저 상처로는 우리를 공격하기 힘들다. 만약을 위해 어느 정도 거리를 벌리고 경계도 하고 있다.

게다가 우리를 사로잡더라도 걷지 못하면 끌고 가지 못한다. 이노가 회복마법을 쓰지 못하는 완벽한 전위 타입이라 다행이다.

어째서 이렇게 되었는가 하면, 대체로 카토가 원인이다.

그 순간 까닥하면 산사태에 휘말릴 상황에 카토는 섬광의 모조 마석을 사용했다. 생각할 틈조차 없는 그 타이밍에, 게다가 경계도 하지 않던 상대의 기습이었기에 이노도 순간 시력을 잃고 말았다. 동시에 그 자리에 있던 다른 사람들도 그녀만큼은 아니지만 앞을 제대로 보지 못하여 행동이 제한되었다.

그러나 전혀 문제없이 움직인 자도 있었다.

하나는 로즈. 다른 하나는 아사리나였다.

그녀들은 모두 안구로 세상을 보지 않는다. 당연히 섬광 따위에는 아무런 영향을 받지 않는다.

생각해 보면 카토는 신뢰하는 로즈의 이러한 성질을 고려하고 그런 무모한 작전을 거베라에게 전달했을지도 모른다.

로즈라면 분명 자신을 도와줄 것이라고.

실제로 로즈는 떨어지는 흙더미로부터 카토를 지키기 위해 움직였다.

그리고 나 역시 카토와 로즈를 데려오기 위해 아사리나에게 지시를 내렸다.

그때 이노까지 휘말리고 만 것은 어떤 의미로는 필연이었다고도 할 수 있다.

왜냐하면 카토는 직전에 떨어뜨린 나이프를 주워, 시력을 잃고도 돌진한 이노와 뒤엉켰을 때 허벅지를 찔렀기 때문이다.

과연 로즈가 만든 나이프다. 무방비해진 찰나를 노렸다고 해도 '위타천'의 육체에 확실한 대미지를 주었다. 이노의 반대쪽 다리도 그 고통에 신경이 쏠린 탓에 산사태에 휘말리며 관절을 다친 모양이다.

아니, 이 경우에 대단하다고 해야 할 쪽은 카토가 아닐까.

적에게는 정말 가차 없다. 물론 이렇게라도 하지 않으면 이노의 전투 능력을 떨어뜨리지 못했을 테니 그 판단은 적확하다고 할 수 있다.

"그런데 선배. 앞으로 어떻게 할까요?"

"그러게……."

카토가 질문하여 나는 팔짱을 끼고 잠시 고민했다.

"우선 릴리와 합류해야지."

이곳에 없는 다른 사람들과 떨어지고 말았다.

강한 빛이 터지기 직전에 산길 뒤쪽에 있던 시란과 케이, 그리고 거베라를 보았는데, 그녀들은 위치상 산사태에 휘말리지 않았을 것이다. 이것은 거베라가 차를 전방 벼랑으로 던졌기 때문이다.

그리고 카토의 의도를 깨달은 순간 나는 근처에 있던 아야메를 거베라가 있는 쪽으로 던졌다. 그것으로 아야메도 산사태에 휘말리지 않았을 터였다. 다만 갑작스러운 일이라고 해도 난폭한 행동을 한 것은 사실이므로 나중에 사과해야겠다.

운이 나빴던 것은 릴리였다.

그녀는 의태하면 모습뿐만 아니라 그 대상의 성질까지 띠게 된다. 따라서 빛에 의해 시력을 잃고 산사태에 휘말리고 말았다.

그 정도 일로 몬스터인 릴리의 몸에 심각한 위험이 발생하지는 않는다. 그러나 물에 떠내려갈 때, 그녀는 혼자 떨어지고 말았다. 현재 이쪽으로 오는 것이 패스를 통해 느껴진다.

이러한 상황을 바탕으로 나는 입을 열었다.

"여기서 릴리가 오기를 기다리자. 릴리에게는 늑대의 코가 있어. 섣불리 우리가 찾으러 나가는 것보다 발견하도록 기다리는 편이 낫겠지. 그리고 같이 거베라 일행과 합류하면 돼."

성격상 거베라가 당장이라도 쫓아올 것 같지만, 아무래도 움직임이 둔했다. 패스로는 대략적인 방향밖에 모르는데다 이노와의 전투로 다리를 몇 개나 잃은 탓일 것이다. 저쪽에는 시란과 케이가 있지만, 이제는 언데드 몬스터인 시란은 회복마법을 쓰지 못하고, 케이의 마법 실력으로는 잘려 나간 거베라의 다리를 회복시키기가 어렵다. 아마 합류는 릴리와 먼저 한 다음에야 가능할 것 같다.

"그리고 어떻게 하죠?"

"지금까지와 같아. 산길로 돌아가서 아케르를 목표로 하자."

"잠깐만. 마지마, 너 도망칠 셈이야?"

그때 이노가 끼어들었다.

나는 애매한 눈으로 보았으나, 그녀는 개의치 않고 위협적인 시선을 보냈다.

"나와 함께 제국으로 돌아가."

아까부터 이노는 시종일관 이런 식이었다.

솔직히 귀찮다. 나로서는 얽히고 싶지 않은 것이 본심이고, 서로 건드릴 수 없는 상황을 이용해 얼른 도망치고 싶을 정도였다.

그럼에도 불구하고 내가 이렇게 이노와 모닥불을 둘러싸고 앉은 것은 정보 수집을 위해서다.

대화를 나누지 않으면 얻을 수 있는 정보도 얻지 못한다. 그녀와 대화할 필요가 있다.

그러나 자꾸 입에서 나오는 말이 험악해지기 일쑤였다.

"제국으로 돌아가라고 해도 말이야. 갑자기 습격한 사람에게 그런 말을 듣고도 순순히 따라갈 리가 없잖아."

"뭐야?"

이노도 역시 표정이 험악해졌다.

"……그냥 넘어갈 수 없는 말인데. 갑자기 습격했다니 무슨 소리야? 먼저 부하를 시켜 공격한 건 네 쪽이잖아."

"내가? 무슨 말이야. 그보다 부하라고 하지 마. 먼저 적의를 드러낸 건 분명히 너잖아."

"그렇다고 바로 공격을 시킨다고?!"

"이쪽은 갑자기 살해당할 뻔했잖아. 우리가 반격하는 게 당연하지."

"사, 살인자 취급이야?! 뭐야, 그게! 갑자기 사람을 죽일 리가 없잖아!"

전혀 대화가 되지 않는다.

서로 노려보는데 손을 짝 마주치는 소리가 들렸다.

"일단 서로의 상황을 공유하는 게 어떨까요?"

카토였다.

조용한 말에 머리로 몰리던 피가 조금 가라앉았다.

그러며 자신이 전혀 감정을 제어하지 못했던 것을 깨달았다.

나를 바라보는 카토의 시선은 달래는 듯 부드러웠다.

나는 겸연쩍어 머리를 긁었다.

일단 심호흡을 했다. 조금 진정하자.

릴리를 비롯한 우리 편을 다치게 한 것은 화가 나고 불쾌하다. 그러나 평정심을 잃어서는 대화가 성립되지 않고 정보도 얻을 수 없다.

조금 냉정해지자, 이노의 말을 생각해 보기로 했다.

이노는 내가 틸리아 성채를 습격한 사람이라고 생각하고 쫓아왔다.

나를 붙잡으려고 했을 뿐, 죽일 생각은 없었다.

그렇군. 이노의 입장에서는 용의자를 추격하여 의혹을 제기하니 오히려 공격했다…… 같은 느낌이었을지도 모른다.

물론 우리에게도 할 말이 있다.

그러나 이노 역시 하고 싶은 말 정도는 있을 것이다.

……뭐, 애초에 일의 발단은 이노의 착각 때문이지만, 그 부분은 차치하고 불행한 엇갈림이 없었던 것은 아니다.

나는 어깨에서 힘을 빼고 무의식중에 일으키려던 몸을

다시 앉혔다.

"……알겠어."

카토는 그런 나에게 미소를 보내더니, 곧 표정을 싹 바꾸고 이노를 싸늘한 눈빛으로 바라보았다.

"이노 씨도. 뭔가 이상하다고 생각하죠?"

"……그것은."

"적어도 선배의 권속이 꼭두각시 인형이 아니라는 것은 알고 있지 않나요? 거베라 씨도, 릴리 씨도 필사적으로 선배를 지키려고 했어요. 당신에겐 그게 꼭두각시 인형으로 보였나요?"

이노가 입을 꾹 다물었다.

그녀는 거베라와 싸우며 어떤 의구심을 품은 듯했다. 카토의 지적은 이노가 느낀 위화감을 정확하게 파악한 말이었을 것이다.

"그리고…… 여기 있는 로즈 씨도. 의사가 없는 인형이라는 말을 한다면 가만히 있지 않겠어요."

마지막으로 카토가 묘하게 박력 있는 어조로 말하며 무의식인지 모르지만, 바닥에 놓아둔 로즈 수제 나이프의 칼자루로 손을 가져갔다.

그것을 보고 이노가 당황하여 목을 울렸다.

"……알겠어."

다소 마지못한 태도로 이노가 물러났다.

이렇게 우리는 대화할 기회를 얻게 되었다.

03 싫은 상대

상황을 공유하기 위해 먼저 우리부터 이야기하기로 했다.

두 달 전, 틸리아 성채에서 무슨 일이 있었는가. 거기서 우리가 무엇을 하였는가…… 다만 여기 있는 카토와 로즈는 그때 성채에 없었으므로. 말하는 것은 거의 나의 역할이었다. 같은 '탐색대' 소속인 쥬몬지 타츠야가 틸리아 성채에서 무엇을 했는지 말할 때를 비롯한 몇 군데에서 이노는 자꾸만 끼어들려고 하였으나, 일단 말이 끝날 때까지 들어주었다.

다음에는 이노의 차례였다. 수해 심부로 다른 전이자들을 구출하러 갔던 이노의 활약……에는 관심이 없으므로 간결하게 넘어가도록 하고, 틸리아 성채에 도착한 뒷일을 들었다.

"그렇구나. 이노는 세라타에 들렀구나."

이노의 이야기를 경청하던 나는 그 부분에서 고개를 갸웃했다.

"……그런 것 치고는 쫓아오는 게 너무 빠르지 않나?"

이노가 틸리아 성채로 돌아온 것은 수해 심부로 향한 지 한 달 하고 조금 더 지난 뒤다. 우리가 틸리아 성채를 떠나고 두 달쯤 지났으니 틸리아 성채에서의 체재 시간을 생각하면 이노는 고작 20일 만에 우리를 따라잡았다는 말이 된다. 그것도 세라타에 들른 뒤, 에베누스 성채까지 이동하여 탐색대 리더에게 정보를 건네고도 말이다. 우리가 급하게 이동하지 않았다고 해도, 겨우 20일 만에 쫓아오다니 비상식적인 속도라고 할 수 있다.

그러나 이노는 아무것도 아닌 듯 코웃음을 쳤다.

"수해를 나갈 때까지는 구출한 사람들과 제국 기사단이 함께 있었지만, 그다음엔 혼자였으니까. 세라타까지 내 발이면 이틀이면 충분해."

"달린 건가…… 파발마를 이용해도 나흘은 걸리는 거리일 텐데."

"세라타에서 에베누스까지도 이틀이고."

"과연 '위타천'이네……."

틸리아 성채에서 출발하여 수해를 나갈 때까지 도보로 보통 일주일쯤 걸린다. 잔류조 학생들을 동반한 이노도 그 정도 시간이 걸렸을 것이다.

그렇다면 틸리아 성채를 떠나고 20일부터 역산하면 남은 건 2주일쯤. 지금 들은 이노의 속도라면 수해를 나간 뒤, 세라타를 경유하여 에베누스 성채로 갔다가 다시 세라타로 돌아올 때까지 엿새밖에 걸리지 않는다. 거기서 키틀스 산맥으로 향한 시간을 고려하더라도 열흘이면 이곳에 도달할 수 있으니 오히려 일정이 꽤 여유로울 정도다.

어처구니가 없긴 하지만, 나는 이어서 질문했다.

"그래서 이노는 중간에 들른 세라타에서 내가 틸리아 성채를 습격한 사람이라고 루이스란 남자에게 들었다고?"

맥클로린 변경백령의 군대를 이끄는 남자. 루이스 버드. 그 녀석이 이번 사태의 원인인 모양이다. 혹은 그의 입장을 고려하면 원인은 그보다도 그의 뒤에 있는 인물 쪽일지도 모르지만.

우리의 대화를 듣던 카토가 고개를 갸웃했다.

"이노 씨가 들었다는 맥클로린 변경백의 인품 말인데요…… 저희가 들은 것과 많이 다르네요?"

"뭐야. 내가 거짓말이라도 했다는 거야?"

이노가 카토를 힐끗 쏘아봤다.

"그런 말은 아닌데요."

"그럼 루이스 씨가? 루이스 씨와는 잠시 대화를 나누었을 뿐이지만, 괜찮은 사람인 건 분명해."

"이노, 너무 몰아붙이지 마."

나는 두 사람의 대화에 끼어들었다.

"우리 역시 그 말을 해준 상대…… 시란은 거짓말을 할 법한 사람이 아니야. 어느 쪽이 옳은지는 모르잖아. 다른 사람의 눈에는 다르게 보이는 경우도 있고."

나로서는 시란의 말을 믿고 싶지만, 이노가 이렇게까지 말한다. 혹시 루이스라는 남자는 정의감이 넘치는 좋은 사람이고, 이번 일은 그냥 착각하여 생긴 문제일지도 모른다. 그렇기에 이렇게 사태가 복잡해졌을 수도 있다.

아니면 역시 그는 이노를 속인 비열한 사기꾼일 가능성도 있다.

나는 모르겠다.

그러나 그것은 큰 문제가 아니었다.

진짜 문제는 이유나 의도가 무엇이든 루이스가…… 아니, 그 배후에 있는 맥클로린 변경백이 나를 틸리아 성채 습격의 범인이라 생각한다는 점이었다.

대체 왜 그렇게 되고 말았을까.

사정을 제대로 알고 있을 터인 동맹 기사단의 단장은 틸리아 성채 함락에 대한 책임을 지고 제국의 수도로 연행되었다. 쥬몬지와 쿠도에 대해—— 무책임한 유언비어 취급을 당하기는 했지만—— 전달되었을 테니 맥클로린 변경백에게 단장이 설명했다는 것을 알 수 있다.

그렇다면 맥클로린 변경백은 그녀의 말을 믿지 않았단 말인가.

만약 그랬더라도 이상하지 않다. 맥클로린 변경백 가문과 아케르를 포함한 북방 5개국은 역사적으로 사이가 좋지 않았고, 무엇보다 몬스터를 이끄는 나의 능력은 이 세계에서는 받아들이기 힘든 것이다. 실제로 또 다른 몬스터 사역자인 쿠도가 성채를 습격한 이상, 의심을 받더라도 어쩔 수 없다.

혹은 더욱 단순하게 맥클로린 변경백과 루이스 사이에 정보가 잘못 전달되었을 가능성도 있지만…….

어느 쪽이든 이렇게 이야기를 듣는 한, 신병이 확보되면 위험해질 시란을 데리고 아케르로 향하기로 한 것은 나 자신에게도 결과적으로 정답이었던 모양이다.

아무리 맥클로린 변경백의 권세가 대단하더라도 타국에까지 손을 뻗칠 수는 없다. 그렇게 강압적으로 나선다면 전쟁이 벌어질 테고, 그러면 성당 기사단이 움직여 파멸할 것이라는 말은 전에도 들었다. 아케르에 있으면 나를 틸리아 성채 습격 사건의 범인이라 주장하는 변경백이 건드리지 못한다.

"마지마. 켕기는 부분이 없다면 넌 제국에 출두해야 해."

따라서 이런 이노의 주장은 내가 생각지도 못한 말이었다.

"루이스 씨의 일은 일단 차치하고…… 넌 틸리아 성채를 습격한 범인과 싸웠단 말이잖아? 혹시 그 말이 사실이라면 넌 올바른 일을 한 거야."

"올바른 일?"

"그래."

인상을 찡그리고 되묻자 이노는 고개를 끄덕였다.

"너의 말이 정말이라면, 넌 제국으로 반드시 돌아가서 우리의 조사에 협력해야 하지 않을까? 그렇게 해서 결백함을 증명할 수 있잖아."

이노의 말은 확실히 정론이었다.

"반대로 아까 이야기가 거짓이라면, 역시 널 그냥 놔둘 수는 없어. 어찌 됐든 마지마는 공평한 판결을 내려줄 곳으로 가야 해."

"공평이라……."

나는 혼잣말을 하고 이노의 얼굴을 쳐다봤다.

어렴풋이 이 녀석의 행동 지침을 파악한 것 같다.

"한마디로 의심스러운 사람을 확보하는 게 이노의 일이란 거네. 그 뒤에 일어날 판단은 적합한 다른 사람에게 맡기고."

그것은 결코 무책임함을 드러내는 것은 아니다. 이노는 그녀 나름대로 판단 기준에 따르고 있고, 그것이 모조리 잘못되었다고도 할 수 없다. 재판관의 흉내를 내는 형사는 없다. 의심스러운 사람을 붙잡아 조사하고 증거를 모은다. 이노는 거기까지가 자신이 할 수 있는 일임을 알고 있고, 실제로 우리를 제압하려고 했다.

문제가 있다면 하나뿐이다.

"하지만 그것이 공평하게 이루어질 거라는 보증이 어디 있지?"

"뭐?"

"이곳은 일본이 아니야. 공평한 판결이 있을 거라는 보증은 어디에도 없어. 아니야?"

"그건……."

이노에게 그것은 당연한 전제조건이었을지도 모른다.

나의 물음에 그녀는 말을 얼버무렸다.

"그건…… 그럴지도, 모르지만."

반론은 하지 않은 채 시선만 내리깐다.

이상하게도 그런 그녀를 본 나의 가슴속에 생긴 것은 작은 낙담이었다.

역시 이노 유나는 아무런 생각이 없었던 것일까.

그렇게 생각했을 때였다.

"알겠어."

예상과 달리 이노는 바로 고개를 들었다.

날카로운 눈빛으로 나의 눈을 똑바로 꿰뚫어 보았다.

"그럼 공평한 판결을 제대로 받을 때까지 내가 널 따라다니며 지켜줄게. 그럼 됐지?"

"…………."

완전히 진심이 담긴 목소리였다.

"그때까지는 상대가 누구든 너를 건드리는 것을 용납하지 않겠어. 또한 그 판결이 어떻게 생각해도 불공평한 것이라면, 이 손으로 널 지키겠어. 약속할게."

"……자기가 무슨 말을 하는지 알고 있어?"

"무시하지 마. 상대가 누구든, 이라고 했잖아. 예외는 없어."

이노가 단호하게 말했다.

그 행위에 보답은 없다. 그런데 전혀 망설이지 않는다.

나의 눈에 그런 이노의 태도에 거짓은 없는 듯했다.

물론 지금은 말뿐이다. 이 자리에서는 진심이더라도 막상 그런 상황이 되면 달라질지도 모른다.

그러나…… 나는 아까 붕괴 현장을 떠올렸다.

실제로 이노는 그 긴박한 상황에 망설이지 않고 카토를 구하려고 했다. 유리하다든가, 불리하다든가 머리로 생각하고 따지는 타입이 아니라는 것이 증명되었다.

그리고 또 하나…….

나는 카토를 힐끔 쳐다보았다.

아까 카토는 섬광의 모조 마석을 써서 이노의 눈을 잠시 멀게 하고, 나이프로 허벅지를 찔렀다. 그에 반해 이노는 반격하지 않았다. 오히려 그녀는 반사적으로 카토를 밀쳐내지 않고 그대로 벼랑 아래의 계곡으로 떨어졌다.

콜로니에서도 유명했던 '위타천'이 난폭하게 쳐냈다면, 그것만으로도 카토의 몸은 성냥개비처럼 부러졌을지도 모른다. 그것을 알고 있으니 반격하지 않았을 것이다. 반사적으로 나온 행동이야말로 그 사람의 본질을 나타낸다면, 적어도 이노의 의지만은 가짜가 아니라고 할 수 있다.

여기서 내가 이노의 말을 단순히 입에 발린 말이라고 판단하면 공평하지 않다.

벼랑 위의 산길에서 나눈 대화 중, 카토도 말했다──이노는 설령 이 세계에서 용사로 취급받지 않더라도 지금과 같이 행동했을 것이라고.

혹시 카토의 기지로도 이노를 격퇴하지 못하고 우리가 졌더라도 나는 이렇게 이노와 같은 대화를 주고받았을지도 모른다. 그러며 제국은 신뢰할 수 없다고 호소하면 마지막까지 그녀는 책임을 지고 나와 함께해 주었을 수도 있다.

이노 유나는 별생각도 없고, 나에게는 걸림돌만 되는 방해꾼이고…… 하지만 그냥 분위기에 휩쓸리는 사람도 아니다. 적어도 그녀에게는 신념이라 부를 수 있는 것이 있었다.

나에게는 그런 그녀를 규탄할 자격이 없다. 왜냐면——.

"——착오가 있는 것 같으니 말해 둘게."

나는 이쪽을 가만히 응시하는 이노에게 말했다.

"딱히 나는 그게 옳은 일이라 틸리아 성채에서 쥬몬지며 쿠도와 싸운 게 아니야. 내가 싸운 이유는 거기에 지키고 싶은 사람이 있었기 때문이야."

틸리아 성채에는 깊은 교류를 나눈 시란과 케이, 친구인 미키히코가 있었다. 그들을 지키기 위해 나는 사력을 다해 싸웠다.

물론 잃어버린 목숨에 대한 의분이 없는 것은 아니다. 하지만 지금 이노처럼 단지 그것만을 이유로 싸운 것은 아니었다. 나의 실력은 너무 나약해서 정의를 위해 싸울 만큼의 여유는 없다. 애초에 지키고 싶은 것을 지키는 것조차 힘들 정도다.

그렇기에 모두를 지키기 위해 필요한 일이라면, 나는 무엇이든 할 생각이었다.

이 세계의 정의가 권속들에게 이빨을 드러낸다면, 나는 악이 될 것이다. 그야말로 시란이 말했듯이 인간도, 몬스터도 아닌 '무언가'가 되고 말더라도 후회는 없다.

그것이 내가 선택한 길이다.

권속들과 함께 있기로 결심했을 때부터 각오하였다.

다만…….

혹시 나에게 이노처럼 압도적인 힘이 있다면, 행여 다른 길이 있었을지도 모른다고 생각하지 않는 것은 아니었다.

나는 전혀 자신이 선택한 길이 옳다고 생각하지 않는다.

그야 그렇지 않은가?

소중한 것도, 그렇지 않은 것도, 한꺼번에 다 지키겠다고 웃으면서 말할 수 있다면 그것만큼 좋은 일은 없다.

그것은 마치 보석처럼 완벽한 정답이다.

다른 대답 따위는 전부 돌멩이로만 생각할 법한, 실현 불가능한 이상이다.

그리고 어떤 의미로 그런 이상을 체현한 사람이 이노 유나라는 이름의 소녀.

"아, 그래. 그런 거였나."

한 가지 깨달은 점이 있어서 나는 쓴웃음을 지었다.

아까부터 자꾸 이노에게 짜증이 나던 이유. 어째서 자신의 감정을 좀처럼 제어하지 못하는가.

"야, 이노."

어쩐지 후련해진 기분으로 나는 이노에게 말했다.

"아무래도 난 네가 싫은 것 같아."

"뭐……?"

이것은 질투다.

본래 호의적으로 생각할 수 없는 상대에게 소중한 사람이 다치고 말았으니 더욱 화가 나는 것은 당연하다.

"무슨 소리야, 그게!"

아연실색하던 이노가 곧 화를 내며 따졌다.

"그래서 나와 함께 제국으로 돌아갈 수 없단 말이야?!"

"아니. 그것과 이것은 별개 문제야."

나는 고개를 가로저었다. 아무리 그래도 호불호로 판단할 만큼 바보는 아니다. 단지 감정을 빼고 냉정하게 생각해도 이노에게 이끌려 제국으로 돌아간다는 선택지는 없다.

확실히 이노는 우리가 부당한 취급을 받지 않도록 행동해 줄지도 모른다. 그러나 아무리 '위타천'이라고 해도, 완벽하게 몸의 안전을 보장할 수 있을 리가 없다. 굳이 위험한 장소로 발을 들이는 리스크를 감수할 이유가 없다.

게다가 이노는 올바른 정의감을 지니고 있지만, 몬스터인 권속들까지 지켜줄 것인가도 의문이었다.

따라서 내가 내린 결론은 제안을 거절하는 것이다.

미안하지만, 이노에게는 별 소득 없이 제국으로 혼자 돌아가도록 해야겠다.

"오히려 너는 자신의 몸이나 걱정하는 게 어때?"

나는 강가의 돌 위에 펼쳐둔 옷으로 손을 뻗었다.

불 가까이에 놓아두었기에 어느 정도 말라 있었다.

옷을 집어 일어나는 나를 올려다보며 이노가 당황한 목

소리로 말했다.

"기, 기다려. 어딜 가려는 거야?!"

"어디든. 릴리가 슬슬 이쪽에 도착할 것 같으니까."

소매에 팔을 넣으며 대답했다.

"여길 떠날 준비를 할 뿐이야."

카토도 나를 따라 몸을 일으켰고, 그런 그녀에게 로즈가 옷을 건넸다.

이노만 앉은 채로 안색이 창백해졌다.

"혹시 나를 여기에 두고 가는 건 아니겠지?"

"……카토, 어떡할래?"

내가 묻자, 목 부분으로 얼굴을 막 내밀던 카토가 눈을 깜박거렸다.

"음, 이노 씨라면 노력하면 일주일 이내로 하산할 수 있지 않을까요? 상반신만으로도 몬스터를 격퇴하는 것쯤은 가능할 테고."

"기어가라고?!"

경악하는 이노에게 카토가 고개를 갸웃했다.

"그야 이노 씨. 회복되면 공격할 거잖아요?"

"그, 그건……."

이노가 눈을 피했다. 정곡을 찔린 모양이다.

그런 그녀를 보며 카토가 어이가 없다는 듯이 말했다.

"이노 씨가 그렇게 나오면 마지막 선배도 릴리 씨에게 부탁해서 회복마법을 걸도록 할 수 없는 게 당연하지 않겠어요?"

"으, 으으……."

당당하던 이노의 얼굴에 고뇌하는 표정이 지어졌다.

그러나 현재 상태로는 어쩔 도리가 없다. 결국 이노는 어깨를 늘어뜨렸다.

"아, 알겠어. 사로잡지 않겠다고 약속할게."

"신용할 수 없는데요."

곧바로 카토가 대꾸했다.

"어, 어째서……!"

목을 잡힌 닭처럼 이노가 입을 뻐끔거렸다.

"정말이야! 사로잡지 않을 거라니까! 난 거짓말 같은 건 하지 않아!"

"말은 그렇게 하지만요. 이노 씨도 마지마 선배를 믿지 않잖아요? 같은 것 아니겠어요?"

"아으, 그, 그건…… 저, 적어도 산길 초입까지 데려가 줘. 거기까지 가면 두고 온 말을 타고 돌아갈 수 있으니까."

카토의 대답이 조금 퉁명스러운 것은 나처럼 이노에게 좋은 감정을 품고 있지 않기 때문일까? 나는 살짝 웃으며 가까이 다가온 릴리의 기척을 느끼고 돌아보았다.

"입구까지 데려가도 돌아가는 데 얼마나 걸릴 거라고 생각해요?"

"며, 며칠인데?"

"우리가 산길로 들어선 지 열흘 이상 지났어요. 중간에

길을 보수하기 위해 멈추는 일이 많았기 때문이지만, 돌아가는 길엔 그럴 필요가 없다고 하더라도 최소한 나흘은 걸리겠죠."

"그, 그렇게나……?"

"그보다 왜 이노 씨는 얼마나 걸리는지 모르는 거예요? 자기 발로 여기까지 왔잖아요?"

"난 산길로 들어서서 반나절 만에 따라잡았으니까……."

두 사람의 대화를 들으며 릴리를 기다렸다.

조금 안절부절못하는 것을 스스로 느끼고 쓴웃음을 지었다.

무사한 것을 알고 있더라도 직접 얼굴을 보지 않으면 안심이 되지 않는다.

아직 멀었을까. 슬슬 도착할 때가 되었는데…….

"마나, 얘기해도 될까요?"

"뭔가요, 로즈 씨."

"대화를 중단시켜 죄송합니다. 이노 씨에게 잠깐 묻고 싶은 것이 있어서……."

로즈가 중간에 말을 멈췄다. 우리가 앉아 있던 좁은 강변. 그 건너편에 풀숲을 헤치고 크리미 블론드색 머리카락을 지닌 소녀가 모습을 드러냈다.

"릴리."

이름을 부르자 사랑스러운 얼굴에 환한 미소가 번졌다.

릴리는 나의 온몸을 위아래로 훑어보더니 안심한 듯 숨

을 내쉬었다.

그리고 나의 부름에 응하여 입을 열었다.

"주인님."

친숙함 속에 애틋한 마음이 담긴 목소리.

떨어져 있던 시간은 아주 잠시뿐이었는데 가슴속에 안도감이 사르르 번졌다.

아마 나의 내면에 그녀와 한순간이라도 떨어지고 싶지 않다는 마음이 있을 것이다. 문득 그런 감정이 불쑥 얼굴을 내밀며, 자신이 그녀에게 숨기지 못할 만큼 푹 빠져 있다는 것을 새삼 느끼자 낯간지러운 기분이 들었다.

나의 소중한, 귀여운 릴리.

──그 눈에서 투박한 철덩어리가 튀어나왔다.

"……어?"

뒤통수에서 거침없이 그녀를 꿰뚫은 검.

안구를 터뜨리며 날카로운 칼끝이 이쪽을 향했다.

사고가 정지되었다.

"엥? ……아니?"

눈앞의 광경이 이해되지 않는다.

대체 무슨 일이 일어났지……?

"아…….."

작게 비명을 지르며 의태한 뇌를 파괴당한 릴리가 휘청

거렸다.

검이 뽑혔다.

나는 영문도 모른 채, 그녀의 몸이 쓰러지는 것을 지켜보았다.

곧바로 의태가 다시 시작되었다. 그러나 의태한 중추신경계에 큰 대미지를 입은 릴리는 일시적으로 의식을 잃고 말았기에 일어나지 않았다.

그녀는 분명 자신의 몸에 무슨 일이 일어났는지조차 모를 것이다.

나도 모르겠다.

단지 눈에 비친 광경만을 말로 표현하자면── 그것은 소년의 형태를 한 재앙이라고 불러야 할 존재였다.

"드디어 되찾았어. 미호 누나."

습격자라고는 생각할 수 없는 순수한 목소리로 소년이 웃었다.

어쩐지 개구쟁이 아이 같은 느낌이 남은 소년이었다.

허름한 옷 위로 망토를 두른 모습은 언뜻 후줄근했다. 그러나 자세히 보니 넝마와 같은 옷이 우리가 다니던 학교의 교복이었고, 손에 든 검은 몇 개의 보옥이 박힌 일품이었다.

칼끝에서 릴리를 꿰뚫으며 들러붙은 체액이 바닥으로 뚝뚝 떨어졌다.

그리고 검을 든 소년의 눈은 기이할 만큼 번들거렸다.

밤길에 만나면 누구나 그에게서 눈을 돌릴 것이다. 그런 위험한 빛이었다.

그는 릴리의 의태가 완료되기를 기다리고, 검을 들지 않은 손을 흔들었다.

닳아서 뜯어진 교복 소매에서 나타난 것은 차르륵차르륵 소리를 내는 쇠사슬이었다.

자잘한 장식이 들어간 쇠사슬이 뱀처럼 꿈틀거려 의식을 잃은 릴리의 몸을 순식간에 휘감았다.

소년이 손목을 당기자 쇠사슬이 릴리의 몸을 그의 곁으로 옮겼다.

"앞으로는 내가 누나를 안전하게 지킬 테니까."

의식을 잃은 릴리를 소년이 깨지는 물건을 다루듯이 조심스럽게 끌어안았다.

"설마 넌……."

그런 소년의 모습을 본 카토가 갈라진 목소리로 말했다.

"어, 어째서 네가 이런 곳에 있어?!"

크게 동요한 얼굴로 이노가 외쳤다.

"타카야?!"

그것은 릴리가 의태한 소녀, 미즈시마 미호의 소꿉친구의 이름.

타카야 준. 소중한 소녀를 지키지 못했던 불쌍한 소년이 우리에게 적의를 드러냈다.

04 거듭된 습격

허름해진 교복 위로 걸친 망토가 바람에 흔들린다.

릴리의 두개골을 꿰뚫은 검을 오른손에 들고, 의식을 잃은 그녀의 몸을 묶은 쇠사슬은 왼손에 든 타카야는 천진난만한 웃음을 띠고 있었다.

죽은 미즈시마 미호의 소꿉친구이자, 그녀와 카토를 산장에 남기고 동쪽 땅으로 향한 '제1차 원정대'를 따라갔다는 이야기는 들었지만, 타카야와 이렇게 얼굴을 마주한 것은 오늘이 처음이었다.

"자, 가자. 미호 누나."

강을 끼고 건너편에서 사로잡은 릴리를 끌어안고 타카야가 말했다.

순진한 소년의 다정한 목소리였다.

분명 그는 전이가 되기 전에 원래 있던 세계에서도 이렇게 미즈시마 미호를 불렀을 것이다. 이 자리에 너무 어울리지 않는 다정함이 오히려 징그럽게 피부를 훑는 듯 느껴졌다.

다른 사람이 아닌 타카야의 공격으로 릴리는 의식을 잃었다.

이대로는 릴리가 끌려가고 만다. 그 생각이 든 순간, 나는 땅을 박차고 달렸다.

"잠깐……."

"방해하지 마."

타카야가 순식간에 돌변하여 차가운 목소리로 말했다.

이쪽을 향하는 눈에는 일종의 원념 같은 것이 담겨 있었다. 등줄기가 오싹하다. 지금까지 이세계에서 살아나가며 키워진 생존본능이 경고를 울렸다.

"누나를 돌려받겠어."

타카야의 손에 든 보검이 빛났다.

마법진은 전개되지 않았지만, 강렬한 마력의 흐름이 피부를 때렸다. 뛰쳐나가려던 나는 반사적으로 발을 멈췄다. 그와 거의 동시에 타카야의 발밑에서 바닥이 솟구쳤다.

"마법 도구……?!"

대량의 흙더미가 강을 끼고 우리가 있는 강변으로 밀려들어왔다.

흐르는 물과 뒤섞여 흙더미의 중량이 더욱 커졌다. 이 타이밍. 도망칠 수 없다──.

"──주인님!"

다가오는 흙더미에 파묻히기 직전, 눈앞으로 회색 머리카락이 퍼졌다.

"로즈?!"

다친 몸을 이끌고 로즈가 나의 앞에서 나타났다.

방패를 세운 그녀는 밀려드는 흙더미와 정통으로 부딪쳤다.

"익……."

순간적인 균형과 파탄. 짧은 비명이 폭발하는 소리에 먹혀 사라졌다.

로즈의 몸이 튕겨 나갔다. 이어서 우리가 있던 강변도 대량의 흙더미에 삼켜지고 말았다.

"으, 윽?!"

로즈가 끼어든 덕택에 흙더미의 기세가 줄어들었다. 그러나 밀려드는 중량은 단지 그것만으로도 위협적이다. 순식간에 시야가 반전되었다. 뭐가 어떻게 되는지도 모르겠다.

의식을 잃는 것만은 피하기 위해 숨을 멈추고 이를 악물며 버텼다.

"으앗?!"

갑자기 무언가가 왼손을 강하게 잡아당겼다. 관절이 빠지는 줄 알았으나, 덕분에 나의 몸은 흙더미 속에서 탈출할 수 있었다. 어지럽게 변하는 시야 속에서 왼손 손등에서 뻗어 나간 아사리나가 가까운 나무를 휘감고 있는 것이 보였다. 그녀가 나의 몸을 당겨준 것이다.

"크윽."

자세를 바로잡지도 못한 채, 나는 아무렇게나 바닥을 굴렀다. 아픈 몸을 무시하고 가능한 한 신속하게 일어섰다. 입에 들어온 흙을 뱉어내며 검을 뽑아 들고——.

"응……?"

염려하던 추격은 일어나지 않았다.

아니, 타카야의 모습 자체가 없었다.

"……큭! 설마?!"

떠내려간 곳에서 서둘러 원래 있던 강변으로 돌아갔다.

땅이 뒤집혀 달라지고 만 광경이 눈에 들어왔다.

그곳에도 타카야는 없었다.

……그에게 잡혀 있던 릴리의 모습도 사라졌다.

"제길, 당했어!"

아까의 마법공격은 그리 큰 위력이 있는 것은 아니었다.

자잘한 흙더미는 넓게 흩어지긴 했지만, 우리가 있던 좁은 강변 외에는 피해라고 할 만한 피해는 입지 않았다. 그런데 타카야는 추가 공격조차 하지 않았다.

그것은 눈속임이었다.

거침없는 공격을 한 것으로 보아 나의 목숨을 빼앗을 수 있다면 그것은 그것대로 좋았겠지만, 어디까지나 목적은 달리 있었다. 실제로 타카야는 마음만 먹었다면 우리를 모조리 없앴을 수도 있었을 것이다. 그러지 않은 까닭은 목적을 최우선으로 하여 행동했기 때문일 것이다.

목적을.

릴리를 데려가고 말았다.

"…………."

온몸에서 핏기가 가셨다.

몸이 뜨거운 것 같기도 하고, 차가운 것 같기도 한 불안정한 감각이 솟구쳤다.

나를 정신 차리게 한 것은 카토의 부름이었다.

"마지마 선배."

돌아보니 이노에게 안긴 채 바닥에 앉아 있는 카토가 보였다.

그녀는 아까 흙더미에도 그리 쓸려 내려가지 않은 모양이다. 떨리는 다리로 일어나는 모습을 보니 다치진 않은 듯했다.

"괜찮아요?"

"어, 어어. 나는 괜찮아. 카토도 무사한 것 같네."

"네. 이노 씨가 감싸 줬어요."

"이노가?"

내가 시선을 보내도 이노는 반응하지 않았다.

생각지도 못한 타카야의 등장과 공격에 아연실색한 모양이다.

아까 타카야는 이노의 존재는 신경 쓰지 않고 바로 공격했다. 이노에게 타카야는 같은 탐색대의 일원이므로 아군이었을 터였다. 공격을 당할 줄은 생각도 못 했을 것이 분명하다.

그런 혼란스러운 상황에서도 카토를 지켜준 것은 대단하다고 해야 할까.

타카야의 마법은 나를 노린 것이었다. 공격 범위 안에 들어갔다고 해도 이노가 직격을 맞은 것은 아니다. '위타천'의 힘이 있다면 다리를 다쳤다고 해도, 비전투원 한 명을 지키는 것쯤은 어려운 일은 아니었을 것이다.

"로즈 씨가 바로 저를 이노 씨 쪽으로 밀어줘서……."

가슴 높이로 든 손을 꼭 쥔 카토가 나를 올려다보았다.

"……저기, 로즈 씨는요?"

◆ ◆ ◆

로즈는 강변에서 조금 떨어진 곳에서 발견되었다.

반신이 흙에 파묻혀 있어서 내가 파내야 했다.

작은 천을 물에 적셔온 카토가 흙투성이가 된 로즈의 몸을 정성껏 닦아 주었다.

똑바로 누운 채, 로즈는 얌전히 닦아지고 있었다.

얌전하게 있을 수밖에 없다고 해야 할까.

파헤쳐진 땅바닥에 펼쳐진 치마에는 응당 있어야 할 부피감이 없었다.

로즈는 하반신을 잃고 말았다.

본래 이노에게 일격을 받으며 무리한 탓이었다. 허리부터 부러진 하반신은 흙에 파묻히며 어디에 있는지도 모르겠다.

"……면목 없습니다, 주인님."

"아니야. 넌 잘 해줬어."

크게 부서지는 것도 개의치 않고 로즈는 몸을 던져 지켜주었다. 덕분에 나는 큰 상처도 없이 무사할 수 있었다.

"하지만 언니를 되찾기 위해서는…….."

"…………."

릴리를 되찾기 위해서는 타카야의 위치를 알아내고, 추격하고, 그와 싸워야 한다.

위치를 찾아내는 것까지는 어떻게든 할 수 있다. 우리 사이에는 패스가 있기 때문이다. 물론 너무 멀리 떨어지면 효력이 없어지지만, 적어도 지금은 릴리가 있는 방향을 알 수 있다.

문제는 추격이 가능하냐는 것이다. 그렇게 완벽하게 도망쳤다는 것은 타카야에게 교전할 의사가 없다고도 해석할 수 있다. 릴리를 데리고 있다고 해도, 진심으로 도망치는 치트 능력자를 따라잡기란 힘들다.

게다가 찾아가더라도 릴리를 구하기 위해서는 타카야와 싸우지 않으면 안 된다.

그러나 연속된 습격으로 우리의 전력은 고갈되어 있다.

거베라와 시란, 아야메, 케이와는 찢어지고 말았고, 로즈는 크게 부서졌다. 카토는 싸울 능력이 없다. 싸울 수 있는 사람은 나와 아사리나뿐이다. 전투 능력이 뛰어난 워리어인 타카야로부터 릴리를 되찾기에는 아무리 생각해도 전력이 부족하다.

"어떻게 해야……."

이대로 가면 릴리를 되찾을 수 없다. 초조한 나머지 속이 메슥거렸다.

"타카야가 왜 이런 곳에……."

"그것 말입니다만, 주인님."

끙끙거리고 있자, 로즈가 말을 걸었다.

"한 가지 걸리는 점이 있습니다. 아까 이노 씨의 말입니다."

"이노의?"

……그러고 보니 아까 로즈는 릴리가 나타나기 직전에 무언가 말하려고 했던가.

"그녀는 '산길 초입까지 데려다주면 좋겠다'고 말했습니다. '거기까지 가면 놔두고 온 말을 타고 돌아갈 수 있으니까'라고."

"응. 그랬지. 근데 그 말이 왜?"

"집단행동으로 발이 느려졌다고 해도, 우리가 수해를 나와 세라타 근교의 역참 마을까지 도착하는 데 2주일 가까이 걸렸습니다. 파발마로 나흘. 이노 씨는 그것을 이틀 만에 달려왔다고. ……왜 말이 산길 초입에 있을까요?"

퍼뜩 놀란 나는 고개를 돌렸다.

앉아 있던 이노가 나를 올려다본다. 긴장한 얼굴.

나는 곧장 그녀에게 다가갔다.

"……솔직하게 말해."

멱살을 잡고 똑바로 노려보았다.

"마, 말은 여기까지 타고 왔을 뿐이야."

무릎을 대고 일어선 이노는 다리를 억지로 움직이는 바

람에 상처가 아픈지 눈을 찡그렸다.

"에베누스 성채에서 돌아와 중간에 세라타에 들렀어. 루이스 씨에게도 그러라는 말을 들었으니까……."

"거기서 말을 타고 왔다고. ……타카야와 같이 있었으니까?"

이노가 고개를 끄덕였다.

"내가 리더와 이야기하기 위해 에베누스 성채에 도착했을 때, 타카야는 이미 성채를 떠난 뒤였어. 합류한 것은 세라타에서였고. 타카야와는 여기까지 함께 와서 산길 초입에서 헤어졌어. 길마다 있는 마을에서 정보를 얻으려면 사람이 여러 명 있는 게 낫지만, 여기까지 오면 이제 쫓아가기만 하면 된다며……."

아까 이노에게 여기까지 오게 된 경위를 들었을 때, 그 속도에 놀랍고 어처구니가 없으면서도 제법 여유로운 일정이라고 생각했다.

하지만 이노의 성격을 생각하면 최단 거리를 최고 속력으로 가는 것이 자연스럽다.

그러지 못한 까닭은 타카야와 속도를 맞춰야 했기 때문이다.

상황을 이해하고 아연실색한 나에게 이노가 말했다.

"타카야가 이런 납치 같은 짓을 하다니…… 무언가 착오가 있던 모양이야."

"……착오? 너도 타카야의 공격에 휘말렸으면서?"

"그건…… 하지만 정말 노력가에 좋은 애야."

이노가 고개를 작게 가로저었다. 확신이 없는 몸짓이다.

"혼자 성채까지 도달했을 때는 몸도 마음도 완전히 피폐하고 너덜너덜해진 상태였어. 솔직히 말해서 그는 워리어 중에서는 강한 편이 아니야. 넓은 숲을 혼자 다니는 것은 불안했을 거야. 정신적인 소모도 있었을 테고, 몬스터의 습격을 생각하면 밤에도 제대로 잘 수 없었을 거야. 체력이 떨어져 집중력이 끊어졌다면 다치기도 하겠지. 타카야는 서두르고 있었으니 더욱 그랬을 거야……."

"…………."

"그래도 타카야는 성채에 스스로 도달했어. 그리고 첫마디가 '미호 누나를 구해 달라'였지. '나는 어떻게 되어도 상관없으니까 어서 누나를'이라고…… 그저 그 말만 반복했어."

이노가 보았다는 당시의 타카야를 나는 머릿속에 극명하게 그려낼 수 있을 것 같았다.

그는 정말 미즈시마 미호를 구하기 위해 필사적이었을 것이다. 자신의 몸도 개의치 않고, 그저 사랑하는 소꿉친구를 구하기 위해 몸부림쳤다. 결과의 비참함은 차치하고, 그 행위는 숭고했다.

그러나 '그렇기에 이 습격은 무언가 착오가 있는 것이다'라는 이노의 말에 동의는 할 수 없었다.

오히려 나는 이 이야기를 듣고 타카야의 습격을 이해했

을 정도이기 때문이다.

"정말 이런 짓을 할 만한 아이가 아닌데……."

"그런 건 이유가 못 돼."

"뭐?"

나에게 멱살을 잡혀 상체가 들린 이노가 바로 코앞에서 눈을 깜박였다.

"세상의 악인은 다들, 나쁜 짓이 좋아서 나쁜 짓을 저지른다고 생각해?"

세상 사람은 모두 선인이고, 거기에 돌연변이처럼 악인이 섞여 있다.

그렇다면 얼마나 좋을까.

현실은 그렇게 단순하지 않다. 절대악이란 그리 존재하지 않는다. 혹시 그런 것이 있다면 그것은 아마 기적 같은 존재일 것이다. 어떤 인간이라도 경우에 따라서는 비겁하고 비열해질 수 있다.

예를 들어 콜로니를 파멸로 몰아넣은 치트 능력자들. 나는 그들을 절대 용서할 마음이 없지만, 그렇다고 그들이 타고난 악인이라고는 생각하지 않는다. 엄청난 힘을 지닌 것 외에 그들은 평범한 인간이었다. 그 힘이야말로 그들이 횡포를 저지르도록 몰아세운 원인이다.

또는 그와 반대로 약함이 잘못을 일으키는 일도 있을 것이다. 또 다른 몬스터 사역자인 쿠도 리쿠가 그랬던 것처럼……

이 가혹한 세계에서 변함없이 올바르게 행동하기란 너무나 어렵다.

타카야도 아마 그럴 것이다.

그렇게까지 미즈시마 미호를 생각한다면, 이번에 그의 행동은 오히려 납득이 갈 정도였다.

"타카야는 소꿉친구를 되찾고 싶을 뿐이겠지."

정확히는 '되찾았다고 믿고 있다'지만.

그것은 릴리다. 미즈시마 미호가 아니다.

……최악이다.

마음이 강하면 강할수록 실패를 깨달았을 때, 실망과 분노도 커질 것이다. 손에 넣은 소녀가 미즈시마 미호가 아닌 것을 안다면, 타카야가 릴리를 어떻게 할지…… 불길한 상상만 들어 생각만 해도 몸이 얼어붙는 듯했다.

"적어도 네가 먼저 말해 주었다면……."

이노가 움찔하고 몸을 떨었다.

나의 나직한 목소리에 담긴 폭력적인 기운을 느낀 모양이다.

하려고만 하면 나 같은 것은 단숨에 죽일 수 있을 텐데 마치 평범한 소녀처럼 이노는 나를 두려워했다.

그것을 깨달은 순간, 끓어오르던 머릿속이 조금 식었다.

"……제길."

여기서 저항할 의사가 없는 이노를 때리기는 쉽다. 기분도 후련해질 것이다.

그러나 그것에는 아무런 의미가 없다.

그런 짓을 해도 릴리가 돌아올 일은 없다.

그녀를 되찾기 위해 필요한 것을 얻을 수 있는 것도 아니다.

게다가 이노는 딱히 나의 협력자도 아니거니와 아군도 아니다. 아니, 아까까지 검을 맞대던 적이다. 만약 그녀가 일부러 나에게 정보를 감추었다고 해도 비난할 일이 아니다.

또한 타카야가 있는 것을 알았더라도 대처할 수 있었을지는 확신할 수 없다.

화풀이해도 아무것도 해결되지 않는다.

냉정해지자.

"……묻고 싶은 게 있어."

크게 한숨을 쉬고 나는 이노에게 물었다.

"타카야가 갖고 있던 검과 사슬. 그거 마법 도구지?"

감정을 억누른 탓인가 자신의 것이라고는 생각할 수 없을 만큼 무기질적인 목소리였다.

"으, 응."

맞을 것이라 생각했는지 이노가 겁에 질려 감고 있던 눈을 조심스럽게 떴다.

"자세히 알아?"

"거, 검은 아마 '붕지(崩地)의 검'이라는 보검이야. 흙 기둥을 만드는 마법 도구로, 위력은 제3계제. 에베누스 성채에서 탐색대에게 제공된, 제국에서도 최고급 무구 중

하나야."

"최고급?"

제3계제 정도로 최고급이라는 말에 의구심이 들었지만…… 그러고 보니 이 세계의 사람이 다룰 수 있는 마법의 상한이 제3계제였던가. 나도 감각이 비상식적이 되었다.

마법 도구는 일반 마법만큼 응용하기가 어렵다. '흙 기둥을 만든다'는 한정된 효과로, 제3계제 수준의 위력을 낼 수 있다면 특별한 검이라 말할 수 있을 것이다. 아까 지형을 이용하여 속임수를 쓴 타카야처럼 사용하기에 따라 다양한 용도로도 쓸 수 있다.

"그런데 타카야는 치트 능력자잖아? 그런 게 필요해?"

"워리어로서 타카야의 능력은 근접 전투 전사에 가까워서 마법은 서툴거든."

그렇구나. 마법 도구만 없으면 타카야는 유효한 마법을 쓰지 못한다고.

아까 이노는 '타카야는 워리어 중에서는 강한 편이 아니다'라는 말도 했다.

이것은 공략의 실마리가 될지도 모른다. ……너무 허황된 희망이기는 하지만.

"사슬은 '죄악의 포박사슬'이야. 들어본 적 없어? 범죄자가 마력을 쓰지 못하도록 하는 마법 도구 중 하나인데."

"이름은 처음 들었어. 그게 그거였구나."

이 세계의 사람은 마력만 다룰 수 있으면 맨손으로 감옥을 파괴할 수 있다. 그것을 막기 위한 마법 도구가 있다는 이야기는 전에도 들은 적이 있다. 당사자에게 저항의 의사가 없거나, 의식을 잃은 상태가 아니면 발동하지 않고, 전투형 치트 능력자의 힘을 억누를 정도의 힘은 없다고 했지만, 릴리를 사로잡는 데는 충분했을 것이다.

그녀가 자력으로 탈출할 가능성은 이것으로 사라졌다.

이쪽에는 그리 좋은 정보는 아니지만, 현재 상태를 알게 된 것은 유익하다고 할 수 있다.

"대체로 알겠어."

나는 붙잡고 있던 이노의 멱살을 놓았다. 듣고 싶은 말은 들었다. 더는 용건이 없다.

그러나 이노는 아닌 모양이다. 엉덩방아를 찧은 그녀가 당황한 얼굴로 입을 열었다.

"……기, 기다려. 마지마. 너, 무슨 짓을 할 셈이야?"

"그야 뻔하잖아. 타카야를 쫓아서 릴리를 구해야지."

"진심이야?!"

이노의 안색이 달라졌다.

내가 시선을 보내자 순간 겁에 질린 듯했지만, 그래도 물러나지 않았다.

"타카야는 확연히 상태가 이상했어. 아마 말로는 설득되지 않을 거야. 다툼…… 아니. 목숨을 걸고 싸워야 할지도 몰라."

"그렇겠지. 나도 대화만으로 끝낼 수 있으리라고는 생각안 해."

"넌!"

벌컥 화를 내며 이노가 외쳤다.

"몬스터 같은 걸 되찾기 위해 다른 사람을 죽이겠다고?!"

"……몬스터 같은 것이라."

이노의 말을 나는 그대로 되풀이했다.

심한 말을 듣기는 했지만, 의외로 화는 나지 않았다.

그것은 아마, 발언자인 이노에게 악의가 없기 때문일 것이다.

그보다 이 녀석은 그리 생각하고 말하지 않는다.

여기서 이노가 중요하게 여긴 부분은 어디까지나 인간끼리 서로 싸우는 것을 피하고 싶다는 것이다.

딱히 그리 틀린 말을 한 것도 아니다.

안긴끼리 서로 싸우는 것을 피하려고 하는 이노의 태도는 옳다.

몬스터를 다시 빼앗기 위해 인간끼리 죽일 듯이 싸우는 것은 형평성이 어긋난다. 그래, 이것도 정론이다.

……물론 그것은 외부 인간의 의견이지만.

"너에게는 그저 몬스터일지라도, 나에게는 소중한 존재야. 소중한 것을 되찾는데 상대가 인간이든 몬스터든 상관있을까?"

나는 내가 소중하게 여기는 자들이 무사하다면 그것으로 충분하다. 그것만이 바람이다. 옳은지 아닌지는 사실 아무래도 좋다.

이노와의 대화는 계속해서 평행선을 이뤘다.

서로 맞지 않는 대화에 이노는 말문이 막힌 듯했다.

그래도 어떻게든 나를 만류하려고 한다.

"애, 애초에 네가 미즈시마를 몬스터에게 먹이지 않았다면 이런 일은…….."

"그래. 맞아. 그 부분은 누구에게 비난받더라도 반론할 수 없어."

나는 고개를 가로저었다.

"하지만 그것과 이것은 별개의 일이야."

이노의 말대로 내가 미즈시마 미호의 몸을 릴리에게 먹이지 않았다면 타카야가 이러한 횡포를 저지를 일은 없었을 것이다.

그러나 미즈시마 미호를 잃은 것은 타카야지 내가 아니다. 그것은 그녀의 곁을 떠난 타카야의 실패다. 게다가 내가 그녀의 목숨을 빼앗은 것도 아니다.

"무엇보다…… 설령 어떤 이유가 있더라도 자기 여자를 빼앗긴 채 가만히 있을 수 있을까?"

나의 대답을 듣고 이노는 고개를 숙였다.

"……마지막으로 물을게."

더는 싸움을 회피할 수 없다는 것을 실감한 모양이다. 힘없는 목소리로 묻는다.

"네가 미즈시마 미호를 죽였어?"

"아니."

바로 대답했다.

"뭐, 네가 믿을지 말지는 모르지만."

"나는……."

"선배의 말을 믿을 수 없다면, 제가 증언할까요?"

카토가 끼어들었다.

로즈에게 기댄 그녀는 차가운 눈으로 이노를 바라보았다.

"마지마 선배는 미즈시마 선배를 죽이지 않았어요. 만일 그랬다면 미즈시마 선배와 사이가 좋았던 제가 이렇게 마지마 선배와 함께 있을 리가 없다고 생각하지 않나요?"

"……그렇게 말하자면 넌 사이가 좋은 선배의 주검을 몬스터에게 먹이고 모습을 빼앗은 상대와 같이 있는 것이 되잖아."

"맞아요."

카토는 살짝 인상을 찌푸리고 눈을 내리깔았다. 가슴 높이로 손을 들어 작게 주먹을 쥔 것은 이노의 말이 그녀에게 적지 않은 고통을 주었기 때문일지도 모른다.

"……그러나 콜로니가 붕괴한 뒤, 저희는 살기 위해 필사적이었어요. 그런 상황에서 정의로운 채로 있을 순 없었죠."

카토가 고개를 들었다. 생각보다 강한 눈빛에 이노가 숨을 들이켰다.

"다만 그 자리에 없었던 사람이 끼어들 일이 아니에요.

화를 낸다면, 미즈시마 선배 본인 정도겠죠.”

“……미즈시마는 죽었잖아.”

이노가 간신히 내뱉은 말에 카토는 무슨 까닭인지 살짝 미소를 머금었다.

“네. 그래요. 죽은 선배는 웃지도, 화를 내지도 못해요. ……하지만 선배는 이 일에 그리 화를 안 내지 않을까 저는 생각하지만요.”

“뭐야 그게. 무슨 뜻이야?”

“전에 거베라 씨와 대립했을 때…….”

무언가 말하려던 카토는 중간에 고개를 가로저었다.

“아니요. 별로 확증이 없으니 말하지 않는 편이 좋겠어요. 그보다 마지마 선배.”

카토가 이쪽을 바라보았다.

“릴리 씨를 되찾는 것은 당연한 일이지만, 선배 혼자서는 불가능해요. 무언가 방법을 생각해야죠.”

“……나도 알아.”

아무리 마음이 앞서더라도 현재 전력이 부족한 것에는 변함이 없다.

이노에게 타카야의 정보를 얻기는 했지만, 그것만으로 메울 수 있을 만큼 마지마 타카히로와 타카야 준 사이에 있는 실력 차이는 적지 않다.

차라리 아무 생각 없이 릴리를 좇아가고 싶을 정도지만, 그것은 그저 만용에 지나지 않는다.

역시 산길까지 달려가 증원을 불러올 수밖에 없나. 그러
나 그것으로 괜찮을까…….

"주인님."

그때였다. 하반신을 잃어 누운 채, 지금까지 우리의 대
화를 듣기만 하던 로즈가 말을 걸었다.

"거베라입니다."

"……뭐라고?"

무슨 뜻이냐고 묻기 전에 하늘에서 그림자가 떨어졌다.

그것은 하얀 거미의 형태를 한 희망이었다.

05 쫓고 쫓기는

"거베라!"

뛰어드는 하얀 그림자를 본 나는 들뜬 목소리로 외쳤다.

"와주었구나!"

"흠. 무사한 것 같군, 주군. 일단은 만족스러워."

그 자리에 있는 사람들을 둘러본 거베라가 붉은 눈을 가늘게 떴다.

"……그런데 모습을 보니 아무래도 무슨 일이 있었던 모양이군."

거베라가 이쪽으로 시선을 보냈다. 나는 조용히 고개를 끄덕였다.

"응. 너의 힘이 필요해."

절망적인 상황에 작은 희망이 생겼다.

거베라의 성격상, 얌전히 기다릴 리가 없다고 생각했지만, 이 모습을 보니 그녀는 그 산사태가 일어난 뒤 바로 우리를 쫓아온 모양이다.

여기까지 오는 데 시간이 걸린 까닭은 역시 부상 탓일 것이다.

거베라는 이노와의 전투로 입은 상처가 아직 낫지 않았다. 본래 여덟 개인 거미 다리는 왼쪽에 둘, 오른쪽에 셋밖에 남지 않아서 갈고리 모양 발톱을 지면에 박아 몸을 고정하고 있지만, 착지할 때에는 비틀거렸다.

전혀 움직이지 못하는 것은 아니라 그나마 다행이지만, 특기인 기동력은 전혀 활용할 수 없는 상태다.

그래도 그녀는 나의 동료 중 가장 강력한 권속임이 분명하다. 적어도 나 혼자서 시도하는 것보다 훨씬 릴리를 되찾을 확률이 높을 터였다.

욕심을 내자면 시란도 와주었으면 좋았겠지만, 아쉽게도 그녀의 모습은 보이지 않았다.

그녀는 벼랑 위에 있는 산길에서 케이와 함께 우리가 돌아오기를 기다리고 있을 것이다.

안타깝게도 시란을 데리러 갈 여유는 없다.

지금도 릴리가 점점 멀어지고 있는 것이 패스를 통해 느껴진다.

그녀의 존재가 멀어진다. 조만간 느끼지 못하게 될지도 모른다.

설마 타카야가 습격하리라고는 예상하지 못했으니까. 지금은 거베라만이라도 달려와 준 것을 행운으로 여겨야 한다.

"무슨 일이 일어났는지 가면서 말할게. 가자."

"으, 응. 알겠소."

가능성의 싹이 튼 이상, 이렇게 있을 수는 없다. 나는 당황한 거베라에게 말하며 달렸다.

"주, 주인님?!"

놀란 듯한 로즈의 목소리가 뒤에서 따라왔다.

"안심해!"

돌아보지도 않고 크게 대꾸했다.

"릴리를 반드시 데리고 돌아올게!"

스스로 말하면서도 어려운 일임은 알고 있었다.

그러나 포기한다는 선택지가 없는 이상 최선을 다할 수밖에 없다.

지금은 무리해서라도 성공하지 않으면 안 될 상황이다. 나는 주먹을 꽉 쥐었다.

◆ ◆ ◆

릴리를 납치한 타카야의 목적지는 제국령 방면인 듯하다. 패스를 통해 느껴지는 릴리의 기척이 키틀스 산맥을 남동쪽으로 직진하고 있었다.

타카야는 구불구불한 산길을 이용하지 않고 치트 능력자로서의 신체 능력으로 산속을 돌파하고 있는 것 같다. 아마 추격자가 따라오는 것이 싫은 모양이다. 제법 신중한 행동이다. 나는 릴리와 패스로 통하니 그녀의 위치를 그럭저럭 알지만, 그렇지 않았다면 분명 추격은 어려웠을 것이다.

반대로 말하면 뜻하지 않게 우리는 타카야의 의도에서 벗어났다고 할 수 있다.

릴리라는 짐은 안은 타카야가 산길을 걷는 것보다는 산

속을 뚫고 있는 쪽이 소모가 심하겠지. 그러니 승부는 키틀
스 산맥을 빠져나가기 전이다. 어떻게든 따라잡아야 한다.

"주군. 슬슬 무슨 일이 있었는지 설명해 주지 않겠나."

옆에서 도약하듯이 이동하는 거베라가 더는 참지 못하
고 물었다.

그러고 보니 그녀에게 아직 무엇 하나 설명하지 않은 것
을 떠올렸다.

"어, 어어. 미안. 지금 설명할게. 사실 그 산사태가 일어
난 뒤에──."

거베라와 떨어져 있는 동안 무슨 일이 있었는지 간단하
게 말했다.

"그렇군. 릴리 공이……."

"반드시 되찾겠어. 그러기 위해 힘을 빌려줘."

"물론이오."

거베라가 힘차게 고개를 끄덕였다.

"소녀에게 가능한 일이 있다면 무엇이든 협력하지."

"그렇게 말해 주니 고마워."

"하지만 소녀도 이런 상태라오. 얼마나 도움이 될지 보
장할 수는 없지만……."

"그 부분은 괜찮아."

걸핏하면 굳어지는 표정을 애써 움직여 함께 달리는 거
베라를 향해 웃었다.

"이노가 말하기를 타카야는 마법을 쓰지 못한대. 워리어

로서도 그리 강한 편은 아니라고 해. 파고들 여지가 있을 거야."

나는 되도록 침착하게 상황을 판단하려고 노력했다.

이러는 동안에도 문득 소리를 치고 싶은 불안이 가슴을 태웠지만, 안달해도 상황이 좋아질 일은 없다.

냉정함이 필요하다. 평정심을 잃으면 가능한 일도 불가능해진다.

"마법 도구로 무장한 것은 성가시지만, 그것만 어떻게든 하면 승산은 있어. 아니. 나 혼자였다면 그것조차 의심스러웠겠지만, 지금은 거베라가 있으니까. 얼마든지 방법이 있을 거야."

"……그렇게 말해 주니 기쁘네만."

말과 달리 거베라는 복잡한 표정을 지었다.

어딘가 불안한 듯 붉은 눈이 나를 살펴보고 있다.

"왜?"

"아니. 소녀의 기분 탓일지도 모르오."

고개를 가로저은 뒤, 거베라는 다시 나를 힐끔 보았다.

"그런데 그 타카야라는 자의 목적은 무엇일까."

"그건…… 당연히 미즈시마 미호를 되찾기 위해 아닐까?"

당연한 질문을 하여 나는 조금 당황하고 말았다.

"타카야는 미즈시마 미호의 소꿉친구야. 그녀를 위해 위험에도 혼자 수해를 빠져나갈 정도로 그녀를 소중하게 여겼어. 그럼 목적은 미즈시마 미호 외에는 없지 않을까?"

"아니, 주군. 진심으로 말하는 건가."

점프하듯이 달리며 거베라가 말했다.

"그렇다면 왜 그렇게 소중한 미즈시마 미호를 타카야는 공격했지?"

"그건……."

허를 찔린 기분이었다.

"……확실히 그래. 묘한데."

타카야는 릴리의 머리를 검으로 꿰뚫었다.

상대가 릴리가 아니었다면 첫 일격으로 죽었을 것이다.

미즈시마 미호를 저항하지 못하게 하고 싶다면, 좀 더 다른 방법이 있었을 텐데…….

아니. 이것도 이상하다.

애초에 왜 타카야는 미즈시마 미호가 저항할 것이라 생각했을까?

타카야에게 미즈시마 미호는 소꿉친구다. 기습할 이유가 없다. 그냥 말을 걸면 된다. 그런데 타카야는 뒤에서 기습을 가했다. 그것도 검으로 머리를 꿰뚫는, 너무나 과격한 수단을 취했다.

"대체 왜……."

"저기, 주군."

옆에서 달리는 거베라가 힐끗 이쪽을 보았다.

가는 눈썹을 찡그리고 있다. 왠지 심각해 보이는 표정이었다.

"아까 그 여자, 분명 위다전이라고 했던가."

"'위타천'이야. 이름은 이노 유나."

"그래. 그 여자가 나타났을 때, 입에 담은 말을 기억하시오?"

충격적인 일이 이어지고 있다고 해도 조금 전의 일이다. 물론 기억한다.

"'자신이 조종하는 몬스터에게 미즈시마를 먹였는가' 힐난했었지."

"맞소."

거베라가 고개를 끄덕였다.

"그 여자는 릴리 공의 정체를 알고 있었소. 릴리 공을 납치한 타카야라는 자는 그 여자와 함께 있었다며? 타카야 역시 릴리 공의 정체를 알고 있는 것이 당연하지 않나."

……듣고 보니 맞는 말이다.

사전에 릴리의 정체를 알고 있었다면, 타카야의 행동은 매우 납득이 간다.

타카야가 갖고 있던 '죄악의 포박사슬'은 저항할 의사가 없으면 발동하지 않는다. 미즈시마 미호가 상대라면 몰라도 몬스터인 릴리의 의식을 빼앗으려면 큰 대미지를 입혀야 한다. 그러기 위해서는 의태한 머리에 일격을 가하는 것이 가장 깔끔한 방법이다. 난폭한 듯 보여도 이 이상 효율적인 방법이 없다.

"하지만 그렇게 따지면 이상한 점이 하나 있소."

거베라가 말을 이었다.

"타카야는 미즈시마 미호의 모습을 빌린 몬스터임을 알고 있으면서 릴리 공을 납치한 것이 되오. 그 이유를 모르겠소."

"……심지어 그 녀석, 릴리를 '미호 누나'라고 불렀어. '앞으로는 반드시 내가 누나를 지킬 테니까'라고. 그건 연기로 보이지 않았어."

……어떻게 된 일이지?

손에 넣은 것이 미즈시마 미호가 아니라면 그런 말이 나올 리가 없다.

그러나 미즈시마 미호라면 그런 난폭하기 짝이 없는 방법으로 신병을 확보할 리가 없다.

"혹시……."

문득 떠오른 점이 있어서 나는 인상을 찌푸렸다.

──이제야 되찾았어. 미호 누나.

순수 그 자체인 목소리가 귓속에서 재생되었다.

그런 태도와는 달리 거침없는 공격.

비정상적인 눈빛과 원념 같은 것이 느껴진 분위기.

"……타카야는 어딘가 망가지고 말았을지도 몰라."

뒤늦게 나는 그 가능성을 떠올렸다.

"망가졌다니?"

"응. 타카야 준은 소꿉친구인 미즈시마 미호를 좋아했어. 그렇기에 자신의 몸도 돌보지 않고 미즈시마 미호를 위해 필사적이었지. 그런 그녀를 잃고 만 거야. 이상해지더라도 어쩔 수 없지…….”

말하는 동안 등줄기로 오싹 소름이 끼쳤다.

생각해서는 안 될 것을 머릿속에 떠올리고 말았기 때문이다.

자신보다 중요한 사람. 소중하게 사랑하는 소녀. 타카야에게 미즈시마 미호가 그런 존재라면, 나에게는 릴리가 그렇다.

그렇기에 생각하고 말았다.

혹시 내가 릴리를 잃는다면.

망가지지 않고 버틸 수 있을까?

“큭……!”

나는 얼른 그 이상 생각하기를 멈췄다.

그것은 이런 상황에서 생각할 일이 아니다.

너무나 불길하다…….

“그렇군. 타카야는 이제 미즈시마 미호와 릴리 공의 구별도 하지 못하게 되었군. 그러나 그것은 우리에게 안심되는 부분이 아니오?”

“……어?”

거베라가 말을 걸어와 나는 퍼뜩 정신을 차렸다.

“뭐라고 했어?”

“……집중하시오, 주군. 괜찮소?”

“어, 어어. 미안해.”

바로 사과했다.

"괜찮아. 그런데 안심되는 부분이라니?"

"……음. 주군이 두려워하는 것은 릴리 공이 미즈시마 미호가 아닌 것을 타카야에게 들켜 위험해지는 것 아니오?"

미심쩍은 표정을 보이긴 했지만, 거베라는 바로 표정을 바꾸어 격려하는 듯한 목소리를 냈다.

"하지만 그럴 가능성은 없어진 것 아닌가. 애초에 타카야는 알면서 릴리 공을 유괴한 것이니까."

"어, 으응……."

듣고 보니 이것도 분명 그럴지도 모른다.

거베라의 말이 옳다.

그렇다고 안심이 되는가 하면 그렇지는 않다.

이것은 논리로 해결되는 것이 아니다. 나는 애매하게 고개를 끄덕였다.

"그래."

"…………."

그 대화를 끝으로 우리는 말 없이 서둘러 이동했다.

시야 끝에 태양이 언뜻 보였다. 해가 조금씩 기울고 있다. 목덜미 언저리가 지글지글 익는 기분이 들었다. 릴리가 잡혀간 지 얼마나 시간이 지났을까? 설마 너무 멀어진 것은 아닐까?

생각해도 어쩔 수 없는 일이 머릿속에서 빙글빙글 맴돌았다.

"음……?"

거베라가 이쪽을 살펴보는 것을 눈치챈 것은 침묵의 시간이 몇 분인가 지난 뒤였다. 의아하게 여긴 나는 입을 열었다.

"왜 그래, 거베라?"

"……저기, 주군."

쿠웅, 하는 큰 소리가 났다.

갑자기 거베라가 발톱을 멈춰 급제동을 건 것이다.

나도 당황하여 발을 멈췄다.

"……아차."

그 바람에 균형을 잃었다. 휘청이며 고꾸라질 것 같다.

똑바로 서려고 했지만 실패하고 말았다. 바닥에 한 손을 짚었다.

약한 통증. 위치를 잘못 파악한 모양이다. 자칫하면 손목을 삘 뻔했다.

"헉, 헉……."

어느새 숨이 차올라 있었다. 쿵쾅쿵쾅 심장이 크게 뛴다.

몸을 일으켰다. 살짝 현기증이 일었다. 애써 떨쳐내고 뒤를 돌아보았다.

"갑자기 왜 멈춘 거야, 거베라?"

발을 멈춘 거베라를 바라보았다.

거미 다리가 박힌 지면에서 흙먼지가 피어오르고 있다.

발을 멈추느라 앞으로 기울어진 그녀의 얼굴은 긴 머리

에 가려져 보이지 않는다.

"전언을 철회하겠소."

나직하게 거베라가 말했다.

"역시 소녀의 기분 탓은 아닌 모양이오."

06 거미줄에 걸리다

"역시 소녀의 기분 탓은 아닌 모양이오."

말하며 거베라가 고개를 들었다.

지면을 향해 길게 늘어진 하얀 머리카락 사이로 여신조차 맨발로 도망칠 듯한 미모가 드러났다.

움찔했다.

나를 향하는 거베라의 시선이 어딘가 책망하는 듯했기 때문이다.

불편함을 느껴 눈길을 피하려는 자신의 행동을 깨달은 나는 다시 그녀를 마주 보았다.

"……무슨 말이야, 거베라."

목구멍이 약간 따끔했다.

입이 바싹바싹 말랐다. 넘기려던 침이 거칠게 숨에 얽혔다.

쿨럭. 작게 기침을 하고 나는 말을 이었다.

"그보다 말할 거면 그냥 이동하면서 해도……."

"아까 소녀가 합류했을 때 말인데."

거베라가 나의 말을 가로막았다.

여전히 나에게 강한 시선을 보내며 탐스러운 입술을 벌렸다.

"그대, 소녀가 다가갔을 때, 알아채지 못했지?"

"뭐?"

거베라가 다가오는 것을 알아채지 못했다?

그게 어떻다는 말일까.

"로즈 공은 알아챈 듯하더군."

"……무슨 이야기야?"

조금 말투가 거칠어졌다.

이런 긴급 사태에 영문도 모를 말을 갑자기 시작하다니. 누구나 이런 반응일 것이다.

"그게 이렇게 멈춰서 할 이야기야?"

"그렇게 판단했으니 소녀가 이러고 있는 것 아닌가."

다소 강한 어조로 내가 나무라도 거베라는 물러나지 않았다.

붉은 눈은 나를 포착하고 흔들리지 않는다.

"너……."

불편한 느낌이 더욱 강해지고, 신경질이 일기 시작했다. 상황을 알고 있냐고 호통을 치고 싶은 충동이 가슴 깊은 곳에서 솟구쳤다. 이렇게 발을 멈추고 있는 동안에도 릴리는 멀어지고 있다. 이런 짓을 할 때가 아니다.

"……잘 들어, 거베라. 지금은 긴급 상황이야."

간신히 나는 자신의 감정을 억눌렀다.

그래도 말끝이 떨리는 것만은 어쩔 도리가 없었다.

"나 혼자서는 릴리를 구할 수 없어. 아까부터 말했듯이 너의 힘이 필요해. 도와줘."

힘을 합치지 않으면 도저히 릴리를 되찾을 수 없다.

혼자서는 안 된다.

이것은 릴리가 일찍이 가르쳐 준 것이기도 하다.

몬스터를 이끄는 주인으로서 나는 어떻게 해야 할까.

권속과 손을 마주 잡고 협력해 나가는 것이 주인인 나의 존재 방식이다.

나아가 지금은 비상 사태다. 차분하게 대화를 나누어야 한다.

그렇게 스스로를 다잡으며 나는 나 자신을 억제했다.

그러나 내 모습을 보고 거베라는 입술을 깨물었다.

"……역시 릴리 공이 아니면 안 되는가."

"무슨……."

한탄하듯이 거베라가 입에 담은 말에 나는 인상을 찌푸렸다.

"무슨 말을 하는 거야, 거베라. 너도 릴리를 구하고 싶지 않은 건 아니잖아?"

내가 아는 한, 두 사람의 관계는 양호하다. 실제 나이는 다르지만, 거베라는 같은 권속으로서 언니인 릴리를 따르고 있다. 그것이 연기였을 리도 없다.

"혹시…… 릴리니까 내가 이렇게 필사적이라고 생각하는 거야?"

떠오른 가능성을 나는 입에 담았다.

"만약 그렇다면 그건 아니야, 거베라. 거베라가 잡혀갔더라도 나는 똑같이 되찾으려고 했을 거야."

거베라만이 아니라 잡혀간 것이 릴리 이외의 권속이더라도 나는 지금 이렇게 하는 것처럼 타카야를 쫓았을 것이다.

그러나 거베라는 고개를 가로저었다.

"과연 어떨까."

거베라의 목소리는 그녀답지 않게 다소 냉소적으로 웃는 듯했다.

그런 태도에 다시 짜증이 일었다.

하지만 거베라의 얼굴을 보자 그런 충동적인 감정은 모두 날아가고 말았다.

"아마 달랐을 거라고 생각하오."

"……거베라?"

"납치된 것이 릴리 공이 아니었다면…… 이곳에 릴리 공이 있었을 테니까."

그녀의 목소리에 감도는 것은 그저 무력감뿐이었다.

지금은 다섯 개밖에 없는 다리로 거베라는 불편하게 걷고 있다.

휘청거리며 불안정한 발걸음이 마치 강한 비에 맞는 꽃 같다.

"소녀의 힘이 필요하다고 했지. ……그래, 그건 그럴 것이오. 힘을 합치지 않으면 릴리 공을 구할 수 없을 테니까."

휘청거리면서도 거베라는 나로부터 눈을 떼지 않았다.

"다만. 필요한 것은 힘뿐인가?"

"…………."

"힘을 합친다는 것은 그런 것이 아니지 않나?"

어깨를 잡혔다.

거베라의 아름다운 얼굴이 숨이 닿는 곳까지 다가왔다.

그녀는 분한 듯 입술을 깨물고 인상을 찡그리고 있었다.

"……무슨 표정이 그래."

"그건 소녀가 할 말이오."

확실히 맞는 말이다.

피처럼 붉은 거베라의 눈이 초조함에 짓눌릴 듯한 소년의 얼굴을 비추고 있었다.

그렇군. 이것이 지금의 나인가.

정말…… 끔찍하다.

"불안을 혼자 끌어안지 마시오. 초조함을 혼자 곱씹지 마시오."

거베라가 붙잡은 나의 어깨를 흔들었다.

"스스로는 깨닫지 못했겠지……. 그대, 전혀 여유가 없군. 소녀도 쉽게 알아챌 법한 일을 몇 개나 놓치고 있는 것이 그 증거요."

──어떻게든 거베라와 합류해야 한다고 생각하면서 이미 그녀가 근처까지 와 있는 것을 깨닫지 못했다.

──이노와 동행하던 타카야가 릴리의 정체를 알고 있는 것을 파악하지 못했다.

이만큼 알기 쉬운 것을 놓치고 있었다. 그 외에도 놓친 것이 있을지도 모른다. 이런 상태로는 어떤 실수를 저지를 지 모른다. 참담한 꼴이라고밖에 표현할 말이 없다.

"……스스로는 침착함을 유지하고 있다고 생각했는데."

"그대는 그만큼 강하지 않지 않소."

그것도 거베라의 말이 맞다.

소중한 릴리를 빼앗기고 말아서.

릴리를 빼앗은 타카야에게는, 미즈시마 미호를 먹게 했다는 죄책감이 있어서.

타카야가 길을 잘못 든 게, 내 탓이라는 비난을 들어서.

그런 것들을 혼자 끌어안은 채, 그래도 태연하게 있을 수 있을 만큼 마지마 타카히로라는 존재는 강하지 않다.

그렇게 인정한 순간 아까부터 느끼던 피로감이 커졌다.

정확히는 느끼지 못하던 피로를 이제야 느낄 수 있게 되었다고 해야 할까.

나도 모르게 추적에 힘이 너무 들어가 있었던 모양이다. 완전히 오버 페이스였다.

아까 거베라가 말한 대로 릴리가 지금 당장 위험에 처할 가능성은 낮다. 그런데 초조함에 떠밀려 전속력으로 추격했고, 결과적으로 타카야를 따라잡기 전에 완전히 지치고 말아서야 의미가 없다. 거베라가 막을 만하다.

너무나 면목이 없었다.

릴리에게 배운 것을 손톱만큼도 실천하지 못했다.

입으로는 협력하자고 말하면서 겉으로 흉내만 냈을 뿐이다.

지금까지는 잘 해냈을 터인데.

이제 와서 왜 이런 실패를 저지르고 말았을까.

"여기에 릴리 공이 있었다면, 아무 문제도 없었겠지."

거베라가 의문에 대답해주었다.

"릴리 공에게라면 주군은 불안을 토로할 수 있었을 테니까. 그러나 릴리 공은 납치당하고 말았소. 아쉽겠지만, 이곳에 있는 것은 소녀뿐이오."

"아쉽다니, 그럴 리가……."

"변명하지 마시오. 주군에게 릴리 공이 지나치게 특별할 만큼 특별한 존재인 것은 알고 있소."

말하려던 나를 거베라가 고개를 가로저으며 막았다.

"첫 번째 권속. 주군의 마음에 가장 가까운 권속. 반대로 말하면 그것은…… 소녀들이 주군의 마음에서 조금 멀다는 것이나 다름 없지."

"…………."

"그러니 주군. 소녀는 자신이 릴리 공을 대리할 수 있을 거라는, 거만한 생각은 하지 않소. 서로 안고, 이해하고, 마음을 녹여 내는 것은…… 연인인 릴리 공만의 특권이오. 소녀로는 부족하지."

알고 있었다며 거베라는 웃었다.

"따라서 매달리라는 말은 하지 않겠소. 안아 달라는 말도 하지 않겠소. 그것은 아직 마음을 응답받지 못한 소녀가 할 수 있는 일이 아님을 잘 아니까. 물론 그렇다고 해서 지금 이 자리에서 소녀의 마음에 답하라는 말은 아니오."

어깨에 얹힌 손이 나의 등으로 내려왔다.

깃털처럼 가벼운 포옹이었다. 그러면서 마치 나를 감싸는 듯했다.

"그러나 최소한 기대어는 주지 않겠나. 자, 전에 한번, 그렇게 해준 적이 있지 않소?"

거베라의 말은 그녀와 단 둘이 숲을 탐색하던 시절의 일을 가리키는 것이다.

콜로니에서 생긴 트라우마에 시달리게 된 나를 위해 거베라는 그저 곁에 있어 주었다.

그렇다. 그때 일을 떠올리며 거베라는 이렇게 해준 것인가.

"아주 조금이라도 주군의 마음이 편해진다면, 소녀는 그것으로 상관없소."

자신이 아닌 타인의 체온. 패스로 전해지는 그녀의 마음.

불안이 스르륵 녹아내렸다.

그렇게 느끼며…… 왜 그랬을까. 나는 거베라라고 아직 이름을 붙이기 전에 '하얀 아라크네'와 만났던 때를 떠올렸다.

불행한 만남이었다. 오히려 그것은 조우라 표현해야 할 정도였다.

나는 혼자 아라크네의 둥지에 사로잡혔다. 탁류 같은 하얀 감정에 노출되어 짓눌리는 바람에 마음이 꺾일 뻔했다.

거미줄로 칭칭 묶여 채집망 속의 벌레처럼 잡혔다.

──소녀는 말이오, 주군. 지금도 변함없이 그대를 이 손으로 사로잡고 싶소.

물론 그때의 폭력적인 속박과 이 따스한 포옹은 전혀 다르다.

거베라는 나의 약한 마음을 지탱해 주려고 했다. 전해지는 건 순수한 애정과, 우직한 마음으로 가득하여 무척 따뜻하다.

하지만 본질적으로 거베라는 분명 거미다.

그렇게 생각했다.

왜냐하면 지금 나는 '사로잡혔다'고 강하게 느꼈기 때문이다.

언젠가 아라크네의 둥지에 사로잡혔을 때보다도 훨씬 강하게.

옴짝달싹할 수 없을 만큼 꽁꽁 묶여서.

"……역시 너는 어딘가 맹한 구석이 있어. 거베라."

"주군?"

"너로는 부족하다니 그럴 리가 없지."

놀란 눈을 한 거베라의 모습에 작게 웃으며 그녀의 등으로 팔을 뻗었다.

"내가 너를 안으면 자신의 마음을 더는 제어하지 못하리라 생각했어."

지금까지 나는 원래 세계에 있던 시절의 정조관념을 그

대로 갖고 있었다.

딱히 무언가 대단한 신념이나 사상 같은 것이 있는 것이
아니다. 우리의 관계가 원래 세계에는 없는 것인 이상, 소
중한 그녀들과 마주하기 위해서는 변하지 않으면 안 된다
고 느꼈을 정도였다.

그런데 변하지 못했다. 혹시 '변하고 마는 것'에 대한 지
나친 두려움이 있었을지도 모른다.

이 세계에 와서 나는 많은 것을 잃었다. 원치 않게 달라
지고 말았다. 따라서 무의식중에 내면에 있는 원래 세계의
상식을 유지하려고 했을지도 모른다.

두려움이 쐐기처럼 마음에 박혀 있었다 .

하지만 그것도 슬슬 끝내기로 하자.

나는 거베라를 끌어안았다.

무서운 힘을 지닌 소녀의 몸은 나보다 가녀리고, 하얀
피부는 매끈하여 빠져들 것처럼 부드럽다.

"기다리게 해서 미안해."

◆ ◆ ◆

이렇게 나는 하얀 거미줄에 걸렸다.

더는 도망칠 수 없다.

도망칠 생각도 없다.

그와 동시에 내 마음속에 나를 묶어 두었던 쐐기가 쑥

뽑혀 나갔다.

　소중한 그녀들과 지내며, 앞으로도 이 이세계에서 마지마 타카히로라는 존재는 달라져 갈 것이다. 좋든 나쁘든 달라지는 것은 멈출 수 없다.

　나는 그렇게 생각하며——.

　"흐아아아아아아?!"

　——거베라가 갑자기 큰 소리를 질렀다.

　깜짝 놀랐지만, 그래도 끌어안은 팔을 풀지 않고 나는 가까이에 있는 거베라의 얼굴을 응시했다.

　나를 안고 있었을 터인 거베라의 양팔이 만세 자세를 취했다.

　하반신의 거미 다리는 진정 못하고 동동 구르고 있다.

　다리가 부족한 상태로 그런 행동을 하면 당연히 균형을 잃고 만다.

　"우, 우앗……?!"

　거베라를 안은 채 나도 바닥에 무릎이 닿았다. 바로 코앞에 있는 새빨개진 얼굴이 사랑스럽다. 입을 뻐끔뻐끔 여닫더니 간신히 짧은 말을 자아냈다.

　"노, 놀랐소."

　"그건 내가 할 말이야. 갑자기 왜?"

　기뻐할 거라고 생각했는데.

　이 반응은 조금 뜻밖이었다.

　"아, 아니. 기쁜 것은 사실이오만."

기쁘기는 한 모양이다.

……그렇다면 대체 왜?

나의 의아한 시선에 두 팔을 위로 번쩍 든 채, 거베라가 대답해 주었다.

"너무 기뻐서 무심코 힘을 주어 안을 뻔했기에."

"그건 무서운데."

거베라가 힘을 주어 안으면 위험할 수도 있다.

아무래도 효과가 너무 지나쳤던 것 같다. 조금 전까지 나를 놓치지 않을 기세였던 거베라의 붉은 눈이 지금 이리저리 시선을 돌리고 있다.

"어떡하지. 어떻게 하면 좋소? 너무 흥분해서 힘 조절이 안 될 것 같은데."

서툰 농담이다.

그렇게 생각하고 싶지만, 거미 다리가 바닥을 긁고 있는 것을 보면 딱히 농담이 아닌 모양이다.

거베라에게서 몸을 떼고 나는 한숨을 쉬었다.

"안는 것은 거베라가 제대로 자신을 억제할 수 있게 된 다음에 해야겠네……."

"아, 아으으으……."

거베라가 신음하며 어깨를 축 늘어뜨렸다. 다소 항의 섞인 울림이었으나, 자신이 문제인 것은 아는 듯하다. 나는 무심코 웃음을 터뜨렸다.

지금까지의 나라면 어쩔 수 없다며 여기서 물러났을 테

지만…….

"으헉?!"

이번에는 내가 나서서 끌어안자 거베라가 이상한 비명을 질렀다.

"주, 주주주, 주군?!"

"너무 당황하네."

쓴웃음을 지었다. 감은 팔을 풀지는 않았다.

나는 이제 하얀 거미의 실에 사로잡혀 도망칠 수 없다.

그러나 그렇게 된 이상, 상대를 놓칠 생각도 없다.

"릴리를 되찾고 상황이 정리되면, 둘만의 시간을 갖자."

"그, 그것은……."

거베라가 붉은 눈을 번쩍 떴다.

"불장난을 치자는 것이오?!"

"……어어, 응. 그런 느낌."

……적극적이다.

지금까지 참아온 것이 컸을 테니 반은 내 탓인가. 그건 그렇고 적나라하다고나 할까, 뭐라고나 할까. 사람에 따라서는 질겁할 말이 아닐까.

뭐, 이것을 귀엽다고 생각한 시점에 나는 이제 어쩔 도리가 없겠지만.

"그, 그럼 그때는 이, 입맞춤! 입맞춤을 하는 것이오!"

"키스?"

적극적으로 소원을 말한 거베라가 고개를 크게 끄덕거

렸다.

　잠시 생각한 뒤, 나는 그 말에 대답했다.

　"알겠어."

　앞으로의 고난을 생각하면, 적어도 상은 주어야 할 것이다.

　"저, 정말인가?! 약속이오!"

　"그래, 약속했어. 그러니 그걸 위해서도……."

　"음. 반드시 릴리 공을 구하겠소!"

　나는 안고 있던 거베라에게서 몸을 떼어냈다.

　주먹을 쥐었다. 손끝까지 제대로 신경이 통하는 감각이 느껴졌다. 체력은 80%쯤 회복했다. 거베라 덕분에 정신 상태도 평소와 같다. 이거라면 어이없는 실수를 저지를 일은 없을 것이다.

　결의도 새롭게 다졌으니, 거베라에게 손을 뻗었다.

　거베라가 손을 잡고 미소 지었다.

　신기하다. 지금까지와는 무언가 다르게 느껴진다. 물리적인 거리는 평소와 다르지 않지만, 서로 분위기가 가까워졌다고 말하면 좋을까.

　단지 그것만으로 왠지 힘이 샘솟는 듯한 기분이 들었다.

　"좋아, 가자."

　출발하려고 한 바로 그 순간이었다.

　"정다운 모습이 정말 보기 좋군요."

　마을에서 떨어진 키틀스 산맥 숲에 있을 리가 없는 타인의 목소리가 울렸다.

"주군!"

바로 거베라가 나를 목소리가 들린 방향으로부터 지키기 위해 움직였다.

"그러나 그 거미 한 마리로는 부족하지 않겠습니까?"

거베라가 노려보는 곳, 나무 뒤에서 마른 그림자가 모습을 드러냈다.

"괜찮다면 제가 도와드릴까요?"

옆에는 헉헉거리는 비릿한 짐승의 숨결.

나무 뒤에서 그림자 군단이 태양 아래에 점차 뚜렷하게 나타났다.

나는 눈을 크게 뜨고 나타난 소년을 응시했다.

"……쿠도 리쿠."

"오랜만입니다."

머리가 둘인 늑대와 그림자 군단을 이끌고, 또 한 명의 몬스터 사역자가 미소를 지었다.

07 두 가지 가능성

나와 쿠도는 서로 몬스터를 이끌고 대치했다.

쿠도와는 언젠가 다시 만나게 될것이라 생각했다.

그러나 설마 이런 타이밍이 될 줄은 상상도 하지 못했다.

"오랜만입니다."

선이 가는 얼굴에 미소를 짓고, 쿠도가 친근하게 인사했다. 그러나 나는 대답하지 않았다.

우리의 관계는 웃으며 인사를 나눌 만한 것이 아니다.

또 한 명의 몬스터 사역자. 기원이 같더라도 길이 달라진 소년.

능력으로 마음이 통하게 된 몬스터를 이끄는 나와 달리, 능력으로 목줄을 채운 몬스터를 부리는 것을 선택한 그는 양립할 수 없는 존재다.

엎친 데 덮친 격이란 바로 이런 것이다.

아니. 이런 때이기에 나타난 것일까?

약점을 잡으러 왔다든가.

"……주군."

그때 거베라가 나의 손을 쥐었다.

거리낌 없이 꽉. 자칫하면 아플 정도로.

일반 여성과는 다른 정말 그녀다운 강함이 느껴졌다.

"……고마워, 거베라."

그렇게 몸에서 쓸데없는 힘을 빼주었다.

"이제 괜찮아."

"음."

여유가 생긴 나도 머리가 돌기 시작했다.

이렇게 말을 걸어왔다는 것은 쿠토가 지금 당장 공격할 마음은 없다고 판단할 수 있다. 그렇다면 어떻게든 넘어갈 수 있을지도 모른다.

손을 잡은 우리를 쿠도는 어쩐지 즐거운 듯 바라보았다.

나는 그를 똑바로 응시했다.

"오랜만이야, 쿠도."

두 달만인가? 헤어질 때와 변함 없이…… 아니. 조금 말랐나? 아니면 옷이 현지의 것으로 바뀌어서 인상이 달라졌을 뿐인가. 당연하지만 두 달이라는 시간은 쿠도에게도 평등하게 흘렀을 것이다.

나는 쿠도를 따르는 몬스터에게 시선을 보냈다.

그들도 적지 않게 상황이 달라져 있었다.

그림자 군단 속에 그들을 낳는 여왕인 도플 퀸 안톤의 거대한 모습이 보이지 않았기에 그녀에 대해서는 모르겠지만, 쌍두 늑대 베르타 쪽은 전과 달리 허리 언저리부터 많은 촉수가 돋아나 있었다.

본래 베르타는 수해 심부의 몬스터인 파이어 팽의 기형이었다. 모습이 좀 더 변형된 까닭은 몬스터로서의 특질일까. 아니면 많은 몬스터를 서로 잡아먹게 하는 고독과 비슷한 방법으로 생겨난 것일까.

"……꽤나 정력적으로 활동한 모양이네."

"네, 뭐. 저에게는 목적이 있으니까요."

"……목적인가."

대답하는 혀에 거슬리는 씁쓸함이 남았다. 두 달 전에 들은 말이 귓속에서 재생되었다.

──저는 '마왕'입니다. 인간은 구할 게 못 돼요. 멸망시켜야 합니다.

괴롭힘을 당하고, 고통받고, 존엄을 잃은 끝에 목숨마저 빼앗길 뻔하고…….

몬스터를 조종하는 자신은 마왕이다. 인간에게 복수할 존재다. 그런 식으로 생각하는 것으로 자신을 간신히 지탱한 소년은 이제 이렇게밖에 살 수 없게 되고 말았다. 어떤 의미로는 올곧게, 최근 두 달 동안 그것을 위해 활동을 계속했을 것이다. 그 성과의 일부가 눈앞에 있었다. 즉, 베르타를 시작으로 한 선별된 권속이라는 형태로.

"선배가 만난 적이 없는 것도 있죠. 소개하겠습니다. 이쪽은 '더티 슬러지' 시저입니다."

쿠도가 입고 있는 옷 소매에서 끈적거리는 녹색 진흙 같은 것이 나타났다.

본 적 없는 몬스터였다. 이 부근에 서식하는 몬스터가 아닌 모양이다. 일부러 이름까지 붙였다는 것은 아마 레어 몬스터 이상이라는 뜻일까.

"그리고 이쪽은 '나이트메어 스토커' 도라."

이어서 쿠도의 말에 따라 그의 옆에 있던 소녀가 앞으로 나왔다.

"처음 뵙겠습니다. 또 한 명의 왕이시여."

인사를 하며 고개를 숙인다. 그 모습은 그림자처럼 머리카락이며 피부, 눈 모두 까맣다.

그것은 쿠도의 뒤에 있는 도플갱어 군단과 같은 색이었으나, 그들처럼 그림자 그 자체는 아닌 듯했다. 모습은 확연히 인간에서 벗어나 있지만, 그래도 쿠도의 권속 중에서는 인간에 가까운 부류라고 할 수 있다.

"도라는 내 분체의 돌연변이체야."

도플갱어 중 하나가 소년의 것으로 바뀌어 입을 열었다.

키가 크고, 탄탄한 체격의 소년은 쥬몬지 타츠야── 그 모습을 몬스터로서의 특성으로 복사한 도플 퀸 안톤의 의사를 반영한 분체였다.

진짜 쥬몬지와 달리 날렵한 외모에 기계와 같은 무기질적인 느낌이 나게 한 안톤이 검은 소녀의 어깨에 손을 얹었다.

"이 녀석은 분체로서의 능력을 무엇 하나 갖추지 못했어. 나의 단말로서는 불량품이야. 그 대신 전투 능력은 뛰어나지. ……혹시 다쳐서 약해진 너 정도라면 죽일 수 있을지도 몰라, 하얀 거미."

"정중한 인사 감사하오. 그럼 친목의 의미로 한 번 시험해 보겠소?"

견제하는 둘 사이로 긴장된 분위기가 흘렀다.

그런 두 사람을 보며, 베르타가 한 쪽만 늑대 머리를 들었다.

"……그만둬, 안톤. 왕께서 계시지 않나."

"나도 알아."

쥬몬지의 모습을 한 안톤의 분체가 어깨를 으쓱하고 물러났다.

거베라가 코웃음을 치자, 도라는 검은 눈을 내리깔았다.

"인사도 끝난 모양이군요."

권속끼리 다투는 것에 힐끔 시선을 보낸 뒤, 쿠도가 나를 똑바로 쳐다보았다.

"선배가 위기에 처했는데 바로 찾아오지 못해 죄송합니다. 그야 이곳에는 '위타천' 이노 유나가 있었으니까요."

이노는 나를 쿠도의 공범이라 생각하고 이런 곳까지 쫓아왔다. 쿠도의 존재를 알면 봐주지 않고 공격했을 것이다.

그런 이노가 움직이지 못하게 되자 쿠도는 이렇게 접촉해온 모양이다.

"……아니, 잠깐만. 어떻게 네가 내 상황을 알고 왔지?"

나는 납득할 뻔했으나, 문득 이상한 점을 깨달았다.

"애초에 어떻게 여기까지 왔어? 설마 부하인 몬스터에게 나를 계속 따라다니게 한 것도 아닐 거잖아?"

"그런 스토커 같은 짓은 하지 않는다고요."

"과연 어떨까."

거베라가 나직하게 중얼거렸으나, 쿠도는 개의치 않고 말을 이었다.

"제가 선배의 위기를 알게 된 것은 세라타 마을에서라고요. 거기서 정보 수집을 하다가 수상한 이야기를 들었거든요. 마침 '위타천'의 정보도 얻었기에 그녀의 뒤를 추적한 겁니다. 다행히 그녀는 자신의 발이 아닌, 말을 이용했기에 따라가는 것 자체는 그리 어렵지 않았습니다."

"아, 그런 경위였나."

납득함과 동시에 쿠도가 입에 담은 단어 중 하나가 마음에 걸렸다.

정보 수집. 그것 또한 두 달 동안 그가 해온 활동 중 하나일까?

나처럼 몬스터를 이끄는 쿠도는 인간 세계에서 움직임을 취하기 힘들다는 단점이 있다.

그러나 그에게도 인간 사회에 숨어들 수 있는 권속이 있었다.

수많은 분체를 조종하는 도플 퀸 안톤이다.

안톤의 분체는 인간을 포함한 대상의 모습을 복사할 수 있다. 미믹 슬라임 릴리처럼 대상을 포식할 필요도 없다. 원격 조작이 가능하다는 점까지 생각하면, 그 능력을 첩보 활동에 적용했을 때의 편리성은 정말 대단할 것이다.

혹시 안톤의 본체가 이 자리에 없는 까닭은 그러한 활동을 한창 하는 중이기 때문일지도 모른다. 아무리 원격 조작이 가능하다고 해도, 거리에 한계가 있을 테니 본체가 여기까지 오지 못한 것은 충분히 있을 법한 이야기다. 또는 이 자리에 베르타, 시저, 도라라는 선별된 권속 이외의 모습이 보이지 않는 것으로 보아, 안톤은 그 외의 몬스터와 함께 어떤 다른 작전 행동에 나섰다고도 생각할 수 있다.

"……경위는 이해했어."

상황을 대강 파악하고, 나는 본론으로 들어가기로 했다.

"그런데 너는 왜 일부러 나를 쫓아온 거지?"

"어라. 그 부분은 아까 말했을 텐데요."

쿠도의 대답에 나는 인상을 찌푸렸다. 확실히 나의 눈앞에 모습을 드러낸 시점에 쿠도는 자신이 이 자리에 나타난 이유를 입에 담았기 때문이다.

"……릴리를 구하는 것을 돕는다고 말했던가?"

"네. 저는 선배를 돕기 위해 여기 왔다고요."

의심을 감추지 않는 나의 태도를 신경 쓰는 기색도 없이 쿠도가 생긋 웃었다.

"상황은 들었습니다. 선배의 소중한 슬라임이 쿠도에게 사로잡히고 말았다면서요? 선배만 괜찮다면, 여기에 있는 제 권속을 전력으로 빌려드리지요."

"……그게 무슨 말인지 알아?"

상대는 치트 능력자, 워리어 타카야 준이다. 전투에는 목숨의 위험이 따른다.

이렇게 쉽게 자신의 권속을 빌려줄 상황이 아니다.

그러나 쿠도는 태연하게 고개를 끄덕였다.

"물론이죠. 타카야와 싸울 때, 선배의 수족으로 다루셔도 괜찮습니다."

전혀 망설임이 없는 모습이었다.

"솔직히 쓰고 버리셔도 되고요."

그 어조는 마치 소모품을 말하는 것 같아서…… 아니.

쿠도에게는 부리는 몬스터는 사실, 소모품에 지나지 않을 것이다.

나와는 권속에 대한 의식이 다르다.

틸리아 성채에서도 쿠도는 수백에 달하는 몬스터를 이용하고 버렸다. 그때는 그 모두가 의사를 지니지 않은 노멀 몬스터였으나, 그것이 의사를 지닌 특별한 권속이더라도 그의 태도는 변함이 없는 모양이다.

나에게 릴리를 비롯한 권속이 보석이라면, 쿠도에게는 돌멩이다. 던져서 상대를 다치게 하면 그것으로 족하다. 일부러 주우러 가지 않아도 길거리에 돌은 널려 있다.

그렇게 생각하니 쿠도를 따르는 권속들도 안쓰러웠다.

그러나 현재 나에게는 그들에게 동정심을 품을 여유가 없다.

나는 살짝 고개를 흔들었다.

"……그럼 쿠도. 넌 그 대가로 무얼 원하는데?"

쿠도에게 돌멩이라고 해도, 주워서 모아야 하는 수고는 든다. 무상으로 그것을 건네줄 의리는 없으니, 무언가 대가를 요구하는 것이 당연하다. 그렇다면 그것은 아마…….

"아, 그거 말이죠."

끈적끈적 점성이 있는 시저를 소매 속으로 되돌리며 쿠도가 물었다.

"선배는 전에 제가 한 제안을 기억하고 있나요?"

……역시 그렇게 나오나.

예상 가능한 일이기는 했으나, 인상을 찌푸리지 않을 수 없었다.

"네가 원하는 대가는 내가 너와 손을 잡는 건가?"

그것은 전에 틸리아 성채에서 떠날 때, 쿠도가 했던 제안이었다.

몬스터를 이끄는 나와 몬스터를 다스리는 쿠도. 태도는 다르지만…… 아니. 다르기 때문인가. 나와 쿠도의 능력은 아주 상성이 좋다. 서로의 구멍을 메울 수 있다.

그것은 즉, 수많은 몬스터가 활보하는 수해가 존재하는 이 세계를 구하는 것도, 혹은 멸망시키는 것도 가능할지도 모른다는 것이다.

쿠도가 나에게 집착하는 것도 당연하다고도 할 수 있다.

그리고 이 경우에, 쿠도의 제안 자체가 지나친 것도 아니다.

도움을 줄 테니 자신과 손을 잡아라. 실로 정당한 거래다.

쿠도의 능력이 강력한 것은 나도 잘 안다. 여기서 그의 도움을 받을 수 있다면, 릴리를 되찾는 데 성공할 가능성이 커질 것이다.

그러나 쿠도와 손을 잡는 것은 동시에 인간 세계와의 결별을 의미한다.

도저히 받아들일 만한 이야기는 아니었다.

그러나 그런 나의 속마음을 꿰뚫어 본 듯이 쿠도가 먼저 입을 열었다.

"선배에게도 나쁜 이야기는 아닐 거라고 생각하는데요."

설득하는 듯한 차분한 어조였다.

"이 세계의 인간 사회와 접촉한 지 이래저래 벌써 두 달 아닙니까. 슬슬 선배도 알게 되지 않았나요? 사실은 어느 쪽과 손을 잡아야 할지."

"…………."

──몬스터 따위를 되찾기 위해 다른 누군가와 목숨을 걸고 싸우겠다고?!

나의 머릿속에 이노가 했던 말이 떠올랐다.

나로서는 심하다고 생각되는 말이었다.

그러나 이 발언에 관한 문제의 본질은 그것이 아니다.

그런 생각은 이노만 하는 것이 아니라는 점이 문제다.

알기 쉽게 비유해 보자.

이곳에 두 명의 인간이 있다고 하자. 한 명은 사로잡혀 있어서 그냥 놔두면 죽는다. 그러나 다른 한 명의 목숨을 내놓으면, 사로잡힌 인간은 산다.

그런 상황을 가정하자.

사로잡힌 인간이 지인이라면, 이런 상황임을 알고 제대로 된 상식을 갖고 있다면, 설마 다른 한 인간에게 '목숨을 버려라'라고 말하지 않을 테고, 말을 할 수도 없을 것이다.

그런데 이것이 인간이 아니라면 어떨까?

인간이 아닌 무언가…… 몬스터의 목숨을 내놓는다는 조건이라면, 결론은 달라지고 마는 것이 아닐까?

나아가 이 세계는 항상 몬스터의 위협에 노출되어 있다. 이런 의견은 당연하게 받아들여질 것이다.

지금 상황도 그렇다.

소중하게 여기던 애완동물을 빼앗기고, 빼앗은 범인을 죽일 각오로 무기를 들고 쫓는다는 말을 들으면, 인상을 찌푸릴 사람도 많지 않을까? 누군가에게는 보석이라도 다른 누구에게도 그럴 것이라는 보장이 없다. 몬스터와 함께 살아가는 것은 이렇게 수많은 생각의 어긋남과, 그에 따른 몰이해, 마찰과 함께 살아간다는 뜻이다.

"권속인 그녀들을 생각한다면 선배는 저와 손을 잡아야 하는 것 아닙니까?"

쿠도의 주장에는 어느 정도 설득력이 있었다.

그것은 분명하다.

"말이 안 되는군."

그렇기에 거베라의 이 즉답은 나의 마음을 가볍게 해주었다.

"네가 나아가는 길은 수라의 길이다. 적을 죽이고, 아군을 죽이고, 자신도 죽이고 만다."

거베라는 쿠도를 강하게 노려보았다.

"주군에게 그대처럼 되라는 말인가. 소녀들을 돌멩이처럼 다루라고?"

"……그 쪽이 편한 건 확실하다고 생각하는데요."

생각지도 못한 참견이었을 테지만, 쿠도는 바로 맞받아쳤다.

"당신도 선배의 권속이라면, 그를 위해 기쁘게 죽어야 하는 것 아닙니까?"

"헛소리군. 그것은 편하더라도 행복한 길은 아니오."

거베라가 단호하게 말했다.

"너무 얕보지 마시오. 소녀가 반한 남자는, 곤경을 이유로 행복에서 등을 돌릴 만큼 어리석지 않소."

"……말은 그렇지만, 하얀 거미."

거만하게 턱을 든 거베라를 안톤이 벌레처럼 무기질적인 흰 눈으로 쳐다보았다.

"아무리 너라도 그 비참한 꼴로는 치트 능력자와 싸우기란 버거울 테지. 혼자서는 아무것도 하지 못하는 주인과 둘만으로는 그 슬라임은 구할 수 없는 것 아닌가?"

"흥. 비참한 꼴인가. 네놈의 눈에는 그렇게 보일지도 모르겠군."

수가 줄어든 다리로 힐끗 시선을 보내며 거베라가 코웃음을 쳤다.

"그러나 그것은 큰 착각이오."

단언한 직후, 가녀린 소녀의 몸에서 짙은 살의의 격류가 흘러나왔다.

마치 거미의 실과 같다. 얽혀든 안톤이 무심코 몸을 굳혔다.

"지금 소녀는 강하다고?"

매혹적인 미소를 지으며 말한 거베라는 설령 최대의 무기인 다리를 몇 개 잃었다고 해도, 안톤이 도발을 섞어 말한 비참한 꼴과는 전혀 거리가 멀었다.

"그야 염원하던 것이 이루어진 참이니까. 더할 나위 없이 최고의 상태라오. 그리고 한 가지 더 알려 주겠소. 주군이 있기에 소녀는 힘을 낼 수 있소. 혼자서는 아무것도 하지 못한다니, 주군에 대해 아는 척 나불거리지 마시오. 주군의 가치는 그런 것이 아니니."

"…………."

"입만 살았네요."

침묵한 안톤 대신 입을 연 것은 그녀의 분체의 돌연변이체라는 검은 소녀 도라였다.

"하얀 대거미의 무기는 갈고리 발톱이 아니라 그 말솜씨였나요?"

거베라의 살기에 반응하여 양손이 두 자루의 새까만 검으로 변해 있었다.

도라는 도플갱어로서 복사 능력을 지니지 못했으나, 아

무래도 어느 정도는 몸의 형태를 자유롭게 바꿀 수 있는 모양이다.

전투 의사로 충만한 도라의 모습을 보고 거베라가 후우 숨을 내뱉었다.

"소녀에게 겁을 먹은 애송이가 낳은 것 치고는 그대, 제법 괜찮은 수준 아닌가?"

"저, 저의 어머니를 우롱하는 겁니까!"

"오히려 소녀로서는 모자란 취급을 당하던 그대를 칭찬하려는 의도였소만. 이런 것을 주군들의 세계에서는 '개천에서 용 난다'라고 한다던데?"

"이 자식……!"

내가 무시당하는 바람에 호전적이 된 거베라와 안톤의 분체인 도라 사이에 보이지 않는 불꽃이 튀었다.

이대로는 대화에 진전이 없다. 결국 주인 둘이 중재하게 되었다.

"그만해요, 도라. 누가 싸워도 된다고 말했습니까?"

"거베라도 물러나."

달래는 나를 돌아보며 거베라가 어깨를 으쓱했다.

반면 도라는 목을 누르며 무릎을 꿇었다. 쿠도가 능력을 행사한 모양이다.

"……왠지 살기등등한 상황이 되고 말았네요."

몸을 웅크린 도라를 내려다보던 시선을 들어 쿠도가 이쪽을 바라보았다.

"다시 이야기를 해볼까요."

"그래."

나도 고개를 끄덕였다.

"하지만 내가 말하려던 것을 모두 거베라가 해버린 것 같긴 한데."

"……그렇다는 것은, 선배도?"

"맞아. 거베라와 같은 의견이야."

작은 눈을 부릅 뜬 쿠도에게 똑바로 선언했다.

거베라의 말은 아무래도 나를 너무 과대평가하는 부분이 엿보이기는 하지만, 그 밑바닥에 있는 것은 신뢰다. 그런 이상 그 마음에 부응하는 것이 주인으로서…… 아니. 아니다. 그녀에게 마음을 주고 있는 남자로서 당연한 일이다.

"애초에 전에도 말했을 텐데. 나는 '마왕'이 아니야. 내 권속들의 '주인님'이지."

쿠도와 같은 길을 걸을 수는 없다.

그것은 내가 나아가야 할 길이 아니다.

쿠도와 손을 잡을 수 없는 이상, 그의 제안을 거절하는 것은 결정된 일이었다. 어떤 의미로는 처음부터 이렇게 될 것이 정해져 있었다고도 할 수 있다.

따라서 문제는 이제부터다.

"가능하면 지금은 원만하게 넘어가 주면 고맙겠는데."

릴리를 되찾으려면 타카야와 싸우게 될 가능성이 크다. 그렇다면 괜한 소모는 없는 것이 좋다. 여기서 쿠도와 싸우는 일은 되도록 피하고 싶었다.

부상을 입긴 했지만, 다행히 거베라가 있는 덕분에 이쪽에도 충분한 전력이 있다는 것은 보여주었다. 싸우게 된다면 다소 피해를 입는 것은 피할 수 없지만, 싸우더라도 아무것도 얻지 못한다면 쿠도로서도 우리와 싸울 이유는 없을 것이다.

손득만 따진다면 쿠도는 물러날 수밖에 없다.

나머지는 감정의 문제였다.

"네. 그렇습니까……, 라며 얌전히 물러날 수 없거든요."

쿠도의 말에 반응하여 지금까지 가만히 있던 베르타가 으르렁거리기 시작했다.

쥬몬지의 모습을 복사한 안톤은 허리에 찬 검을 뽑았고, 녹색의 더러운 진흙 시저가 쿠도의 옷소매에서 흘러나왔다. 도라는 조금 휘청거리면서도 일어나 다시 양손을 검으로 바꾸었다.

완전히 전투 태세에 들어간 그들을 보고 나는 한숨을 내쉬었다.

"……그런가. 유감이네."

내가 검을 들자, 왼손 손등에 들어가 있던 아사리나가 길게 뻗어나와 이빨을 드러냈다.

거베라는 양손의 손가락 마디를 꺾고는 다리를 접어 도약할 힘을 모았다.

피할 수 있다면 피하고 싶은 싸움이지만, 이렇게 되고

만 이상 어쩔 수 없다.

싸워서 빠져나간다. 그것밖에 없다.

상대를 전멸시킬 필요는 없다. 그보다 체력을 아끼기 위해 일단 거베라가 녀석들을 날려 버리면 그 틈에 힘껏 도망치는 것이 최선이다.

괜찮다. 할 수 있다.

아까 거베라의 말을 따라하는 것은 아니지만, 조금 전까지 지쳐 있었다고 생각할 수 없을 만큼 나 자신도 상태가 좋다. 최상의 상태라고 해도 될지도 모른다. 몸 속을 순환하는 마력이 평소보다 활성화된 것 같은 느낌마저 든다. 거베라와 마음이 통한 고양감에서 오는 일시적인 자신감일지도 모르지만, 이런 정신적인 것을 의외로 무시할 수 없는 법이다.

사기는 충만하다. 이곳에 있는 쿠도의 권속을 돌파하여 그대로 릴리를 추적하자.

나는 정면을 가로막은 장애물을 노려보던 중—— 문득 쿠도의 표정이 눈에 들어왔다.

"…………?"

나를 바라보는 쿠도는 입가에 살짝 미소를 지으며 약하게 눈썹을 찡그리고 있었다.

그것은 평소에 짓는 미소와는 조금 다르게 보였다.

슬픈 듯한. 불쌍한 듯한. 그러면서 부러운 듯한.

그런 모든 것이 뒤섞인 복잡한 표정이다.

무엇이 그에게 그런 표정을 짓게 하였는지는 모르겠다.

눈을 깜박이자 이미 쿠도의 얼굴은 평소의 꾸며낸 듯한 미소로 바뀌어 있었다.

"후, 후후. 착각하지 마시죠."

내면을 드러내지 않는 웃음을 지은 쿠도는 양손을 가슴 앞으로 들어 대치하는 우리에게 손바닥이 향하도록 했다.

"저는 전혀 선배와 싸울 마음이 없거든요."

"……뭐라고?"

말의 의도를 파악하지 못해 당황한 나에게 곁눈질을 하며, 쿠도는 자신의 권속에게 말을 걸었다.

"여러분도 그만두시죠. 선배는 적이 아닙니다."

"왕이시여. 무슨 말인가……?"

언제든지 이쪽으로 달려들 준비를 한 베르타가 당황한 얼굴로 두 개의 머리 중 하나를 돌려 물었다. 다른 권속도 비슷하여 당황스러움을 감추지 못했다.

나도 같은 마음이었다.

"무슨 속셈이야?"

"그리 어려운 이야기는 아닙니다."

쿠도는 어깨를 으쓱하고 태연한 어조로 말했다.

"딱히 손을 잡지 않는다고 해서 도와주지 않겠다는 말은 하지 않았다는 것뿐이죠."

나는 어이가 없었다.

"동료가 되어주지 않는 것은 아쉽지만, 그것은 그것대로 상관없습니다. 아까도 말했듯이 여기에 있는 제 부하를 빌려드리지요."

이것은 예상 밖의 일이었다. 저 거베라조차 질겁한 표정이다. 쿠도가 무슨 생각으로 이런 말을 꺼내는지 전혀 짐작이 가지 않는다.

그런 나의 속마음이 그대로 얼굴에 드러난 모양이다. 쿠도가 피식 웃었다.

"그리 의심하지 마십시오. 꿍꿍이 따위는 없으니까요."

"그럼 너는 아무런 대가도 없이 나에게 힘을 빌려주겠단 말이야?"

"믿어지지 않나요?"

"……솔직히 말하면 그래."

"후후. 뭐, 선배에게 저는 적이니까요. 의심을 품는 것도 당연하지요."

대놓고 의심스럽다는 말을 들어도 쿠도는 딱히 개의치 않는 듯했다.

"그러나 **저에게 선배는** 적이 아니거든요."

"쿠도 너……."

"저로서는, 선배가 어처구니없이 죽는 쪽이 더 곤란해서요."

쿠도가 생긋 웃었다.

"이건 전에도 말했겠지만, 제가 손을 잡고 싶다고 생각하는 건 같은 장소, 같은 시간, 같은 처지에 같은 힘에 눈을 뜬 선배뿐입니다."

쿠도의 목소리가 살짝 열기를 띠었다.

그 열은 가치관을 반전시킨 광인다운 집착을 드러내는 것일까? 아니면 공감이라는 정상적인 인간다운 감성이 발현된 최후의 잔상일까? 열정적인 어조로 쿠도가 말을 이었다.

"당신은 훌륭합니다. 더할 나위 없이. 이런 곳에서 죽는 일 따위는 있어서는 안 됩니다. 따라서 저로서는 도와주는 것이 당연하죠."

"……저기, 주군."

마지막까지 들은 거베라가 나직하게 말했다.

"혹시 이 녀석, 괜찮은 녀석 아니오?"

"……그건 아무리 그래도 너무 단순한 것 같은데."

그러나 거베라가 그런 말을 꺼내는 것도 이해는 간다.

그 정도로 나에 대한 쿠도의 호의는 거리낌이 없었다.

물론 쿠도가 절대 **선인**은 아니다.

하지만 나를 도우려는 그의 **선의**는 진짜였다.

돌이켜보면 전에 틸리아 성채에서 정체를 드러냈을 때에도 그랬다.

내가 몰랐던 정보를 제공하며 손을 잡지 않겠냐고 물었다. 제안을 거절해도 화를 내며 공격하는 일도 없이 얌전히 물러났다.

그런 쿠도의 태도는 이성적이고 진실되었다. 숨기는 것

은 없다. 사악한 술수 따위는 있을 수 없다. 옳고 그름도, 선악도, 이해득실도 쿠도 리쿠의 내면에는 존재하지 않는다. 세계에서 오직 하나뿐인 동류에 대한 공감과 그것이 자아내는 한없는 집착이 있을 뿐이다.

쿠도는 진심으로 나를 도울 생각이다.

그리고 릴리를 구하기 위해서는 전력이 있으면 있을수록 좋다.

나는 거베라에게 눈짓을 보냈고, 그녀가 고개를 끄덕였다.

나 역시 고개를 끄덕이고 쿠도를 바라보았다.

"……알겠어. 너의 제안을 받아들일게."

그때 내심 일말의 희망이 싹튼 것을 부정할 수 없다.

같은 장소, 같은 시간, 같은 처지에 같은 힘에 눈을 뜬 나에게도 있었을지도 모르는 또 하나의 가능성. 쿠도가 나에게 공감했다면, 반대도 역시 가능하다. 마음 어딘가에서 나는 아마 길을 잘못 들인 이 소년과는 싸우고 싶지 않다고 느꼈다.

하지만 나와 쿠도가 사는 방식은 서로 양립할 수 없다.

이대로 가다보면 언젠가 다시 충돌한다. 그런 예감이 들었다.

그때 일어날 일은 피 튀기는 생존 경쟁이다.

나는 권속을 이끌고 쿠도와 서로 싸우게 된다.

그것을 회피할 방법은 어느 쪽이 사는 방식을 바꾸는 것 밖에 없다.

즉, 내가 쿠도가 있는 곳까지 추락하든가, 쿠도가 여기로 돌아오는 것이다.

혹시 쿠도를 끌어올릴 가능성이 있다면, 그것은 나의 역할일 것이다. 그 정도로 쿠도는 나에게 집착하고 있다.

기대하지 않게 얻은 이 접촉이 어쩌면 그것을 위한 가는 실이 되어줄지도 모른다. 나는 그렇게 생각했다.

……물론 알고 있다. 이것은 희박한 희망에 지나지 않는다. 가능성이 있을 뿐, 실현될 리가 없는 미래다.

알고 있으면서도 이렇게 생각하고 마는 게 나의 약점일 것이다. 하지만 그것이야말로 '마왕'이기를 선택한 쿠도와의 차이라고도 생각되었다.

◆ ◆ ◆

"주군."

거베라가 말을 걸었다.

쿠도에 대한 경계심은 여전히 남아 있는 듯했지만, 임전 태세는 풀려 있다.

"이야기가 정리되었다면 당장이라도 출발해야 하는 것

아닌가."

"……맞아."

제법 시간이 흘렀다. 쿠도와 싸우지 않게 된 것은 다행이고, 심지어 그의 도움을 얻게 되기는 하였지만, 따라잡지 못하면 아무 의미가 없다.

"아. 그거라면 괜찮아요."

그러나 쿠도는 우리의 걱정을 부정했다.

그는 내면을 읽기 힘든 편이지만, 지금은 확실히 기분이 좋은 상태임을 알 수 있었다.

"제가 한 가지, 손을 써두었으니까요."

손가락을 세우며 말하는 쿠도를 향해 나는 고개를 갸웃했다.

"무슨 말이야? 자세히 말해줘."

"네. 실은 제가 데려온 부하 중에 이쪽에 없는 나머지는 타카야 쪽으로 보냈거든요."

"……아아. 그렇구나. 그래서 네가 데리고 있는 몬스터의 수가 적었던 거구나."

납득한 나에게 쿠도가 고개를 끄덕였다.

"저도 전력 보충이 끝나지 않았고 부하 전체를 여기까지 데려온 것은 아닙니다만, 그래도 몬스터 서른 마리에게 추적하도록 보냈습니다. 그쪽 습격이 잘되면 선배가 쫓을 필요조차 없을지도 모르죠."

"습격…… 아니, 그럼 릴리는 괜찮은 거겠지?"

"그 부분은 확실히 해두었습니다. 최소한 붙잡아 두는 것 정도는 가능할 겁니다."

노멀 몬스터가 서른 마리. 마법 도구를 지닌 워리어라도 방법에 따라서는 충분히 싸울 만한 수준의 전력이었다. 발을 묶는 것에 전념한다면 어느 정도 시간을 벌 수 있고, 힘을 소모하도록 만들 수도 있을 것이다.

"그리고 쫓아간다면 베르타를 타고 가는 게 빨라요."

"베르타를?"

나는 쌍두 늑대를 바라보았다.

같은 네 발 짐승이라도 아야메와 달리 베르타의 몸은 거대하다. 충분히 탈 수 있다.

"괜찮겠어?"

"……우리 왕의 명령이다. 나는 상관없어."

베르타가 꼬리와 촉수를 천천히 흔들었다. 충격적인 외견이지만, 이렇게 보니 개와 비슷한 귀여움도 있을지도 모른다.

"아. 만약 탄다면 저와 나란히 앉아서 가야 하기는 하지만요."

"……흥."

쿠도의 말에 무슨 까닭인지 거베라가 내키지 않는 표정을 지었다. 내가 베르타를 타는 것이 마음에 안 드는 것일까, 쿠도가 같이 타는 것이 싫은 것일까. 양쪽 다일지도 모른다.

거베라에게는 미안하지만, 릴리를 되찾을 가능성을 조금이라도 높이기 위해서는 쓸 수 있는 것들은 모두 써야 한다.

"……쓸 수 있는 것이라."

"왜 그러시죠, 선배?"

나의 혼잣말을 듣고 쿠도가 고개를 갸웃했다.

"아니. 갑자기 떠오른 게 있어서."

그 자리에서 잠깐 작전 회의를 하기로 했다.

내가 세운 작전을 듣고 쿠도는 불만족스러운 표정을 지었다.

거베라도 좋은 얼굴은 아니었다.

하지만 애써 설득하자 결국에는 둘 다 승낙해 주었다.

준비를 마치고 우리는 타카야를 쫓기 시작했다.

자, 릴리를 되찾으러 가자.

08 기묘한 꿈 ~릴리 시점~

"……후우."

한숨이 맑은 산속 공기로 녹아들었다.

나는 혼자 산길을 걷고 있었다.

'위타천' 이노 유나의 습격을 물리치기 위해 거베라가 일으킨 산사태에 휘말려 다른 사람들과 떨어지고 말았기 때문이다.

지금은 주인님을 향해 걸어가는 중이다.

"…………."

상쾌한 공기와 달리 나의 발걸음은 무거웠다.

그리고 그 이상으로 마음이 무겁다.

"후우."

다시 한번 한숨을 쉬었다.

……또 주인님을 제대로 지키지 못했다.

물론 '지키지 못했다'고 해도 현재 주인님은 무사하다. 그것은 패스를 통해 파악했다.

하지만 이것은 결과론이다. 내가 주인님을 지키지 못했다는 사실은 달라지지 않는다.

나는 이노가 습격해 왔을 때, 주인님의 가장 가까이에 있었다. 그런데 그녀에게 아주 쉽게 뚫리는 바람에 주인님이 맞고 말았다. 그녀에게 그럴 마음이 없었기에 다행이기는 했지만, 자칫하면 지금쯤 주인님의 목숨은 없었을 것이다.

그 뒤로도 한심했다.

몇 번을 공격해도 이노에게는 통하지 않았다. 피하기만 하는 행동마저 죽이지 않도록 봐주려는 것임을 알게 되니 절로 울적해졌다.

"강해졌다고 생각했는데……."

중얼거린 혼잣말은 어떤 면으로는 사실이기는 하다.

틸리아 성채에서 쥬몬지에게 단숨에 밀린 나는 자신의 역부족을 통감했다.

그래서 죽도록 노력했다.

그 결과 나는 분명히 강해졌다. 단순한 전투 경험도 그렇지만, 몬스터로서의 격도 현재의 나는 주인님과 처음 만났을 때와 비교도 되지 않는다.

나의 몸속에는 지금 몇 백은 되는 몬스터가 휘몰아치고 있다. 한 가지 모습만 유지해서는 그 힘을 충분히 발휘할 수 없다고 해도, 수해 표층부 몬스터 중에는 이제 상대가 없을 정도의 전투 능력이 이 몸에 깃들어 있다.

……그래도 '위타천' 이노 유나를 상대하기에는 너무나 부족했지만.

물론 상대가 나빴던 것도 있다.

콜로니에서도 유명했던 '위타천' 이노 유나.

치트 능력자로 구성된 탐색대에서도 희귀한 이명을 지닌 사람이다.

말하자면 그녀는 이 세계에서 최강의 전사에 속한다.

탐색대의 쥬몬지와 겨룰 수 있었던 거베라조차 밀렸으니, 나로서는 대항하지 못해도 어쩔 수 없는 일이다.

하지만 최근 두 달이라는 단기간에 쥬몬지, 이노와 연이어 충돌하는 꼴이 된 이상, 그런 말을 할 상황이 아닌 것 또한 사실이다.

……나는 어떻게 하면 좋을까?

나 역시 그냥 놀지만은 않았다.

예를 들어 부분 의태. 실현하면 크게 파워 업이 기대되어 소녀의 모습을 의태한 채, 몸의 일부만 다른 몬스터의 모습으로 바꿀 수 없을까 시행착오를 거듭했다.

그러나 잘되지는 않았다.

잘될 기미도 없다.

종으로서의 한계가 벽이 되어 나의 앞을 가로막고 있기 때문이다.

그렇다고 또 다른 방책…… 미즈시마 미호의 치트 능력을 의태하는 것도 해내지 못하고 있다.

불가피한 열화를 동반하는 나의 의태 능력으로는 치트 능력이라는 규격 외의 힘을 재현할 수 없다는 뜻일까. 아니면 미즈시마 미호 본인이 치트 능력에 각성하지 못했기 때문에 의태할 대상이 없기 때문일까.

어느 쪽이든 결론은 같다.

결국 가짜인 나는 아무리 몸부림쳐도 도달하지 못하는 것이 있다.

그런 당연한 사실이 가슴 아프다.

그 고통이 밀려드는 파도처럼 쓸데없는 생각을 떠올리게 한다.

──여기 있는 것이 내가 아니라 미즈시마 미호였다면.

──가짜는 불가능한 일이라도, 진짜라면 가능할 텐데.

그것이 의미가 없는 가정이라는 것은 알고 있다.

안 좋은 경향이라는 것도 잘 안다.

그래도 요즘에는 특히 이런 생각에 사로잡히는 일이 많아졌다.

내가 진짜이기만 했더라도…….

나는 가짜이기에 그런 생각을 하지 않을 수 없었다.

본래 카토 씨에게는 또 다른 생각이 있는 듯했다.

그녀가 말하기를 나의 의태 능력에 따른 열화는 '불가능'한 것이 아니라 '가능하지만 불완전'할 것이라고. 그렇다면 미즈시마 미호가 갖고 있던 '전이자로서 고유 능력을 발현하는 소질'이라고 해야 할 것을 불완전하지만 의태할 수 있어야 한다──. 그것이 카토 씨의 주장이었다.

가짜가 어쩌고는 상관없다. 무언가 다른 원인이 있을 것이다.

그래. 듣고 보니 확실히 그 말이 맞는 것 같다.

……그렇다고 해내지 못한 현실이 달라지는 것은 아니지만.

"후우."

다시 한번 무의식중에 한숨을 내쉬는 것을 깨닫고 나는 고개를 가로저었다.

이러쿵저러쿵 생각해도 소용없다.

혼자 있는 것이 문제다. 아무래도 기분이 가라앉고 만다.

어서 다른 사람들과 합류해야겠다.

나는 자연히 걸음을 빨리하여 길을 재촉했다.

"......주인님."

가슴 속에 조금씩 애타는 마음이 커졌다.

어서 이 눈으로 그의 무사한 모습을 확인하고 싶다.

목적지에 좀처럼 도달하지 못하는 것이 답답하다.

꽤 오랜 시간을 걸었을 텐데…….

"......어라?"

그나저나 내가 얼마나 이렇게 걷고 있었더라?

간과할 수 없는 의문에 부딪쳐 그 자리에 우뚝 멈췄다.

이상하다. 왜 나는 그런 간단한 것조차 몰랐을까?

"모르는 게 당연해."

어느새 한 소녀가 눈앞에 있었다.

"이건 꿈이니까."

──그 순간 세계가 부서졌다.

걷고 있던 산의 경치가 유리처럼 깨지고, 나는 어둠 속에 던져졌다.

무엇 하나 반응하지 못했다.

새까만 세계 속에서, 아까 말을 걸었던 소녀가 눈앞에 떠 있다.

손을 등 뒤로 돌려 잡고 다소 앞으로 몸을 기울인 자세로 마치 물 속에 있는 것처럼 크리미 블론드색 머리카락을 흔들면서 나의 얼굴 밑에서 올려다보는 그녀는── '나 자신'이었다.

……그래. 이 갑작스럽고 이해할 수 없는 상황은 확실히 꿈이 틀림없어.

자각몽이라고 하는 것이다.

하지만 어쩌다 꿈을 꾸게 되었을까?

나는 분명 산사태에 휘말려 헤어지고 만 주인님과 합류하기 위해 산을 걷고 있었을 터였다.

그러고 나서…… 그러고 나서.

무슨 일이 있었더라? 생각나지 않는다.

이마를 짚은 나에게 눈앞의 '내'가 물었다.

"이상한 건 또 있는데?"

또? ……아아, 알겠다.

나는 미믹 슬라임이다. 수면이 필요하지 않은 몬스터다.

그런데 왜 꿈을 꾸고 있는 것일까?

당연하지만 꿈을 꾸기 위해서는 의식이 깨어 있으면 안 된다.

현실 세계의 나는 의식을 잃었다는 뜻이다.

무언가가 있었다. 의식을 잃을 법한 무언가가.

"자, 일어나."

그래, 일어나야 한다.

"어서 깨지 않으면 **마지마가** 죽고 말아———."

09 광기가 이끄는 한 가지 답 ~릴리 시점~

——그렇게 나는 눈을 떴다.

"응, 으…… 으으."

의미가 없는 신음이 나왔다. 의식이 혼탁하다. 기분이 나쁘다.

낯익은 감각이었다.

그래, 이건 분명 의태한 뇌가 파괴되었을 때 특유의 의식 단절——…….

"어, 일어났구나. 미호 누나."

"……큭?!"

나는 벌떡 일어나——려고 하다 균형을 잃었다.

"앗?!"

딱딱한 것이 찰그락 스치는 소리. 어쩐지 팔이 움직여지지 않는다.

예상치 못하게 몸이 움직이지 않는 바람에 자세가 무너져 버리며——.

"어이쿠, 위험하잖아."

——쓰러지기직전 나는 누군가에게 끌어안겼다.

"누나, 조심해야지. 물론 나도 누나를 항상 지켜볼 테지만. 그래도 만에 하나라는 게 있으니까."

배려심으로 가득 찬 소년의 목소리가 귓가에 울렸다.

그의 손에 이끌려 다시 한번 나는 바닥에 앉혀졌다.

"저기."

눈을 뜨자마자 벌어진 일에 혼란스럽다.

그런 나의 머릿속에 가장 먼저 떠오른 것은── 넘어질 뻔한 것을 잡아준 것에 일단 감사해야 한다는 지극히 상식적인 생각이었다.

"고, 고마……."

그러나 감사 인사를 끝까지 말하지는 못했다.

"……이게 뭐야?"

팔 위로 몇 겹이나 쇠사슬이 감겨 있는 현재 자신의 상태를 확인했기 때문이다.

반사적으로 나는 팔에 힘을 주었다.

쇠사슬의 고리 부품이 차르륵거리며 귀에 거슬리는 소리를 냈다.

그것뿐이었다.

부서지지도 않았거니와 일그러지지도 않고, 느슨해지는 일조차 없었다.

"그, 그렇다면……!"

의태를 풀어 형태가 자유로운 슬라임 몸으로 돌아가 몸을 묶은 쇠사슬로부터 빠져나가려고 했다.

되지 않았다.

"어, 어째서?"

평소에 당연하게 가능했던 일이 무슨 까닭인지 안 된다.

그제야 나는 깨달았다.

"이 쇠사슬······ 마법 도구?"

아마 효과는 휘감은 대상의 구속·약체화가 아닐까.

돌이켜보면 사슬을 끊어내려고 했을 때도 묘하게 힘이 들어가지 않았다.

핏기가 가셨다.

지금 자신은 평범한 인간 여자에 지나지 않는다는 사실을 이해하고 말았기 때문이다.

"너는······."

나는 모든 일의 원인일 터인 인물에게 조심스럽게 시선을 보냈다.

"응? 왜 그래, 미호 누나?"

여기저기 찢어진 교복을 입은 소년이 이쪽을 내려다보고 있었다.

언뜻 보면 불량아 같지만, 더럽지는 않다. 허름한 교복은 깔끔하고, 허리에 찬 검은 한눈에 보아도 고가인 것을 알 수 있다. 아주 뒤죽박죽인 차림새였다.

평소에는 이 위로 망토를 걸쳤을 것이다. 지금 그 망토는 앉아 있는 내 밑에 깔려 있다.

"표정이 이상하네. 설마 날 잊은 거야?"

농담이라도 하는 듯 소년이 말했다.

실제로 아는 얼굴이었다.

정확히는 나에게 저장된 미즈시마 미호의 기억 속에 있는 얼굴이다.

"……타카야, 준."

미즈시마 미호의 소꿉친구이자 치트 능력자인 워리어. 제1차 원정대에 도움을 요청하기 위해 혼자 숲을 헤쳐나가 에베누스 성채에 도달한 소년이 여기 있었다.

"넌 대체 왜……?"

"에이, 누나. 자꾸 남처럼 대할 거야?"

볼을 긁으며 타카야가 말했다.

"평소처럼 준이라고 불러줘."

"…………."

물론 부를 리가 없다.

솔직히 전혀 상황을 이해하지 못하겠다. 혼탁했던 의식은 이미 진정되었는데 내가 떠올릴 수 있는 것은 산을 걸어가다 주인님과 합류한 순간까지다.

그 이후는 모르겠다. 정신이 드니 여기 구속되어 있다.

대체 그 자리에서 무슨 일이 있었던 걸까?

나의 몸에 무슨 일이 일어났을까?

무엇보다 주인님은 무사할까……?

"아! 혹시 누나, 그 산장에 놔두고 간 걸로 화내는 거야?"

혼란에 빠진 날 신경 쓰지도 않고 타카야가 말을 걸었다.

"불안하게 해서 미안해. 그래도 나, 진짜 노력했다고."

이 대화를 즐기는 듯한 목소리로.

친근함을 바탕으로 한 약간 삐친 기색을 담아서.

사슬로 구속된 나의 상황 따위는 전혀 보이지도 않듯이.

"…………."

여전히 무슨 상황인지 전혀 모르겠는데…….

이 반응, 이 발언, 이 태도.

혹시 타카야는 내가 미즈시마 미호가 아닌 것을 눈치채지 못한 것일까?

그렇다면…… 이것은 기회일지도 모른다.

나는 침을 꿀꺽 삼켰다.

의식을 잃은 동안 무슨 일이 일어났는지 잘하면 정보를 얻어낼 가능성이 있다. 동요한 마음을 감추고 마른 입술을 열었다.

"……묻고 싶은 게 있는데."

"응. 뭔데?"

타카야가 웃으며 고개를 갸웃했다.

말을 걸어준 것만으로도 기쁜 듯한 천진난만한 태도였다.

"…………."

부주의하게도 나는 순간 그 뒤로 이어서 할 말을 잃고 말았다.

"무엇이든 물어봐, 미호 누나."

타카야 준이 보이는 다정한 호의는 나를 향한 것이 아니었다.

그것은 이미 이 세상에 없는 소녀를 향한 것이다.

그가 기쁘면 기쁠수록, 즐거우면 즐거울수록 갈 곳을 잃은 호의가 사라지는 감각이 허무하게 느껴져 나는 말문을 잃고 말았다.

"누나?"

"──아."

의아한 표정을 지은 타카야의 부름에 나는 퍼뜩 놀랐다.

이러면 안 된다. 지금은 쓸데없는 생각을 할 때가 아니다.

확인하지 않으면 안 될 일이 많다. 눈앞의 일에 집중해야
한다.

감상을 떨쳐 내고 마음을 가다듬었다.

"……내가 왜 여기 있어?"

"아. 그거? 하긴 궁금하겠네."

타카야 준이 여전히 웃는 얼굴로 대답했다.

"내가 누나의 머리에 검을 꽂았거든."

"뭐……?"

아무 일도 아니란 것처럼 입에 담은 범행 고백에 나는 경
악했다.

"아팠어? 하지만 미안해. 그렇게 하지 않으면 누나는 기
절하지 않았을 테니까."

눈을 뜬 나의 눈앞에 있던 사람이 여기 있는 타카야 준이
다. 그 시점에 그가 나를 구속한 범인이거나 혹은 그 일당인
것은 일단 확실했다.

그리고 미믹 슬라임인 내가 정신을 잃었다는 것은 의식을
유지하지 못할 만큼 큰 대미지를 입었을 가능성이 크다.

논리적으로 생각하면 타카야 준에게 기습을 당했다는 뜻

이 된다.

하지만 나는 오히려 그가 무언가 특수한 마법 도구라도 사용했을 거라고 생각했다.

바로 그렇게 생각했을 정도로 나에 대한 그의 태도는 친근함으로 가득했기 때문이다.

"너, 알고 있어……?"

나는 여전히 혼란스러워하며 물었다.

"알고 있지, 물론."

한없이 가벼운 어조로 타카야가 대답했다.

"누나, 슬라임에게 먹혔잖아. 그리고 그 몸은 슬라임의 것이고."

눈앞의 소년을 응시한 채 나는 말을 잇지 못했다.

미즈시마 미호가 죽은 것도.

그녀의 주검을 내가 삼킨 것도.

내가 미즈시마 미호의 모습을 빌린 몬스터인 것도.

타카야 준은 모두 알고 있다. 그러면서 나를 미즈시마 미호로 대하는 것이다.

모순된 행동이다.

……망가졌다.

왜 이렇게 되고 말았을까…… 라는 생각은 들지 않았다.

그것은 지금 이 세계에 사는 누구보다도 내가 이해할 수 있는 일이었기 때문이다.

내 속에는 죽은 미즈시마 미호의 기억이 있다.

소꿉친구인 타카야 준과의 추억도 당연히 그 속에 포함되어 있다.

기억의 앨범은 의태 능력의 한계 탓에 크게 열화되어 색은 바래고 윤곽은 흐릿하며, 몇 페이지쯤은 떨어져 나가고 말았다.

그래도 소꿉친구인 타카야 준을 미즈시마 미호가 좋게 여긴 것은 알고 있다.

그것은 타카야 준이 성장하면서 그녀에게 품게 된 아련하고 달콤한 감정과는 다른 것이었다. 하지만 어린 시절부터 시간을 함께 한 상대에 대한 특별한 친근함이 있었다.

나의 생각에 미즈시마 미호는 현명한 소녀였을 것이다.

타카야 준이 가슴에 품은 아련한 감정에는 소꿉친구에 대한 특별한 친근함과 연상 여성을 향한 동경이 뒤섞인 것에 불과하다는 사실을 파악하고 있었다. 타카야 준이 용기를 내어 고백하지 않은 것은 어떤 의미로는 그녀의 추측이 맞았다는 증거라고 할 수 있을지도 모른다. 그의 첫사랑은 소꿉친구라는 관계를 깨뜨려서라도 이루고 싶을 만큼의 무게를 지니지 않았다. 그대로 생활이 이어지면, 그것은 언젠가 다소 아련한 첫사랑의 추억으로 바뀌었을지도 모른다.

그러나 그렇게 되지 못했다.

이세계로의 전이가 다른 많은 자들과 마찬가지로 그들의 미래를 뒤틀어 버리고 말았다.

두 번 다시 집으로는 돌아갈 수 없다. 가족을 만날 수도 없다. 심지어 괴물이 습격하여 내일 목숨이 붙어 있을지조차 알 수 없다.

청도의 차이야 있지만, 모두가 궁지에 몰려 있었다.

타카야 준도 그 중 한 사람이었다.

미즈시마 미호가 아는 타카야 준은 아이처럼 장난스럽고, 그렇기에 연약하고 무른 면이 있는 소년이었다.

결국 그는 자신의 정신적 지주 역할을 첫사랑에게 원하게 되었다.

미즈시마 미호는 그런 그의 변화를 알아채면서도 아무 말도 하지 않았다.

그것이 그에게 필요한 일임을 현명한 그녀는 이해했기 때문이다.

다른 누군가를 위해서라면 노력할 수 있다.

그렇게 하는 것밖에 제정신을 유지할 방도가 없다.

좋아하는 사람을 위한 일이기에 타카야 준은 고작 혼자서 수해를 횡단해야 하는 고독과 고통에도 견딜 수 있었다. 그렇기에 그 대상이었던 미즈시마 미호가 무참한 죽음을 맞이했을 때, 그의 마음 또한 그 버팀목을 허무하게 모두 잃고 말았다.

그의 눈에는 이제 보고 싶은 것밖에 보이지 않는다.

"미호 누나는 건네지 않아. 두 번 다시, 누구에게도."

혼잣말과 같은 중얼거림에는 어두운 열기가 담겨 있었다.

"기뻐해, 누나. 지금 나에겐 그만한 힘이 있으니까."

찰그락, 타카야의 허리에 있는 검이 소리를 냈다.

그때 나는 문득 코 끝을 스치는 녹슨 쇠 냄새를 느꼈다.

평소의 나라면 파이어 팽의 후각을 의태하여 바로 눈치챘을 터인 이상한 냄새. 혈액과 장기 냄새. 몸을 돌린 나는 숨을 들이켰다.

"이건…… 세상에."

조금 떨어진 곳에 그야말로 시산혈해라고 표현해야 할 광경이 펼쳐져 있었다.

많은 몬스터 사체가 널려 있다. 몇십 마리는 될까. 확실히 키틀스 산맥은 인간의 마을과 떨어져 있어 몬스터가 많은 토지이기는 하지만, 그렇다고 해도 지나친 숫자가 죽어 있었다.

겉으로 보기에 타카야 준에게는 눈에 띄는 상처가 없다.

아무리 치트 능력자 워리어라고 해도 이상하게 느껴졌다.

……혹시 저 검일까.

무언가 특별한 마법 도구라면 가능성은 있지만…….

"나는 강해졌어."

다시 몸을 돌린 나에게 타카야 준이 말을 걸어왔다. 오직 한 사람을 향한 다정함과 그 이외의 것에 대한 적대적인 냉혹함이 동전의 양면처럼 함께 있는 미소를 지으며.

"그러니 누나는 안심해도 돼. 설령 누가 오더라도 누나는 건네지 않을 테니까."

살의가 담긴 목소리를 듣고 나는 전율했다.

······주인님이 위험해.

직전에 '위타천'과의 전투가 있던 탓에 주인님의 전력은 큰 폭으로 줄어들었다.

그래도 주인님이라면 어떻게든 승산이 있는 작전을 세워 사로잡힌 나를 쫓아올 것이 분명하다.

그러나 타카야 준의 전력을 제대로 파악하지 못하면, 그 작전도 소용이 없게 된다. 예를 들어 저 검을 모르면 주인님이 반격을 당할 가능성이 높다.

그런 일은 용납할 수 없다.

"기다려. 타카야 준."

나는 미소 짓는 소년을 노려보았다.

"나는 미즈시마 미호가 아니야. 나는 마지마 타카히로의 제1권속 미믹 슬라임 릴리. 너의 소꿉친구 미즈시마 미호는 이미 죽었어."

이것이 위험한 발언이라는 것은 자각하고 있다.

일단 타카야가 미즈시마 미호의 죽음을 인정할 수 있을지 모르겠다. 그리고 만약 인정하더라도 그럴 경우 타카야에게 나는 그의 소중한 인간의 모습을 빼앗은 몬스터에 지나지 않게 된다. 무슨 짓을 당하더라도 이상하지 않다.

그렇지 않더라도 정신의 균형을 잃은 지금의 그는 무엇이 도화선이 되어 폭발할지 모른다. 자신의 안전만 생각한다면, 이것은 섣부른 발언이었다.

하지만 주인님이 위험에 처하는 것보다는 훨씬, 훨씬

낮다.

"죽었다고? 누나가?"

타카야 준이 웃음을 지우고 나를 가만히 바라보았다.

감정이 없는 밀랍인형 같은 시선에 소름이 끼쳤지만……
상관없다. 말을 이었다.

"그래. 미즈시마 미호는 이제 없어. 아무리 바라도 그녀
를 지키고 싶다는 너의 소원은 이루지 못해."

이제 다시는 영원히.

타카야 준이라는 이름의 소년이 보답받을 길은 없다.

"…………."

잔혹한 사실 앞에 그는 무엇을 느꼈을까?

침묵의 시간이 길에 느껴졌으나, 실제로는 고작 10초쯤
지났을 것이다.

"……맞아. 미호 누나는 이미 죽었어."

타카야 준이 나직하게 중얼거렸다.

"여기 있는 건 누나의 사체를 먹은 몬스터야."

등줄기가 서늘해지는 공허한 목소리였다.

눈앞의 소년 속에서 미즈시마 미호가 아니게 된 순간, 나
는 목이 잘릴 것이다.

"하지만 그게 어쨌다는 거야?"

각오했던 사형 선고——가 아니었다.

그렇다고 나의 말이 통하지 않은 것도 아니었다.

"너는 미호 누나야."

"……뭐?"

나는 얼빠진 소리를 내며 타카야를 올려다보았다.

그는 다시 웃고 있었다.

무조건적인 호의가 담겨 있었다.

그리고 투명할 만큼 순수한 확신이 있었다.

"……아."

비명처럼 한숨이 흘러나왔다.

이 순간 나는 처음으로 눈앞의 소년에게── 그 눈에 깃든 광기에 슬픔이나 동정심이 아닌 명확한 공포를 느꼈다.

"어떤 모습이 되더라도 나는 알아."

이쪽을 내려다보는 타카야의 눈은 나의 모습을 비추고 있음에도 불구하고, 그 초점은 나라는 존재를 향해 있지 않았다.

그렇다고 해서 그가 아무것도 보지 않는가 하면 그렇지는 않았다.

보고 싶은 것밖에 보지 않는 광인의 눈이기에 본래는 보이지 않을 것을 포착하였을까?

나라는 존재의 저변을, 그 본질을 확실히 타카야 준은 꿰뚫어 보고 있었다.

"죽었다고? 먹혔다고? 그게 어쨌단 말이야. 여기에는 분명 미호 누나가 있어. 난 그걸 알아."

"아, 아니야. 나는……."

"부정하려고? 그럼 대답해 봐. 여기 있는 게 미호 누나가 아니라면 대체 누구란 말이야?"

타카야 준이 던진 물음은 너무나 단순했다.

하지만 생각지도 못한 질문에 나의 입술은 얼어붙었다.

나는 대체 무엇일까?

그것은 너무나 나라는 존재의 본질을 꿰뚫은 질문이었다.

◆ ◆ ◆

미믹 슬라임인 나의 의태 능력은 대상의 모든 것을 재현한다.

열화되는 부분이 있기는 해도, 그것은 대부분 대상의 존재 그 자체의 박탈에 가깝다.

그런 나의 능력 행사에 주인님은 제한을 걸었다.

왜냐하면 동시에 그것은 나 자체에 대한 침식을 의미하기 때문이다.

그러나 여기서 의구심이 생긴다.

거기서 침식되는 '나'란 대체 누구일까?

나는 이미 의사가 있는 타인을 집어삼켰다.

물론 다른 누구도 아닌 미즈시마 미호를 가리킨다.

그 영향은 여기저기서 드러나고 있다.

예를 들어 나는 옛날부터 쭉 모두를 위해 식사를 준비해 왔다. 마법 도구를 제작할 수 있는 로즈에게는 할 일이 얼마든지 있었고, 카토 씨를 의심했을 무렵에는 그녀에게 요리를 맡길 수가 없었기 때문이다.

하지만 수해를 빠져나와 인간 세계에 발을 들인 지금도, 나는 여행하는 동안 스스로 나서서 식사 담당을 맡고 있다.

주인님에게 맛있는 음식을 먹이고 싶기 때문이다.

또한 요리라는 일에 즐거움을 느끼고 있기 때문이다.

하지만 그렇게 느끼는 감성은…… 과연 누구의 것일까?

그 밖에도 또 있다. 예를 들어 이노 유나가 습격하기 직전의 대화도 그렇다.

거베라가 보내는 호의를 앞에 두고 주인님은 나를 신경 썼다.

그런 것은 개의치 않아도 되고, 애초에 권속인 우리에게는 본래 이해조차 할 수 없는 감각이라고 이야기했다.

우리 권속에게 주인님은 우리 모두의 주인님이다. 주인님이 무엇을 신경 쓰는지 나는 이해하였지만, 그래도 혼자만 반려로 선택되고 싶다고는 생각하지 않는다.

……하지만 이것을 반대로 말하면.

권속으로서의 감각은 지니고 있다고 해도, 본래 권속이 이해하지 못하는 주인님의 연애관을 다른 누구도 아닌 나만은 이해하고 있는 뜻이기도 하다.

내 속에는 분명 미즈시마 미호의 일부가 존재한다.

그렇다면 나 자신은 어디에 있을까?

애초에 나 자신이란 무엇일까?

……모르겠다.

내가 무엇인지 나는 모르겠다.

◆ ◆ ◆

"……휴식은 끝난 모양이네."

타카야 준이 무언가를 중얼거렸다.

그 순간 그가 나를 옆구리에 끼고 안아들었다.

"꺅."

"따라올 줄 알았어. 누나는 넘기지 않아."

무심코 눈을 감은 나의 귀에 적의를 드러낸 타카야 준의 목소리가 들렸다.

눈을 뜨자 겹겹이 쌓인 몬스터의 시체 너머의 광경이 시야에 들어왔다.

"……아."

거기 있는 것은 머리가 둘 달린 늑대였다.

그리고 그 등에 올라탄 진흙과 피로 더러워진 소년이 있었다.

"릴리는 돌려받아야겠어."

선언한 소년의 날카로운 안광이 나에게로 옮겨진 순간만 부드럽게 풀어졌다.

"……주인님."

떨리는 입술이, 마음이, 사랑하는 그를 불렀다.

10 타카야 준 공략전 ~릴리 시점~

"……주인님."

납치당한 나의 앞에 모습을 드러낸 주인님.

그 모습은 흙으로 더럽혀졌고, 자잘한 상처가 많았다.

그러나 광기에 휩싸인 타카야 준과 한 번은 조우한 것을 생각하면, 사지가 멀쩡한 것만으로도 꽤 행복하다고 말해야 할 것이다.

본래는 보호를 받아야 할 존재인 그가 지켜야 할 쪽인 나를 구하러 와주다니, 뒤바뀐 상황은 꼭 질 나쁜 농담 같지만…… 역시 그는 와주었다.

혹은, 오고 말았다.

주인님의 모습을 본 나의 가슴에 솟구친 것은 숨길 수 없는 환희와 그를 위험한 곳에 오게 하고 만 후회와 공포. 그리고 생각지도 못한 당혹스러움이었다.

하지만 그것도 어쩔 수 없다.

무슨 까닭인지 지금 주인님은 물리적으로 떨어질 수 없는 아사리나를 제외하고 자신의 권속을 하나도 데리고 있지 않기 때문이다.

내가 의식을 잃었을 때까지는 주인님의 근처에 로즈가 있었을 텐데…….

그녀는 어떻게 되었을까?

주어진 조건으로만 판단하자면 역시 타카야 준과 접촉

했을 때, 그녀의 몸에 무슨 일이 생긴 걸까?

소중한 동생이다. 걱정된다.

그러나 몸을 묶고 있는 사슬의 효과인가 패스가 좀처럼 유효하게 작용하지 않아서 로즈를 포함한 동생들의 현재 상태는 눈에 보이는 범위 내에 있는 아사리나 외에는 모르겠다.

그런 나를 가장 당황시킨 것은 모습이 보이지 않는 권속들 대신 주인님이 타고 있는 왕의 풍격마저 감도는 거대한 늑대였다.

용맹한 머리는 두 개이고, 허리부터 굵은 촉수가 무수히 뻗은 이형의 늑대다.

모습은 독특하지만, 그것이 베르타라 불리는 개체임은 금세 알아챘다.

그러나 베르타는 주인님의 권속이 아니다.

또 한 명의 몬스터 사역자── 쿠도 리쿠의 권속이다.

그런 베르타가 어떤 경위를 거쳐 주인님과 함께 있을까?

그 대답은 아무래도 주인님의 앞에 앉아 있는 인물이 알 듯하다.

"쌍두 늑대…… 이름이 뭐였더라? 아─. 잘 기억이 안 나는데."

나와 같은 의문을 품은 듯한 타카야가 주인님의 앞에 앉은 '후드가 달린 망토로 온몸을 감춘 인물'을 보고 납득한 얼굴로 말했다.

"뭐, 됐어. 그 녀석이 있다는 건 네가 또 다른 몬스터 사역자, 쿠도 리쿠구나?"

"…………."

후드를 쓴 인물은 대답하지 않았다. ……대답할 수 없는 것일지도 모른다.

그렇다면 정말 저 사람은 쿠도인 모양이다.

왜 여기에 쿠도가 있는지 모르겠지만, 주인님은 나를 구하기 위해 그의 손을 빌린 것 같다.

침묵하고 있는 쿠도에게 타카야 준이 어깨를 으쓱했다.

"설마 여기서 나올 줄이야. 오랜만이네, 쿠도. ……말은 이렇게 했지만, 지금까지 대화한 적도 없었지."

타카야 준과 쿠도 리쿠는 동급생이다. 말하는 내용으로 보아 학교에서도 접점이 없었던 듯하지만, 그래도 얼굴 정도는 아는 모양이다.

그랬구나. 그래서 쿠도가 저렇게 얼굴을 감췄구나.

상황을 보니 아무래도 헛수고였던 것 같지만.

"얼굴을 감추고 조용히 있으면 정체를 모를 줄 알았어? 그렇게 하면 빈틈을 찌를 수 있을지도 모른다고? 그럴 생각이었다면 안타깝네. 나는 지금의 너를 알고 있거든. 아마 저쪽에 있는 마지마보다 잘 알걸."

"무슨 소리야?"

물어본 쪽은 쿠도가 아닌 주인님이었다.

"네가 쿠도를 아는 건 틸리아 성채에서 내가 쿠도와 싸웠다는 정보가 에베누스 성채까지 전해졌기 때문이잖아? 그 이상은 알 리가 없는데."

"말한 대로 에베누스에는 이노 씨가 정보를 전해 주었고, 나도 세라타에서 합류했을 때 이노 씨에게 같은 정보를 얻었지만 말이야. 내가 쿠도를 아는 건 그보다 전이야."

"그럴 리가……."

"없다고? 그렇지 않아."

타카야 준이 매우 공격적인 미소를 지었다.

"'하늘의 목소리'가 알려 주었거든."

"……'하늘의 목소리'라니? 뭐야, 그게?"

"너에겐 이렇게 말하는 쪽이 알기 쉬우려나? ……'틸리아 성채 습격의 협력자'라고."

두 사람의 대화를 듣던 나는 놀라 눈을 크게 떴다.

"설마……."

틸리아 성채 습격 때에는 '제1차 원정대에 참가하여 에베누스 성채에 도달했던 쥬몬지 타츠야'와 '수해 심부에 남겨진 사카가미 고타와 쿠도 리쿠' 사이를 이어준 협력자가 존재함을 알 수 있었다.

결국 그 자리에 없었던 협력자가 누구인지는 몰랐지만, 그 인물이 원거리 통신 능력을 지닌 치트 능력자이며, 에베누스 성채로 향한 제1차 원정대의 한 사람인 것만은 알아냈다.

그 사람이 이번에도 뒤에서 움직였을 줄이야.

나는 크게 놀랐으나, 주인님의 반응은 조금 달랐다.

놀라기는 했지만, 반응은 그리 크지 않았다. 타카야의 말에 납득한 듯이 씁쓸한 표정으로 혀를 찼다.

"어쩐지…… 릴리의 의식을 그렇게 정확하게 날려 버리더라. 이상하다고 생각했어. 그건 미믹 슬라임의 생태를 모르면 불가능한 행동이었으니까."

나는 무슨 말인지 잠깐 생각한 뒤에야 주인님이 하려는 말이 짐작이 갔다.

나 자신은 의식을 잃은 순간의 일은 기억하지 못하지만, 타카야 준 본인의 입으로 머리를 검으로 일격에 찔렀다는 사실을 들었다.

가장 빠른 수법. 최적인 방법.

그것을 해내려면 적절한 지식이 필요하다.

타카야 준은 어떻게 그 사실을 알았을까?

우리의 정보는 그리 외부에 퍼지지 않았다. 우리는 되도록 정체를 숨기지 않으면 안 되는 몬스터 집단인 이상 조심하는 것이 당연하다.

심지어 내가 의식을 잃는 조건 같은 것은 일부러 퍼뜨릴 일도 없다.

그렇다면 실제로 그것을 본 인간으로부터 정보가 전해졌다고밖에 생각할 수 없다.

그런 상황이 벌어졌던 건, 틸리아 성채에서 쥬몬지와 싸울 때.

그때 나는 쥬몬지에게 정면으로 베인 뒤, 주먹 일격에 의태한 머리가 분쇄되어 의식을 잃었다.

여기서 중요한 것은 그 자리에 있던 인간 중 한 사람이 타카야가 말하는 '하늘의 목소리'와 통하는 인물이 있었다는 뜻이다.

"……사카가미 고타."

"아, 누나도 알아챘구나?"

나의 혼잣말을 용케 들은 타카야 준이 싱긋 웃었다.

그렇다. 몬스터 사역자 쿠도 리쿠를 은폐시켰던 소년이 그 자리에 있었다.

그는 그 뒤, 부상을 입은 고통으로 정신을 잃고 동급생 집단에 의해 이송되는 도중, 베르타에게 사로잡혀 최후에는 쿠도의 명령으로 물려 죽었다.

그 시간까지 그가 협력자인 '하늘의 목소리'에게 목격한 정보를 전달할 시간은 충분히 있었다.

이것은 섣부른 생각일지도 모르지만, 사카가미가 그 자리에서 도망치지 않고 주인님에게 복수하기 위해 성채 근처에 머물러 있던 것도 이 타이밍에 '하늘의 목소리'와 접선하며 부추김을 받았을 가능성도 있다.

그런 방식은 '하늘의 목소리'라기보다도 굳이 따지자면 '악마의 속삭임'이라고 하는 편이 어울린다. 전에 틸리아 성채 습격 사건도 그렇고, 이번 일도 그렇고 그 방식에는 등줄기가 오싹해지기에 충분한 악의가 느껴졌다.

대체 어떤 사람일까?

그렇게 생각한 것은 주인님도 마찬가지였던 모양이다. 그가 험악한 표정을 짓고 입을 열었다.

"타카야. 넌 '하늘의 목소리'가 누군지 정체를 알아?"

"글쎄? 이름을 물으니 돌아온 게 '하늘의 목소리'라는 딱 보아도 대충 지은 듯한 이름이었으니까. 제대로 대답할 생각이 없다는 걸 바로 눈치챘지. 나로서는 누나의 정보만 얻으면 다른 일에는 관심이 없었으니 딱히 상관없었어. 그러니 본명은커녕 남자인지 여자인지도 몰라."

"……직접 만났다며?"

"'하늘의 목소리'라는 건 어디까지나 그 녀석이 그렇게 말했을 뿐이지 전화처럼 목소리가 들린 것이 아니야. 머리에 직접 말을 거는 듯한…… 텔레파시라고 말하면 될까? 그런 느낌이었어. 그 녀석은 자신에 대한 것은 아무 말도 하지 않았고. 뭐, 그런 것 치고는 남의 이야기는 나불나불 잘도 떠들어댔지만. 예를 들면——."

타카야 준이 주인님의 앞에 앉은 쿠도에게로 시선을 향했다.

"——쿠도, 너와 **토도로키 미야**의 일이라든가."

토도로키 미야?

갑자기 나온 이름에 나는 당황했다.

어디선가 들은 적이 있는 기분이지만, 바로 떠오르지는 않았다.

주인님도 의아한 얼굴이다.

그러나 다른 사람의 반응은 달랐다.

후드를 뒤집어 쓴 채인 쿠도는 움찔하며 어깨를 떨었다.

베르타는 더욱 확연했다.

"……네 이놈. 우리 왕을 조롱하는가."

늑대의 목소리에는 명확한 적의와 분노가 담겨 있었다.

당장이라도 달려들 것처럼 살기가 넘쳤다.

주인은 달라도, 같은 권속이기에 느껴지는 것이 있었다.

그것은 주인의 성역에 흙발로 들이닥친 것에 대한 참을 수 없는 격정이었다.

그런 반응을 보고 나는 조금 의외라고 여겼다.

쿠도 리쿠의 능력은 권속을 강제적으로 따르게 한다. 그에게는 모든 것이 도구다. 그것은 의사를 지닌 몬스터가 상대라고 하더라도 변함이 없을 터였다.

하지만 지금 베르타는 주인인 쿠도를 위해 화를 내고 있다. 그것은 즉, 양자가 무조건 복종하기만 할 뿐인 관계가 아님을 의미했다.

지금은 그것이 오히려 부작용이 난 듯하지만.

"진정해, 베르타."

당장이라도 폭발할 듯한 베르타에게 유일하게 냉정함을 유지하고 있던 주인님이 말을 걸었다.

"그리고 너도."

이어서 앞에 앉은 쿠도의 어깨를 툭 두드린다.

"동요하게 만들려는 것뿐이야. 네가 흔들리면 어떡해."

"……알아."

소곤소곤 알아듣기 힘든 목소리.

후드를 뒤집어 쓰고 있어서 정확하지는 않지만, 쿠도가 고개를 끄덕인 것 같다.

그런 두 사람의 대화를 보며 타카야 준이 따분한 듯 코 웃음을 쳤다.

주인님이 이 대화에서 조금이라도 정보를 얻으려고 한 것처럼 타카야 준 또한 이왕이면 이 대화를 통해 쿠도를 동요시키려고 한 모양이다.

현재 주인님의 곁에 있는 것은 우리처럼 마음이 통하는 권속이 아니라 급조한 팀이다. 사소한 일로도 전력이 뚝뚝 떨어지게 된다. 그 부분을 노리는 것으로 보아 이상해진 면이 있기는 해도, 타카야 준은 여전히 판단력을 유지하고 있다. 매우 성가신 상대다.

지금처럼 냉정한 판단이 가능하다는 것은 주인님이 틈 을 노리더라도 타카야 준과 크게 벌어진 실력 차이를 뒤집 기란 어려울 것이다. 옆에 끼고 있는 나의 존재가 걸림돌 이 되더라도 그 정도로 어디까지 차이를 메울 수 있을까?

어떻게든 승기를 잡을 방법을 찾고 싶지만…… '쿠도를 동요시킨다'라는 목적을 달성하지 못한 이상, 타카야 준이 이 이상 대화를 지속할 이유가 없다.

"이성을 잃고 달려들었다면 편했겠지만. 뭐, 상관없나."

투덜거리는 듯한 어조에서 돌변했다.

"그런데…… 아까 뭐라고 말했던 것 같은데, 뭐였더라?"

살의를 담은 목소리로 타카야 준이 주인님에게 물었다.

"맞아, 맞아. 미호 누나를 돌려달라고 말했던가? ……그 렇지, 마지마——."

소중한 것을 빼앗으려고 한다——. 그런 생각에 사로잡 힌 듯한 소년의 몸에서 증오가 주르륵 흘러나왔다.

마치 끓어오르는 마녀의 가마솥 같다.

온갖 부정적인 감정이 부글부글 뒤섞여 끓어오른 감정 이 공간을 침식해 나갔다.

하지만 주인님은 두려워하지 않았다.

"그래, 맞아. 돌려받아야겠어."

이 자리에 온 시점에 각오 같은 건 이미 되어 있다고 말 하듯이 태연한 태도로 대꾸했다.

"나는 그러려고 여기 왔으니까."

"이 자식……."

타카야 준이 얼굴을 일그러뜨렸다. 빠득빠득 이를 가는 소리가 울렸다.

"……착각하지 마. 누나는 너의 것이 아니야."

"아니."

주인님이 살짝 고개를 가로저었다.

"릴리는 내 거야."

"…………!"

단호한 말에 상황에 맞지 않게 가슴이 두근거렸다.

"릴리는 나의 권속이고, 나는 릴리의 주인님이야. 다른 누구도 이러쿵저러쿵 말할 권리는 없어."

주인님답지 않게 조금 강한 말투다.

그만큼 굳은 각오를 품고 이 자리에 임하는 것이다.

그것이 기쁘다.

기쁘지만······.

상대는 워리어. 치트 능력자다.

지금의 주인님이 상대하기에는 너무 무모한 적으로 보였다.

현재 주인님의 곁에 있는 것은 쿠도의 권속이다.

능력의 성질상, 쿠도가 부리는 몬스터들의 힘에는 상한이 있다. 보아하니 베르타는 전에 만났을 때보다 강화된 모양이지만, 그래도 전투 능력은 나보다 떨어질 것이다. 주인님과 아사리나가 가세하더라도 워리어를 상대하기에는 벅차다. 적어도 거베라가······ 그것도 완벽한 상태의 그녀가 있으면 호각으로 싸울 수 있을지도 모르지만.

······안 된다. 역시 너무 무모하다.

처음부터 알고 있던 결론에 이른 나는 입술을 깨물었다.

현 상황을 어떻게든 타파할 방법이 없을까?

타카야의 팔에 안긴 채, 나는 어지럽게 머리를 굴렸다.

주인님을 지킬 방법. 내가 이 상태로도 도울 수 있는 방법. 이 몸은 어떻게 되어도 상관없다. 그것을 찾아내지 못하면 주인님은…… 그렇다면 나 같은 건 그냥…….

"릴리."

그때 이름을 불렀다.

고개를 들었다. 주인님과 눈이 마주쳤다. 나의 얼굴은 분명 심하게 굳어 있었을 것이다. 그 표정을 불안함이 드러난 것으로 해석했는지 주인님이 미소를 지어 달래 주려고 하였다.

"괜찮으니까 잠깐만 기다려 줘."

"아……."

나는 그 말에 대답하려고 했다.

하지만 그 전에 소년의 분노와 광기가 폭발했다.

"헛소리…… 하지 마. 누구 마음대로!"

외치는 타카야 준의 얼굴은 끔찍하게 일그러져 있었다.

우리가 한 마디라도 나누는 것이 참기 힘든 고통이라고 되는 듯이.

그것도 당연한 일일까?

보고 싶은 것밖에 보이지 않는다. 올바른 사실 따위는 인식하고 싶지 않다.

그렇게 바라는 소년이 보기에는 우리가 나누는 대화 하나하나가 자신의 환상을 금가게 하는, 쐐기를 박는 행위밖에 되지 않으니까.

"누나는 이제 누구에게도 건네지 않아! 누구에게도! 누구에게도——!"

타카야 준이 포효했다.

그렇게 하여 눈앞의 현실을 부정했다.

보검이 빛을 발하며—— 빛나는 죽음을 불렀다.

"피해!"

주인님이 경고했다.

그 직후, 그를 태운 베르타의 바로 밑에 있는 땅이 솟구쳐 흙 기둥이 만들어졌다.

쏘아올리는 공격을 베르타는 몸을 비틀어 피했다.

그러나 공격은 그것으로 끝나지 않았다.

"온다, 베르타!"

"……나도 알아. 붙잡고 있어."

주인님에게 응한 베르타가 몸을 움직였다. 순식간에 그 모습이 회색 바람이 되었다.

보통 사람은 전혀 쫓아가지 못할 속도다. 통상의 파이어 팽보다 한층 더 큰 몸이면서 훨씬 빠른 속도로 이형의 늑대가 숲을 달렸다.

그러나 그것은 워리어의 동체 시력을 뛰어넘지 못했다.

"내 앞에서! 사라져라, 마지마——!"

치트 능력자의 방대한 마력이 보검에 주입되었다.

땅에서 솟구치는 흙 기둥이 달리는 베르타를 위협했다.

흙 기둥이 차례차례 솟아오르는 광경은 마치 타카야 준의 내면에 휘몰아치는 격노와 광기가 뒤섞여 흉악하기까지 한 무게로 구현화된 듯했다.

"으르르릉……."

3미터가 넘는 거대한 몸을 움직여 베르타가 흙 기둥을 피하며 질주했다.

주인님은 쿠도를 뒤에서 끌어안고 그의 등에 필사적으로 매달려 있다.

베르타의 촉수가 두 사람의 허리에 휘감겨 있어서 그들을 등에 고정시키고 있다. 게다가 아사리나까지 주인님과 쿠도의 몸을 묶고 있었다.

그 정도로 하지 않으면 굴러떨어진다.

끊임없이 달리는 베르타의 그림자를 따라 흙 기둥이 무수하게 솟아났다. 산의 흔한 경치가 이계의 모습으로 변해 갔다.

베르타가 어떻게든 이쪽으로 접근하려는 듯하지만, 타카야 준의 공격이 그것을 허용하지 않았다. 넘치는 마력을 투입한 마법에 의한 원거리 공격이 일방적으로 공격이 가능한 상태를 유지시키고 있다. 베르타도 언젠가 피하지 못하게 된다. 이대로 가면 소모되기만 할 뿐이다.

"크아아아앙!"

베르타 자신도 진전이 없다고 판단했는지 두 머리 중 하나가 이쪽을 향해 입을 열었다.

입에서 화염이 흘러나와 일직선으로 쏘아졌다. 이대로 가면 나도 휘말리는 코스지만, 충분한 거리가 있는 이상 타카야 준에게는 이 정도 공격이 통할 리가 없다.

"흥! 이 정도쯤이야!"

불꽃이 가는 길을 가로막으며 흙 기둥이 만들어졌다.

이토록 쉽게 베르타가 뿜어 낸 화염이 막히고 말았다.

이것이 치트 능력자와의 실력 차이. 잔혹한 현실이었다.

오히려 이 공격이 호기라는 듯 타카야 준이 웃었다.

"받아라!"

지면에서 비스듬하게 튀어나온 흙 기둥이 베르타의 사각을 노렸다.

화염을 막 토해 낸 참인 베르타는 아주 잠깐 반응이 늦어졌다.

거대한 늑대의 배에 흙 기둥이 직격하고——.

"앗……?!"

——녹색의 방어막이 그 일격을 막아냈다.

흙 기둥과 부딪치며 상쇄되어 녹색 진흙이 사방으로 튀었다.

"잘했어, 시저!"

번 시간은 찰나. 하지만 그 찰나에 베르타가 흙 기둥 사이로 파고들었다.

확실히 일격을 먹였다고 확신했을 터인 타카야 준이 굳어버렸다.

그 틈에 점점 베르타가 거리를 좁혔다. 정신을 차렸을 때에는 이미 늦었다.

그것이 보통 사람이었다면 늦었을 터였다.

"젠장."

워리어의 신체 능력을 지녔다면, 그리 쉽게 적에게 접근을 허용하지 않는다.

측면에서 덮치려고 한 베르타로부터 타카야 준이 크게 뛰어 뒤로 물러나 거리를 벌렸다.

그대로 전투는 산을 이동하며 어지럽게 이어졌다.

"크르릉, 크르르르!"

두 머리의 입에서 토해진 것은 한쪽은 작렬하는 불꽃, 다른 한쪽은 극한의 우박이다.

"이런 게 맞을 것 같냐!"

흙 기둥을 이용하고 또 나무들을 방패로 삼아 타카야 준이 베르타의 브레스 공격을 피했다.

나를 옆구리에 끼고 있다고는 생각할 수 없는 악마와 같은 몸놀림으로 그는 베르타를 접근시키지 않았다. 이 거리를 유지하고 있다면 언제까지고 피할 수 있을 것이다.

"……맞지 않는다고? 흥. 그건 나도 마찬가지다."

반면 베르타도 타카야 준이 거듭 만들어 내는 흙 기둥의 직격을 맞지 않았다.

타카야 준이 지닌 보검은 동시에 두 개 이상의 흙 기둥을 만들지 못하는 듯했다. 그러나 그것은 큰 약점이 되지 못하고, 워리어의 방대한 마력을 주입한 보검은 회피한 그 순간 멈추지 않고 다음 흙 기둥을 형성했다.

베르타는 이것을 모두 피하지 못했다.

그러나 가끔 맞는 일격을 늑대의 몸을 감싼 녹색 진흙이 방어했다. 시저라 불린 그것도 쿠도의 권속일 것이다. 녹색 방어막은 공격을 맞을 때마다 흙의 압력에 밀려 흩어졌으나, 베르타가 피할 시간을 버는 데에는 그것으로 충분했다.

싸움은 서로 결정타를 내지 못하는 교착 상태에 빠졌다.

이 거리를 유지하는 한, 아무리 시간이 지나도 상황은 달라지지 않을 것이다.

그것은 싸우고 있는 타카야 준 자신이 가장 잘 알고 있을 것이다.

아가보다 더욱 화가 난 듯, 뿌득뿌득 이를 가는 소리가 울렸다.

"……짜증 나."

낮은 목소리로 중얼거렸다.

"짜증 나, 짜증 나, 짜증 나……!"

"윽?!"

갑자기 관성이 밀려들어 폐가 눌렸다.

초조해진 타카야 준이 앞으로 나선 것이다.

"……죽인다."

지금까지 안전을 최우선으로 한 싸움 방식에서 한 순가락 정도의 리스크를 감수하는 싸움으로 이행했다. 고작 그것만으로 지금까지 균형을 이루던 저울이 크게 기울었다.

"크와아아아아아앙!"

다가오는 타카야 준을 베르타가 입에서 뿜어낸 화염으

로 요격했다.

아슬아슬한 타이밍으로 타카야 준이 눈앞에 흙 기둥을 만들어 이것을 방어했다.

"이야아앗!"

추가로 자신이 만들어낸 기둥을 똑바로 걷어차 쓰러뜨렸다.

"크르릉……?!"

화염 브레스 공격으로는 쓰러지는 흙 기둥을 태우는 것밖에 할 수 없다.

깔리기 직전 베르타가 옆으로 뛰어 이것을 회피했다.

그러나 그때는 타카야 준이 **쓰러지고 있는 기둥 위를 똑바로 달려** 도망치는 베르타의 바로 옆까지 다가가 있었다.

"……죽어라."

이제 검이 닿을 거리 안으로 들어왔다.

본래 마법이 특기가 아닌 워리어 타카야 준의 필살 거리라고 바꾸어 말해도 된다.

나는 눈앞에서 벌어지는 일을 차마 볼 수가 없었다.

달려드는 타카야 준.

요격에 나선 베르타가 발을 멈추고 이빨이 주르륵 늘어선 커다란 입을 벌렸다.

그 등에서 주인님이 타카야 준을 노려보고 있다.

절체절명의 상황에 굳은 얼굴. 하지만 그의 눈은 포기하지 않았다. 아니. 심지어 긴장하기는 했지만, 의기양양하게 미소까지 짓고——.

"……헉?!"

——바로 그 순간, 베르타가 발을 멈춘 장소 옆에 자란 나무 뒤에서 새로운 인물이 튀어나왔다.

그 모습을 본 타카야 준이 크게 숨을 들이켰다.

플리츠 스커트 자락이 펄럭린다. 한 손에 쥔 것은 아름다운 세검. 검고 탐스러운 긴 머리가 휘날리며 강렬한 눈동자가 타락한 소년의 모습을 똑바로 비쳤다.

"윽, 우오오오오?!"

비명을 지르며 타카야 준이 온힘을 다해 물러났다.

"거, 거짓말. 왜 당신이?!"

크게 당황한 타카야 준을 늠름한 눈길로 노려본다.

형세가 순식간에 뒤집혔다. 그것도 당연하다. 전국의 저울 한쪽에 올라간 것은 그만한 무게를 지닌 존재였다.

"어째서 당신이 여기 있는 거야, 이노 씨?!"

——'위타천' 이노 유나.

이 세계에서도 최강 클래스인 전사가 광기에 휩싸인 소년의 앞에 모습을 드러냈다.

11 소모전 ~릴리 시점~

"대체, 왜……?!"

사슬로 구속된 나를 한 팔로 안고 타카야 준이 산속을 달렸다.

적을 보며 후퇴하는 것이 아니라 무턱대고 전력 질주를 하는 것이었다.

뒤에서 쫓아오는 베르타의 기척이 느껴진다. 정식으로 싸우는 것이 아니라 단순히 다리만 비교하자면, 늑대인 베르타는 타카야 준과 거의 호각인 듯했다. 때때로 화염이나 우박을 토해 내면서도 잡힐 듯 말 듯한 거리를 유지하고 있다.

베르타에게 따라잡히면 끝이다.

그것을 알고 있기에 타카야 준은 필사적이었다.

물론 두려워하는 것은 베르타에게 따라잡히는 것 자체는 아니다.

따라잡혀서 싸움이 벌어지고…… 결과적으로 그 자리에 멈추게 되는 것이었다.

"왜, 왜, 왜, 왜."

"으……."

안겨 있는 나를 배려하지도 못 하는 전력 도주.

"말도 안 돼! 왜 이노 씨가 마지마에게 협력하는 거야?!"

이노 씨와 조우한 뒤, 타카야 준의 판단은 빨랐다.

어지럽게 흙 기둥을 만들어 내고 바로 그 자리에서 도망친 것이다.

감탄스러울 만큼 즉각적인 결정이었다. 그만큼 그는 이노 씨라는 존재를 두려워하는 것이다.

양쪽의 전력 차이를 보아 당연하다면 당연한 판단이다.

게다가 돌이켜보면 지금까지 타카야 준의 행동에도 그런 느낌이 있었다.

예를 들어 내가 의식을 잃었을 때, 주인님은 타카야 준과 조우했으면서도 무사했다. 마음만 먹으면 그 자리에서 주인님을 없앨 수도 있었을 텐데 타카야 준은 그렇게 하지 않았다. 나의 신병을 확보한 시점에 끝까지 싸우지 않고 그 자리를 떠났다.

지금까지 보여준 타카야 준의 행동을 생각하면, 도덕심이나 윤리관, 나아가 동정심 때문에 주인님을 봐준 것이라고는 생각하기 어렵다. 나름대로 이유가 있었다고 생각하는 쪽이 자연스럽다.

그 이유가 바로 이노 유나다. 주인님과 함께 있던 '위타천'을 두려워했기에 그는 완벽하게 끝장을 내지 않고 그 자리를 이탈할 것을 우선시하였다.

그리고 지금도 그러려고 하고 있다.

"이, 일단 거리를 벌려야……."

"놓치지 않아."

"히익?!"

진행 방향에 나타난 이노 씨의 모습에 타카야 준은 허겁지겁 방향을 틀었다.

그만큼 필사적으로 도망쳤는데 저쪽이 먼저 앞서가 진로를 가로막은 모양이다.

하지만 그것도 당연하다.

탐색대 중 가장 빠른 자. 세계 최강의, 정의의 단죄자. 기적이라도 일어나지 않는 한 그녀로부터 도망치기란 불가능하다.

그것을 알면서도 타카야 준은 계속 도망칠 수밖에 없다.

그는 이성을 잃었지만, 계산이 되지 않는 것은 아니다.

자신이 이노 유나에게는 대적할 수 없다는 판단이 가능하다.

싸우게 되면 일방적으로 유린당할 뿐이다. 그것을 알고 있으면 기적이 일어날 것을 믿고 도주할 수밖에 없다.

"히익."

이노 씨가 모습을 드러낼 때마다 타카야 준은 방향을 바꿔 도망쳤다.

"히이이이!"

내 속에서 발견한 미즈시마 미호를── 자신의 존재의의를 빼앗긴다는 공포에 빠져 그저 정신없이 달리고 있다.

타카야 준의 정신은 미즈시마 미호의 존재가 필요하다.

지금 상황은 그에게 절망 그 자체일 것이 분명하다.

따라서 온힘을 다해 몸을 둘러싼 절망을 떨쳐 내려고 하는 것이다.

자신이 안고 있는 '미즈시마 미호'에 대한 배려조차도 이미 잊어버리고 말았다.

"윽…… 으으…… 아악."

신체 능력이 떨어진 나에게 이 도피극은 부담이 컸다.

인간으로부터 동떨어진 근력으로 바닥을 뛰는 반동이 내장까지 울렸다.

풀숲을 돌파하며 연약한 피부에 생채기가 생겼다.

진동으로 토할 것 같다.

……이건 꽤, 위험할지도 모른다.

조금씩 의식이 아득해지고 있다.

이 상황이 너무 길게 이어지면, 정말로 의식을 잃을 것 같다.

대체 언제까지…….

그렇게 생각하다 나는 미간을 찡그렸다.

"……어, 라?"

이 상황에 위화감을 느꼈다.

무언가 이상하다.

……그런데 무엇이?

평소보다 회전이 잘 되지 않는 머리로 잠깐 생각했다.

타카야 준에게 안겨 아무것도 할 수 없는 지금, 고민할 시간은 많다.

그렇다. 많다.

"아."

그리고 나는 자신이 무엇이 마음에 걸렸는지 그 끝자락에 다다랐다.

언제까지고 이어지고 있는 이 도피극.

이 자체가 이상하다.

"싫어. 싫어! 미호 누나는 건네지 않아! 두 번 다시 잃을까 보냐!"

타카야 준은 필사적이지만, 이미 끝났다.

그는 그저 워리어에 불과하고 상대는 이명을 지녔기 때문이다.

전력 차이는 확연하다고 해도 좋다.

서로의 상성에 따른 역전극도 둘 다 마법이 특기가 아닌 근접 전투 타입인 점을 생각하면 절대 불가능하다.

얼른 끝내 버리면 된다.

'위타천' 이노 유나에게는 그만한 힘이 있으니까.

이런, 마치 괴롭히는 듯한 짓은 그녀답지 않다.

"힉!"

내가 그런 생각을 하는 동안에도 소년의 도주는 계속되었다.

이것으로 몇 번째일까. 또 이노 씨가 앞에 나타났다.

아무리 도망치더라도 소년이 바라는 기적은 일어날 리가 없다.

도피극 그 자체가 종료를 알렸다.

엉클어질 듯한 다리로 뛰어가던 타카야 준이 결국 사로 잡혔다.

"뭐…… 뭐야, 이거?!"

그의 몸을 묶은 것은 팽팽한 흰 거미줄이었다.

물론 이런 것이 자연적으로 존재할 리가 없지만── 그러나 타카야 준은 거기까지 생각할 여유가 없었다.

애초에 거미줄이 쳐져 있는 장소로 뛰쳐들어간 것 자체, 전방을 확인하지 않고 이동하지 않으면 안 될 만큼 궁지에 몰린 것이 원인이니까.

"제, 제길."

절대적인 힘을 자랑하는 워리어를 구속하기란 힘들다.

거미줄을 고정하고 있던 나무들이 힘에 밀려 부러지며 뿌리부터 뽑혔다.

앞으로 몇 초만 있으면 거미줄을 끊어내는 것도 가능할 것이다.

하지만 '위타천'에게 쫓기고 있는 이 상황에는 그 몇 초야말로 치명타였다.

더는 도망칠 수 없다.

"아…… 아앗, 아아아아아──!"

절망에 짓눌린 소년이 단말마와 같은 비명을 질렀다.

그때 아마 그의 내면에서 무언가가 떨쳐졌다.

본래 빗장이 풀려 있던 정신이 정상적인 판단력조차 잃게 되었다.

"아아아아아아!"

하지 않는 편이 나을 정도로 의미가 없는 몸부림.

워리어인 타카야 준이 혼신의 마력을 보검에 주입했다.

"받아라아아아아아——!"

생성된 흙 기둥이 세검을 쥔 이노 유나를 덮치며—— 그녀의 몸을 손쉽게 꺾었다.

"……어?"

타카야 준이 얼빠진 소리를 냈다.

"이게 뭐야?"

찌부러진 이노 유나의 몸이 새까만 그림자로 변했다.

분명 타카야 준도 이야기는 들었을 터인 현상.

하지만 눈앞에서 일어난 일을 바로 지식과 연결짓기란 힘들다.

내가 바로 그것이 무엇인지 알 수 있었던 것은 전에 본 적이 있기 때문이다.

——도플 갱어의 카피 능력.

그러고 보니 주인님은 저 쿠도 리쿠의 도움을 받고 있었던가?

그의 권숙에는 수많은 도플 갱어를 만들어 낼 수 있는 퀸 몬스터 안톤이 있다. 그것은 그 분체의 하나임이 분명하다.

여기까지 오면 무엇이 어떻게 되었는지 나도 파악할 수 있다.

모습을 드러낸 이노 씨가 답지 않게 시종일관 술래잡기라도 하듯이 행동한 것은 그녀가 내용물이 없는 인형이었기 때문이다.

도망치는 타카야 준의 앞에 매번 이노 씨가 먼저 달려가 기다리던 것이 아니라, 처음부터 도플 갱어를 숨겨둔 장소에 베르타가 교묘하게 몰아넣은 것이다.

베르타는 늑대다. 이런 사냥법은 주특기겠지.

확실해진 뒤에 돌이켜보니 납득이 가는 것도 있었다.

바로 의식을 빼앗겼기에 기억은 애매하지만, 내가 마지막으로 본 이노 씨는 분명히 다리를 다쳤을 터였다. 달리려면 뛰어난 회복마법이 가능한 사람이 필요하다.

물론 쿠도의 권속 중에 회복마법을 쓸 수 있는 몬스터가 없다고는 단언할 수 없다. 그러나 만약 회복마법을 쓸 수 있다면, 이번에는 주인님이 자잘한 상처가 난 채로 있을 이유가 없다.

게다가 생각해 보면 이노 씨는 주인님에게 그만큼 적의를 보였다.

타카야 준도 아까 말도 안 된다고 말했는데, 확실히 그 말대로 웬만한 일이 없는 한 이노 씨가 주인님에게 힘을 빌려줄 거라고는 생각하기 어렵다.

모두 짜여진 각본이었던 것이다.

따라서 지금부터가 본격적인 일격이다.

"잘 왔소, 타카야라는 자."

뒤에서 들린 목소리.

"소녀의 언니를 돌려받겠소."

권속 최강인 흰 거미. 거베라가 제 발로 들어온 타카야 준에게 이빨을 드러냈다.

이노 씨와의 싸움으로 부상을 입은 그녀는 자랑하던 기동력을 잃었다.

그러나 상대 쪽이 품으로 뛰어들었다면, 그것은 핸디캡이 되지 못한다.

"이, 이 자식——?!"

돌아보자마자 타카야 준이 검을 휘두르려고 했다.

"샤아아아악——!"

그러나 그에 앞서 날아든 거베라의 거미 다리가 검을 쥔 타카야 준의 오른팔을 쳐 위팔을 찢었다.

"으아아아아아아아악?!"

소년의 비명이 산속에 울려 퍼졌다. 마법의 힘이 담긴 보검이 그 손을 떠나 어디론가 날아가는 것을 나는 숨을 죽이고 지켜보았다.

……대단하다.

대단하다. 정말 대단하다.

설마 치트 능력자를 이 정도로 몰아넣다니.

이거라면 혹시…… 라고 생각한 나의 고막을 짐승 같은 외침이 찢어 놓은 것은 그 직후였다.

"감히!"

"앗……?!"

거베라가 붉은 눈을 크게 떴다.

타카야 준은 아직 포기하지 않았다.

"크흑……?!"

그가 거베라의 가슴팍을 걷어찼다.

그녀의 하얀 모습이 순식간에 가는 나무들을 부러뜨리며 숲으로 사라졌다.

"이럴…… 수가."

찰나의 폭력이었다.

무서운 것은 타카야 준을 움직이게 하는 그 집념이다.

거미 다리가 박힌 채였던 오른팔은 무리하게 움직인 결과, 반쯤 뜯겨져 있었다.

자신의 몸조차 돌보지 않는 그 집념이 거베라의 틈을 노려, 지금까지 온존해 둔 주인님의 비장의 무기를 밀쳐냈다.

"크르르르르릉!"

곧바로 베르타가 달려들었다.

그러나…… 틀렸다. 한 박자 늦었다.

"방해하지 마라!"

"컹?!"

화염을 토해 내려고 하던 베르타가 돌려차기를 맞고 바닥에 쓰러졌다.

"으, 윽?!"

그 결과 등에 타고 있던 주인님과 쿠도가 베르타의 등에서 떨어졌다.

아사리나로 연결되어 있던 두 사람은 한 덩어리가 되어 바닥을 굴렀다.

그런 그들을 향해 타카야 준이 몸을 돌렸다.

"성가시게 굴고 있어……."

희열이 담긴 목소리가 잔학한 예감에 떨렸다.

온몸에 소름이 끼쳤다.

정신적으로 소모되어 무기를 잃고, 한 팔을 잃었더라도 타카야 준이 주인님과 쿠도 리쿠를 한꺼번에 죽이는 일에는 지장이 없다. 앞으로 무슨 일이 일어날지 쉽게 상상하고 만 나는 정신이 아득해지는 무력감으로 가슴이 먹먹해졌다.

나는 무엇을 하고 있을까?

주인님을 이런 위험에 내몰면서 아무것도 하지 못하고 그저 보고 있기만 하다니.

이 얼마나 무력한가.

이 얼마나 비참한가.

뭐가 주인님이고, 첫 번째 권속인가.

하지만 그렇게 자신을 비하해 봐야 눈앞의 무자비한 현실은 달라지지 않는다. 아무리 자신의 무력함을 저주해 봐야 나에게는 이 속박을 어떻게 할 수도 없으니까.

"안 돼애애애애!"

"죽어라아아아──!"

타카야 준이 승리를 외치며 땅을 박찼다.

의지해야 할 권속을 잃은 두 명의 몬스터 사역자에게는 쓸 만한 저항 방법이 없다.

그것이 상식적인 판단이라는 것으로── 그렇기에 나도 타카야 준도 눈앞에 나타난 현실을 곧바로 이해하지 못했다.

"……어?"

그 순간 타카야 준의 오른쪽 가슴이 세로로 베어 있었다. 뒤이어 선명한 색깔의 혈액이 뿜어져 나왔다.

발차기를 날리지도 못하고 타카야 준은 바닥에 무릎을 꿇었다.

"뭐가, 어떻게……?"

멍하니 중얼거린 그가 올려다본 곳에는 뒤에 앉았던 주인님에게 안긴 채 가느다란 검을 뽑은 '쿠도'의 모습이 있었다.

예리한 참격 동작으로 곁에 두르고 있던 망토가 크게 젖혀져── 그 밑에 숨겨져 있던 **소녀의 몸**이 드러났다. 무릎으로 서며 왼쪽 허벅지에 감긴 붕대가 눈에 들어와…… 아아, **그래서 베르타를 이용한 것인가** 하고 나는 이해했다.

"이노…… 씨? 진짜로……?"

"미안하지만, 타카야. 이 곳에서는, 누구도 죽게 하지 않겠어."

깊이 눌러쓴 후드를 벗자, 이노 유나가 어딘가 슬픈 눈
으로 변해버린 타카야 준의 모습을 응시하고 있었다.

12 교섭과 결말

──쿠도가 릴리 탈환을 돕겠다고 한 바로 뒤의 일이다.

내가 일단 로즈가 있는 곳으로 돌아가야겠다고 생각한 것은 '베르타를 타고 이동하면 된다'라는 쿠도의 말을 들었을 때였다.

본래 나의 발로 타카야 준을 추격할 생각이었던 나는 따라잡을 수 있을지 없을지 걱정이었다.

그러나 나보다 압도적으로 발이 빠르고, 체력도 있는 베르타를 탈 수 있다면, 이동 시간이 크게 단축된다.

게다가 쿠도가 추격자로 선행시킨 몬스터도 있다.

이노의 말로는 타카야는 탐색대에서도 강한 편이 아니라니, 최소한 붙잡아 두는 정도는 가능하다고 생각해도 될 것이다. 물론 시란이 기다리는 곳까지 가서 돌아오기에는 시간이 너무 걸리고 너무 거리가 벌어지면 패스가 끊기고 말 위험성이 있기에 무리지만, 로즈를 놔두고 온 곳까지 돌아갈 정도의 여유는 있다.

나는 왔던 길을 한번 되돌아가기로 했다.

……물론 한 차례 다툼이 벌어질 것은 각오하였다.

◆ ◆ ◆

내가 베르타를 타고 나타나자 예상대로 이노는 격노했다.

"어떻게 된 일이야?!"

따지려드는 이노는 발을 다쳐서 움직임이 전과 달리 처참하도록 둔했다.

하지만 무릎으로 서서 다가오는 그녀로부터 나는 일부러 도망치지 않았다.

멱살을 잡아 끌어당기는 바람에 나도 무릎을 꿇었다. 꽤 숨이 막힌다. 과연 전투형 치트 능력자다. 완력은 나 같은 것과 비교도 되지 않는다.

"주인님……!"

앉아 있는 카토의 무릎 위에 안겨 있던 로즈가 분개했다.

상반신만 남은 무참한 모습이면서도 전의를 드러내며 도끼로 손을 뻗는 그녀를 나는 눈짓으로 제지했다.

왼손 손등에서 튀어나온 아사리나가 이노의 귀를 깨물려고 했기에 그것도 막았다.

그리고 다시 이노를 바라보았다.

"이노, 이야기를 들어."

"흐음. 무엇을 어떻게 변명할 셈인데?"

강렬한 눈빛으로 나를 쏘아본다.

"역시 넌 쿠도와 결탁하고 있었잖아!"

"…………."

뭐, 착각해도 어쩔 수 없는 상황이기는 하다.

참고로 쿠도는 이 자리에 데려오지 않았다.

그가 이노와 얼굴을 마주하면 어떻게 될지 불을 보듯 뻔하기 때문이다.

쓸데없는 충돌을 피하기 위해 베르타와 시저, 그리고 안톤의 분체를 여럿 빌려, 나는 그 자리에서 쿠도와 헤어졌다. 그러나 맥클로린 변경백의 부하인 루이스에게 틸리아 성채를 습격한 쌍두 늑대에 대해서는 이노도 들었는지 베르타가 쿠도의 권속이라는 것은 바로 간파한 듯했다.

솔직히 처음부터 감출 생각은 없었으므로 이것은 예상된 상황이기도 했다.

어떤 의미로는 진행이 빠르다. 긍정적으로 생각하기로 하고 말을 이었다.

"일단 들어. 네가 그렇게 생각하는 것도 당연하지만, 섣불리 판단하지 마. 쿠도에게는 릴리를 구하기 위해 도움을 받고 있을 뿐이야."

"믿을 수 있을 리가 없잖아!"

"그렇겠지. 하지만 사실이야. 그러니까 내가 여기 돌아왔지."

"……뭐야 그게. 무슨 뜻이야?"

추궁해도 동요하지 않는 나에게 이상함을 느꼈을까?

나는 다소 경계하면서 미심쩍은 표정을 지은 이노에게 대답했다.

"솔직하게 말할게. 이노. 나는 너에게도 협력을 구하고 싶어."

"……뭐?!"

이노가 화들짝 놀라 외쳤다.

대단히 놀란 모양이다. 동그랗게 뜬 눈이 서서히 가늘어졌다.

"아니, 잠깐만. 너 제정신이야?"

이노의 표정과 목소리는 반쯤 진심으로 나의 머리를 의심하고 있었다.

물론 이쪽도 정신이 나가서 이 자리로 돌아온 것이 아니다.

"그래. 진심이야."

"나는 제정신이냐고 물었어. 하지만 그래. 진심으로 그렇게 말했다면, 넌 역시 제정신이 아닐지도 모르겠네."

"말이 너무 심하잖아. 왜 그렇게 생각해?"

"그거야 당연하지. 내가 너를 도울 거라고 생각해?"

"설마."

나는 어깨를 으쓱했다.

"물론 그런 생각은 하지 않아. 쿠도에게는 도움을 받기로 했지만, 너는 그 녀석과 달라. 나를 도울 의리는 없어. 그 정도는 알아."

말하면서 나의 멱살을 잡고 있는 이노의 손목을 살짝 잡았다.

이노의 어깨가 움찔했다.

"알지 못하는 건 이노, 네 쪽이야. 나는 딱히 도와 달라고 울면서 매달리는 게 아니야."

"······영문을 모르겠네. 너, 무슨 말을 하고 싶은 거야?"

살짝 겁에 질린 모습을 보인 이노가 불현듯 오기를 발휘하여 미간을 찡그렸다.

"애초에 협력이라니 뭘 시킬 생각인데?"

"뭘 시킬 생각이냐니······ 그런 표현은 좀 껄끄러운데. 나는 그저 너에게 한 가지 제안을 하러 왔을 뿐이야."

"제안······?"

의심스럽다는 표정을 지은 이노에게 나는 고개를 끄덕였다.

"그래. 나와 함께 타카야와 싸워 주길 바라."

이노의 눈에 크게 뜨였다.

"너에게도 이건 나쁜 이야기가 아닐 거야. '몬스터 따위를 되찾기 위해 다른 누군가와 목숨을 걸고 싸우려는 건가'라고 네가 말했잖아. 우리가 서로 죽도록 싸우는 걸 바라지 않잖아? 그럼 스스로 해결하면 돼. 아니야?"

"자, 잠깐 멈춰봐, 마지마!"

이노가 다급하게 외쳤다.

"나보고 너희가 싸우는 걸 막으란 소리야?"

"맞아. 너도 폭주하는 타카야를 그 손으로 막을 수 있다면, 그보다 나은 일은 없을 거 아냐?"

"화, 확실히 그게 가능하다면 좋겠지만, 지금 나는······."

이노가 자신의 발을 내려다보았다.

왼쪽 허벅지에는 붕대가 감겼고, 오른쪽 발목은 고정되

어 있다.

이쪽으로 시선을 되돌린 이노에게 고개를 끄덕였다.

"맞아. 너는 네 특기인 발을 잃었어. 그러니 이런 곳에서 답지 않게 미적거리고 있지."

"그, 그래."

"하지만 이노. 지금은 상황이 달라지고 있어."

여기까지 나를 데려와준 쌍두 늑대에게 시선을 보냈다.

"베르타를 타면 지금 네 상태로도 싸울 수 있잖아?"

"저 녀석을……?"

이노도 베르타를 바라보았다.

잠시 뒤 숨을 훅 들이킨 그녀가 이쪽을 노려보았다.

"나보고 틸리아 성채를 습격한 몬스터의 등에 타란 말이야?!"

"싫어? 그럼 여기서 아무것도 하지 못하고 웅크리고 있으면 돼."

"으…… 그, 그건."

어물거리는 이노에게 나는 재차 다그쳤다.

"네가 싸우면 아무도 죽지 않고 끝낼 수 있을지도 몰라. 네가 싸우지 않으면 나나 타카야. 누구든 확실히 죽겠지. 잘 생각하고 어떻게 할지 정하면 돼."

이노가 소리 없이 신음했다.

"그런 건…… 그런 건 교활해."

항의하는 목소리가 점차 약해졌다.

"이런 자기 목숨을…… 아니. **자기 적의 목숨까지 인질로 잡는 짓**을 하다니."

"어떻게 받아들일지는 네 마음이야."

어깨를 으쓱했다.

"다만 아까도 말했지만, 이건 너에게도 나쁜 이야기가 아닐 거야."

"그건, 그렇지만……."

나는 딱히 이노의 약점을 잡아 그녀가 하고 싶지 않은 일을 강요하는 것은 아니다. 굳이 따지자면 그녀가 하고 싶은 일을 듣고, 조언을 해주는 쪽에 더 가깝다. 이노도 그 점은 알고 있는 듯했다.

그런데 긍정적인 대답이 바로 돌아오지 않는 것은…… 유감스럽지만 제안한 사람이 바로 나이기 때문일 것이다. 인생은 운이라고 하지만, 우리는 너무 만남이 좋지 않았다.

"……말해두겠는데 네가 타카야를 죽이려고 하면, 나는 바로 적으로 돌아설 텐데?"

이노가 입술을 깨물며 강하게 노려보았다.

"그래도 괜찮단 말이야?"

"배신하면 용납하지 않겠다는 뜻이잖아? 그럼 안심해도 돼. 나는 릴리만 돌아온다면 그 뒤에 타카야가 어떻게 되든 상관없으니까."

"깔끔하네. 그 애에 대해서는 아무 생각이 없단 소리야?"

노골적으로 의심이 전해지는 어조였다.

이노가 보기에는 나의 말은 의도를 파악할 수 없어서 의심스러울 것이다.

본래 그녀의 인식에는 근본적으로 큰 오해가 있다.

나는 눈을 가늘게 뜨고 대꾸했다.

"아무 생각이 없다고 누가 그래? 그럴 리가 없잖아."

"……뭐?"

이노가 당황한 표정을 지었다.

"왜 그렇게 놀라? 나 역시 인간이야. 화도 나거니와 원망도 해. 당연하잖아. 잊고 있을지도 모르니 말해 두겠는데 너에게 맞은 것도 아직 원망하고 있거든?"

"윽…… 하, 하지만 그럼 왜……?"

"그야 간단해."

나에게 당연한 사실을 전했다.

"릴리를 되찾는 쪽이 그런 것보다 백배는 중요하기 때문이야."

현재 전력으로도 아마 워리어가 상대라면 전술을 세우기에 따라 괜찮은 선까지 갈 수 있을 것이다. 잘하면 쓰러뜨릴 수 있을지도 모른다.

그러나 중요한 것은 릴리의 탈환에 관한 것이다. 무슨 일이 있을지 모르는 이상, '위타천'의 협력을 얻어 두고 싶다. 화근이 어쩌고 말할 여유 따위, 약한 나에게는 없었다.

"나는 나에게 소중한 것을 잃을 생각이 없어. ……이노, 너는 어때?"

이쪽을 올려다보는 이노에게 나는 질문을 던졌다.

"어? 나, 나 말이야……?"

"그래. 너는 어떻게 하고 싶어? 너에게 소중한 것은 뭐야? 잘 생각하고 대답해."

이 이상 말할 생각은 없다.

아까도 말했듯이 나는 이곳에 제안하러 왔다.

아무리 말해봐야 결국 정하는 사람은 이노다.

무엇이 자신에게 소중한가.

나머지는 그녀가 고민하고 정해야 한다.

"나는……."

이노가 나의 멱살을 잡고 있던 손을 놓았다.

자신의 가슴속을 들여다보듯이 눈을 내리깐다.

그렇게 그녀가 생각에 잠긴 시간은 아주 짧았다.

"……나는 타카야가 죽기를 바라지 않고, 누구를 죽이는 것도 바라지 않아."

이노가 고개를 들었다. 강인한 얼굴이다. 의지가 강한 눈동자에 나의 모습이 비쳤다.

이상한 이야기지만, 이때 처음으로 나는 이노와 눈이 마주친 기분이 들었다.

"나는 아무도 죽게 놔두지 않아. 양보할 수 없는 건 나도 마찬가지야."

가슴 앞으로 주먹을 꽉 쥐고, 이노가 굳건한 목소리로 말했다.

"알겠어, 마지마. 손을 잡자."

"정해졌네."

나는 릴리를 구하기 위해서.

이노는 타카야를 막기 위해서.

서로 목적은 다르고, 동료가 된 것도 결코 아니지만, 나아가야 할 길이 같다면 손을 잡을 수 있다. 지금 이곳에 공동전선이 성립되었다.

"그럼 작전을 세우자."

"응."

바로 나는 말을 꺼냈다.

이노도 이의는 없는지 순순히 받아들였다.

"아. ……저기, 마지마."

그런데 문득 그녀의 얼굴에 물음표가 떠올랐다.

"그 전에 하나만 확인해도 될까?"

동맹 관계를 구축한 이상, 여기서 대화를 나누는 것에 그리 의미가 없다.

그러나 의구심을 남긴 채 타카야에게 도전하는 것도 불안하지 않을까?

"하고 싶은 말이 있다면 말해도 돼. 다만 짧게 해주면 고맙겠어."

"응, 알겠어."

이노가 승낙하고 입을 열었다.

"저기, 너는 너의 제안에 내가 고개를 끄덕일 거라고 생각했으니 여기로 왔잖아."

"여기로 돌아온 건 **그것 때문만은 아니지만**…… 뭐, 네가 제안을 받아들일 거라고 판단한 건 확실해."

"왜 그렇게 확신할 수 있었어?"

아까와 달리 적의나 의심이 없는 순수하게 궁금한 듯한 어조였다.

그렇기에 그 질문은 나의 허를 찔렀는지도 모른다.

"어…… 그건."

"그건?"

고개를 갸웃하는 이노를 앞에 두고 나는 머리를 긁었다.

솔직히 별로 말하고 싶지 않다.

그러나 하고 싶은 말이 있다면 하라고 허락한 사람은 나다.

여기서 대답하지 않으면 관계에 좋지 않다. 크게 한숨을 내쉬고 무겁게 입을 열었다.

"누구도 죽게 하고 싶지 않다는 너의 마음은 분명 옳아."

"…………"

"너는 그 마음을 배신하지 않는다. 그렇게 생각했을 뿐이야."

결국 이노 유나는 선인이며, 정의감의 화신과 같다.

이런 외진 곳까지 아무 대가도 없이 달려올 정도로 좋은 사람이다.

그 인격이 선하게 타고났다는 사실만은 의심할 여지가

없다.

그것이 내가 그녀에게 함께 싸우자고 제안한 이유다.

"여러모로 부족한 면은 있지만, 너는 올바른 인간이야. 그러니 나는…… 왜 그래?"

문득 나는 미간을 찡그렸다.

"어. 아니, 그야."

이노가 살짝 붉어진 볼을 양손으로 감싸고 있었다.

점점 나의 표정이 일그러졌지만, 이노는 부끄러워하느라 알아채지 못했다.

"가, 갑자기 그런 말을 하면 조금 창피하잖아. 넌 분명히 날 싫어한다고 생각했으니까……."

"싫은데."

"……어?"

"분명하게 말해 두겠는데 난 딱히 칭찬한 거 아니거든."

이노가 아연실색했다.

"여러모로 부족한 면은 있다는 말도 했잖아. 마침 좋은 기회니까 나도 하고 싶은 말을 해두겠는데 넌 좀 생각하고 행동해. 이 바보야."

"바, 바보라고 했어?!"

"말하지 않으면 모르잖아, 넌. 안 그래도 너의 속도에는 아무도 따라가지 못해. 가끔은 멈춰서 잘 생각해. 바보야."

"또 말했어?!"

이노는 매우 유감스러운 듯했으나, 반대로 나는 하고 싶은 말을 해서 왠지 조금 후련해졌다.

역시 중요한 일을 앞두고 마음에 걸리는 것을 남기지 말아야 한다.

속으로 고개를 끄덕이며, 무언가 항의하고 있는 이노의 말을 오른쪽에서 왼쪽으로 흘려듣는데 옆에서 말을 걸어 왔다.

"저기…… 실례합니다, 선배."

"응. 얘기해, 카토."

로즈의 상반신을 지탱하며 앉은 카토는 이노를 힐끗 쳐다보더니 나와 시선을 마주쳤다.

"말씀하시는 중에 죄송합니다만."

"괜찮아. 서로 하고 싶은 말은 다 했으니까."

"나는 아직 할 말이 있는데……."

항의하는 이노의 말은 묵살하고, 나는 카토에게 뒷말을 권했다.

"자, 말해 봐."

"릴리 씨를 구하는 것 말인데요, 그게……."

"응. 작전을 미리 세워야지."

다소 조심스럽게 말을 꺼낸 카토를 향해 나는 고개를 끄덕였다.

"카토가 같이 의논해 줄래?"

내가 부탁하자 카토는 약간 놀란 얼굴을 했다.

그러나 곧 기쁜 듯이 웃었다.

"네! 물론이죠."

"고마워, 도와줘서."

"엥? 마지마 너, 얘한테 도움을 받으려고?"

이노가 물었다.

"들은 바와 같이 그럴 생각인데."

나는 그녀에게 힐끗 시선을 보내고 대답했다.

"여기로 돌아온 건 '너에게 함께 싸우자고 제안하기 위한 것만은 아니다'라고 말했잖아. 이 자리에 있는 전력만으로는 릴리를 되찾으면서 타카야의 신병을 확보하기는 힘들어. 카토의 도움이 필요해."

"꽤 신뢰하나 봐. ……설마 얘도 몬스터는 아니겠지?"

"무슨 말을 하고 싶은지는 알겠지만, 아니야. 카토는 완벽하게 인간이야. 다른 아이들과 마찬가지로 의지가 되는 건 확실하지만."

"선배……."

카토가 작게 숨을 들이켰다.

볼이 살짝 상기되고, 이쪽을 향하는 눈은 열기를 띠며 조금 촉촉하게 젖어 있다.

다소 거창하기는 하지만, 기쁜 모양이다.

그런 그녀의 반응을 기쁘게 생각하면서 나는 이노에게 말을 걸었다.

"능력적인 면도 보장해. 그 부분은 너 역시 몸으로 체감했을 텐데."

"······하긴."

이노가 다친 자신의 발을 문질렀다.

"그래서 조금 불안하지만······."

약간 꺼려하는 얼굴이다.

그런 이노에게 곁눈질을 하며 카토가 나직하게 중얼거렸다.

"······타카야의 땅 속성 마법을 정면으로 막을 수 있는 건 이노 씨뿐이니까 이노 씨를 방패로 삼아 돌격하는 건 가능하겠죠."

"나에게 무슨 짓을 시키려고?"

"농담이에요."

카토가 태연하게 대꾸하고 고개를 가로저었다.

"뭐, 발상 자체는 나쁘지 않지만, 아깝거든요. 타카야를 능가하는 이노 씨의 힘은 역시 가장 중요한 순간에 꺼내야 할 카드일 테니까요."

"발상은 나쁘지 않다니. ······이봐, 마지마. 정말 괜찮겠어?"

나는 조용히 어깨를 으쓱했다.

카토가 필요하다고 말하면, 나로서는 '위타천 방패' 작전을 실행하는 것에도 거리낌이 없지만, 그건 말하지 않는 것이 이노를 위한 일일 것이다.

◆ ◆ ◆

그 뒤로 다 함께 정보를 공유했다.

부상을 입은 나의 권속들의 현재 상황을 확인.

원군인 쿠도의 권속들의 능력 파악.

그리고 적대자인 타카야 준에 대한 고찰.

그것들을 바탕으로 빠르게 작전을 세웠다. 결국 '위타천 방패'를 쓰지 않고 끝난 것에 이노로서는 가슴을 쓸어내리고 싶은 기분이었을지도 모른다.

이어서 다 함께 곧장 타카야 준을 쫓았다.

다행히 그가 키틀스 산맥을 벗어나기 전에 따라잡을 수 있었다.

그러나 바로 공격할 수는 없다. 작전을 실행하기 전에 미리 거베라와 안톤의 분체가 지정된 장소에 배치될 때까지 기다려야 했다.

휴식을 취하고 있는 타카야에게 들키지 않도록 충분히 거리를 두고, 나는 차분하게 시간을 보냈다.

"······선행했던 왕의 부하는 아무래도 습격에 실패한 것 같군."

그렇게 기다리는 동안 베르타가 작게 알려주었다.

"아쉽지만, 타카야 준에게는 상처가 없군."

"그걸 어떻게 알아? 여기서는 타카야의 모습이 보이지 않는데?"

"······바람이 부니까."

늑대의 후각으로 맡은 모양이다.

쿠도가 먼저 보낸 몬스터는 약 서른 마리라고 들었다. 기습에 성공하면 타카야 준을 죽일 수도 있을 전력이었다.

뚜껑을 열어 보니 상처조차 내지 못했지만…….

최악에 가까운 형태로 습격에 실패했나?

아니면 워리어의 전력에 대한 쿠도의 예측이 안이했을 지도 모른다.

"……진한 피 냄새가 나는군."

베르타가 중얼거렸다.

"선행했던 왕의 권속 중 살아남은 자는 없는 것 같다."

"베르타……."

"신경 쓰지 마라, 또 다른 왕이여. 우리에게는 동료 의식 이 없다."

베르타의 한쪽 머리가 이쪽을 향했다.

베르타의 담담한 어조를 보면 확실히 동료가 죽은 것에 대한 감정이 전혀 느껴지지 않았다.

"그건 의사가 없는 장기 말에 불과해. 동료 의식을 가지 려고 해도 가질 수가 없지. 그리고…… 의사가 있더라도 나처럼 우리 왕의 수하라는 사실엔 변함이 없다."

천천히 꼬리가 흔들린다.

"왕명이다. 사양하지 말고 마음대로 쓰도록."

"……저기, 마지마. 난 왠지 더 못 들어주겠는데."

베르타의 등에 올라탄 이노가 인상을 찌푸렸다.

다리를 다친 그녀는 이렇게 기다리는 동안에도 베르타의 등에 타고 있었다.

"학대당해도 주인에게 꼬리를 흔드는 반려견을 보는 기분이야."

"좀 의외네. 너, 강아지 좋아해?"

"의외라니 실례잖아. 친구네 집이 강아지를 많이 키워서 종종 놀러갔거든. ......그 친구가 베르타를 보면 화를 낼지도 몰라."

"......이봐, 여자."

베르타가 고개를 들고 이노에게 시선을 보냈다.

"반려견이라는 게 뭐지?"

의외로 우리 대화에 관심이 가는 모양이다. 베르타의 질문에 이노가 대답하는 동안 나는 카토, 로즈와 만약의 사태가 벌어졌을 때의 대응책에 대해 다시 한번 자세히 의논했다.

참고로 두 사람은 베르타를 타고 여기까지 왔지만, 전투에는 참가하지 않을 예정이다. 여기까지 데려온 것도 전투 능력이 없는 두 사람을 그 자리에 두고 오는 것이 위험하다는 것이 더 크다. 그러나 이렇게 끝까지 상담할 수 있는 것만으로도 든든했다.

그러는 동안 시간이 지나 안톤의 분체가 돌아와 준비가 끝났음을 전했다.

"주인님. 부디 무운을."

로즈의 응원을 받으며 베르타에게 탄 나는 이동하기 시작했다.

어떻게든 릴리를 구하겠다고 속으로 강한 마음을 불태우며──.

◆ ◆ ◆

──그리고 지금.

우리가 준비한 비장의 카드가 타카야 준을 격파했다.

"미안하지만, 타카야. 여기서는 아무도 죽도록 놔두지 않겠어."

이노가 입에 올린 것은 그녀가 한 맹세였다.

타카야 준이 죽는 것을 막겠다. 그가 우리를 죽이도록 하지 않겠다.

그것을 위해 여기까지 왔다는 선언이었다.

이노는 휘둘렀던 세검 끝을 천천히 내렸다.

그 움직임은 매우 원만하여 칼끝에 묻은 붉은 목숨의 무게에 버티지 못하는 듯 보였다.

몬스터라면 몇 십은 베었을 터이지만, 상대가 인간인 것은 아마 처음하는 경험일 것이다. 때리거나 차는 행위가 단순한 싸움의 연장선인 것에 비해, 칼날로 타인의 피를 흘리게 하는 것은 행위에 따른 생생함이 다르다. 심리적인 저항도 클 테고, 그것이 이노와 같은 타입이라면 더욱 그렇다.

하지만 지금 타카야를 막으려면 때리는 것만으로는 불가능하다.

뒤에서 이노의 몸을 붙잡아 주며, 나는 바닥에 무릎을 꿇은 타카야의 모습을 바라보았다.

오른팔에 새겨진 열상이 깊다.

바닥에 널찍한 피 웅덩이가 만들어졌다.

치명상은 아니지만, 더 이상의 전투는 불가능하다.

애초에 보통 워리어라면 거베라의 공격을 받아 오른팔이 찢어진 시점에 끝났더라도 이상하지 않다.

그럼에도 계속 버틴 것은 그의 집념이 해낸 위업이다. 이노의 협력을 얻지 못했다면 지금쯤 나는 다진 고기가 되어 있을지도 모른다.

정말 아슬아슬한 싸움이었다.

나는 이노를 부축하던 손을 놓았다.

"그나저나 어째서 타카야는 토도의 이름을……."

주저앉아 무언가를 중얼거리는 이노를 놔두고 일어섰다.

"……릴리."

릴리는 바닥에 쓰러져 신음하고 있었다.

타카야가 몸을 베이며 안고 있던 릴리를 딱딱한 땅바닥에 내던지고 말았다.

평소라면 아무렇지도 않은 충격이겠지만, 온몸을 휘감은 '죄악의 포박사슬'의 효력으로 신체 능력이 떨어진 모양이다. 어서 풀어 줘야겠다.

조급한 마음을 억누르며 나는 한 걸음 내딛었다.

"……돼."

그때였다. 릴리가 목소리를 쥐어짜내어 말했다.

"……안, 돼."

"뭐?"

한 걸음 내딛은 상태로 나는 그 자리에 우두커니 멈췄다.

무슨 말을 하는지 이해가 되지 않았다.

다만 불길한 예감이 몸을 묶었다.

필사적인 릴리의 목소리가 귓가를 때렸다.

"아직…… 끝나지, 않았어……!"

……끝나지 않았다?

무엇이?

그렇게 생각한 나의 등으로 차가운 것이 흘렀다.

"큭, 그억."

기분 나쁜 목소리다.

의미가 없는 소리의 연속.

"기, 기기, 기긱…….".

소리의 발신지는 더는 싸울 수 있는 상태가 아닐 터인 타카야였다.

고개를 숙인 그의 몸이 마치 말라리아에 걸린 듯이 부들 부들 떨리고 있다.

"컥, 기, 기, 기…….".

두꺼운 혈관이 두드러진 관자놀이를 뒤덮듯이 왼손이 머리를 쥐었다.

"그, 그윽, 그극, 구오오오오오……!"

　타카야가 대지를 향해 인간의 것이라고는 생각할 수 없는 목소리로 외쳤다.

　이성이 없는 그 절규가 계기가 되었을까? 그 몸에서 막대한 마력이 촥 뿜어져 나왔다. 마력은 새까만 핏빛으로 바뀌어 넝마를 걸친 소년의 몸을 뒤덮었다.

　마치 그것은 타카야 준이 빛에 삼켜지는 것과 같은 광경이었다.

　그것이 어떤 의미로는 정확한 느낌이었다는 것을 나는 이 직후 알게 된다.

　거의 1초만에 빛이 사라졌다.

　타카야 준의 모습도 사라져 있었다.

　대신 그곳에 있는 것은 한 마리의 짐승이었다.

　체고는 2미터쯤. 뻣뻣한 털이 온몸을 뒤덮고, 털색은 불타는 듯한 빨간색이었다.

　흉폭 그 자체인 얼굴은 유인원에 가깝다. 튀어나올 듯한 눈은 탁한 노란색이다. 입에서는 크기가 뒤죽박죽인 이빨이 위아래로 난잡하게 튀어나왔고, 끈적한 침을 흘리고 있다.

　추악한 수인은 발달한 흉근을 젖히며 이성이라고는 전혀 없는 소리로 포효했다.

피부가 저릿하게 경련을 일으켰다.

내장이 짓눌릴 듯한 압박감은 그 수해에서도 경험한 적이 없을 정도였다.

"타카야……?"

아연실색한 나를 깨운 것은 이노가 흘린 신음소리였다.

"타카야 맞아?"

자세히 보니 수인은 타카야가 입었던 허름한 교복을 걸치고 있었다.

피부가 붉어 알기 어렵지만, 오른쪽 가슴과 오른팔에 깊은 상처가 있어서 지금도 피를 흘리고 있다.

저것은 타카야 준이 틀림없는 모양이다.

현상 자체는 있을 수 없는 일은 아니었다.

예전 콜로니에서는 탐색대에 이명을 지닌 사람 중에 자신의 모습을 변화시키는 능력자가 있었다.

그 이름도 '용인' 진구지 토모야. 용으로 변화하는 고유 능력에 눈을 뜬 치트 능력자였다.

그는 원하는 대로 거대하고 신성한 용으로 자신의 모습을 바꾸어 탐색대의 한 사람으로서 싸웠다고 들었다.

이 모습을 보는 한, 타카야 준의 능력은 '광수화(狂獸化)'라고 불러야 할까?

지금까지 능력을 발동시키는 기색도 보이지 않았던 점을 생각하면, 자신의 의사로는 제어가 되지 않는 타입의 능력일지도 모른다.

나의 능력이 상시 발동형이라면 저것은 긴급 발동형이라고나 할까.

더는 방도가 없는 위급한 상황에 직면했을 때, 지성을 잃는 대신 힘을 얻는다.

타카야의 옷이 거의 넝마나 다름없이 허름해진 까닭은 단순히 수해를 지나는 강행군으로 망가진 것이 아니라, 이 '광수화'에 의해 몸이 비대화된 것이 원인일 것이다.

또한 이런 필살기를 숨기고 있었다면, 쿠도가 선행시킨 서른이 넘는 몬스터가 괴멸된 것도 납득이 간다.

쿠도의 '습격이 잘되면 선배가 추격할 필요조차 없을지도 모른다'라는 식으로 한 발언도 더욱 진지하게 생각했어야 한다. 만반의 준비를 하고 보낸 쿠도의 부하가 타카야의 몸에 상처 하나 남기지 못한 원인은 쿠도의 예측이 틀린 것도 아니거니와 습격하며 실수한 것도 아니었다. 오히려 쿠도의 부하는 너무 잘 싸운 것일지도 모른다. 그 결과 타카야 준의 내면에서 짐승을 이끌어내는 바람에 괴멸되고 만 것이다.

그리고 우리도 역시 같은 전철을 밟고 말았다.

……그런데 이상하다.

타카야 준은 이명을 지니지 않은 평범한 워리어였을 터였다.

적어도 누구나 그렇게 인식하고 있었다. 그렇다면 콜로니에서 보낸 약 한 달 동안, 그는 워리어로서 행동했다는 뜻이 된다.

능력을 숨겼을 가능성도 있지만…… 현실적인 문제로서 아직 미즈시마 미호가 살아 있던 시절의 타카야 준에게 그런 짓을 할 이유는 없다고 생각한다.

그럼 콜로니 붕괴 후, 이 능력을 손에 넣었다고 추측하는 쪽이 자연스럽다.

나도, 쿠도도 전이한 뒤에 시간이 좀 지나서야 몬스터 사역자로서 능력을 얻었다.

그와 마찬가지로 워리어로서 이미 힘을 얻은 자라도 나중에 고유능력을 얻는 것이 가능할지도 모른다.

물론 상응하는 계기만 있다면 말이지만.

고유능력을 지닌 사람이 적은 것을 생각하면, 이것은 상당히 드문 케이스일 것이다.

나나 쿠도와 같은 수준의 '계기'.

타카야의 경우, 그것은 아마 '소꿉친구인 미즈시마 미호의 죽음을 알게 된 것'이다.

만약 그렇다면 납득이 가는 점도 있다.

우리 전이자가 손에 넣은 힘은 영혼의 깊은 곳에서 바라는 바를 반영한 것이다.

그렇게 타카야 준은 바란 것이다.

이런 추악한 짐승의 모습을.

지성을 잃은 짐승으로서의 자신을.

목숨을 걸고 지키려던 소꿉친구가 끔찍하게 죽어서.

그저 힘을 바라고.

　그와 동시에 모든 것을 분간할 수 없게 되기를 바랐다.

　그렇다면 이것이야말로 타카야 준의 절망이 구현화된 것이다.

　"구오오오오오오!"

　이어서 지성을 잃은 짐승이 쳐든 두꺼운 팔이 나를 노리고 거침없이 휘둘러졌다.

13 광수(狂獸)와의 싸움

　추악한 수인으로 변한 타카야가 울부짖으며 왼팔을 휘둘렀다.

　크게 휘두르는 무거운 일격이다. 싸움이 끝난 직후 마음이 느슨해졌을 때, 타카야 준의 표변에 따른 경악 등이 겹쳐서 자세를 추슬렀을 때에는 이미 바위와 같은 주먹이 얼굴 오른쪽 옆까지 다가와 있었다.

　위험하다.

　그렇게 생각했을 때, 누군가 목덜미를 쭉 잡아당겼다.

　"마지마!"

　몸이 뒤로 쓰러졌다.

　바로 코앞에서 붕 하는 엄청난 소리를 내며 커다란 주먹이 스쳤다.

　드러누운 채 내가 본 것은 무릎으로 선 이노의 모습.

　──그러나 곧 다시 내리쳐진 일격을 맞아 멀리 날아가는 광경이었다.

　교통사고를 연상시키는 둔탁한 소리가 났다.

　이어서 굵직한 비명이 들렸다.

　이노의 목소리가 아니다. 배까지 울리는 그 비명은 짐승의 것이었다.

　무슨 일이 일어났는지 파악하기도 전에 나는 일단 움직였다.

아무튼 이 자리에 있는 것은 위험하다. 뒤로 굴러 펄쩍 뛰어 타카야로부터 거리를 벌렸다.

다행히 몸을 추스르는 동안 추가 공격은 없었다.

일어난 내가 본 것은 하늘을 향해 비명을 지르는 타카야의 모습이었다.

아까 내리친 왼쪽 주먹. 뻣뻣한 털이 돋은 굵은 집게손가락과 가운데손가락 사이에 깊숙이 베어내는 형태로 피투성이가 된 세검이 꽂혀 있었다.

이노의 검이다. 한 박자 뒤에야 나는 상황을 이해했다.

이노는 나를 잡아당기고 발이 제대로 움직이지 않는 상황에 피하지 못할 공격과 맞바꾸어 타카야에게 반격한 것이다.

돌아보니 조금 떨어진 곳에 이노가 엎어져 있었다. 뚝뚝 떨어진 혈흔으로 보아 그녀는 한 번 바닥에 내리꽂혀진 뒤, 거기서 더 굴러간 모양이다. 오른팔은 팔꿈치가 반대 방향으로 꺾여 있었고, 부딪힌 듯한 머리에서는 피가 흐르고 있었다. 작게 신음하고 있어서 살아 있기는 한 것 같지만, 초점이 맞지 않는 눈으로 보아 의식은 거의 없는 듯하다.

이노는 여기서 아무도 죽게 하지 않겠다고 말했다.

그 녀석은 바보지만, 거짓말쟁이는 아니다. 그 말은 꾸밈이 없는 본심이었음을 행동으로 증명했다.

그러나…… 동시에 이것으로 '위타천'은 전선을 이탈하고 말았다.

상황을 파악한 나는 허리에 찬 '유사 다마스쿠스 강'을 뽑아 타카야를 향해 겨눴다.

볼을 따라 식은땀이 흘렀다. 너무 불리한 상황이다.

"주인님, 도망쳐······!"

비명을 지른 릴리는 수인이 된 타카야의 뒤에 쓰러져 있고, 마법 도구 '죄악의 포박사슬'에 사로잡힌 채다.

거베라는 돌아올 기미가 없고, 기절한 듯한 베르타는 쓰러진 채 움직이지 않는다.

고립무원······ 아니.

"주이, 인, 님!"

"······그래, 네가 있었구나."

왼쪽 손등에서 돋아난 아사리나가 격려하듯이 울었다.

나는 살짝 웃고 변해 버린 타카야를 노려보았다.

타카야는 왼쪽 손바닥에 있는 세검의 칼자루를 물어 단숨에 뽑아 바닥에 내뱉는 중이었다.

탁한 노란색 눈이 나의 모습을 비쳤다.

엉망진창인 치열로 일그러진 입가가 어색하게 올라갔다.

커다란 입에서 짐승의 포효가 토해졌다.

끈적한 침이 바닥으로 질척질척 떨어졌다.

"타카야······ 넌 이제 인간이 아니구나."

나는 긴장된 미소를 짓고 오른손에 든 칼자루를 강하게 쥐었다.

······괜찮다.

절망하기에는 아직 이르다.

다행히 이노 덕분에 제대로 싸울 수 있는 태세는 갖추었다.

침착하자. 적을 잘 봐라.

중요한 것은 타카야 준이 발동시킨 고유능력——이 **아니다.**

무엇이 변했는가 하는 것만이 아니라, 무엇이 변하지 않았는가도 관찰해야 한다.

능력의 발동 전후로 변하지 않은 것.

넝마가 된 교복. 그리고 몸에 입은 상처다.

타카야 준의 상처는 낫지 않았다.

오른쪽 가슴에는 제대로 움직일 수 없을 만큼 깊은 상처가 새겨졌다.

오른손잡이일 터인 그의 오른팔은 위팔이 찢겨져 있다.

덤으로 아까 이노가 왼손 주먹을 쓰지 못하게 만들었다.

지금 타카야는 그저 '광수화'로 싸우지 못하는 몸을 억지로 움직이고 있을 뿐이다. 신체 능력을 끌어올려도 원래 몸이 엉망이어서는 본래의 힘의 반도 내지 못한다. 고유능력을 발동시켜도 전투능력은 통상의 워리어에도 전혀 미치지 못할 것이다.

단적으로 말해 타카야 준은 죽은 몸이다. ……문제는 설령 죽은 몸이더라도 나보다는 더욱 강한 상대라는 점은 변함이 없다는 것이지만.

그래도 지금이라면 결코 대적하지 못할 상대는 아니다.

그러니…… 생각하자.

거베라와 마음이 통한 것으로 지금의 나는 더할 나위 없이 상태가 좋다.

이것은 단순히 마음의 문제일지도 모르지만, 설령 그렇더라도 정신적인 부분은 이쪽이 더 유리하다고 확신할 수 있다.

아사리나도 나의 몸에 뿌리를 내린 존재인 이상, 필연적으로 상태는 최고일 것이다.

이런데 해내지 못할 리가 없다.

그렇게 믿는다.

다행이라고 해도 좋을지 모르겠지만, '이노의 공격으로 쓰러뜨리지 못했을 때'의 일도 생각하지 않은 것은 아니다. 설마 타카야 준이 저런 모습으로 변모할 줄은 예상하지 못했기에 다소 애드리브가 필요하지만…… 지금은 할 수밖에 없다.

"오오오오오오!"

나와 타카야는 동시에 포효하며 앞으로 나섰다.

부상 탓에 타카야의 이동 속도는 둔중했다.

오른팔은 위팔부터 아래는 움직이지 않아 좌반신에서 거의 질질 끌리고 있다.

조심해야 하는 것은 주먹도 쥐지 못하는 왼팔의 일격뿐.

물론 그만큼 핸디캡이 있어도 정통으로 맞으면 일격에

나는 전투 불능에 빠질 것이다. 그것만은 피해야 한다.

욕지기가 이는 듯한 긴장감을 삼키고 나는 사선으로 몸을 던졌다.

"그뤄어어어어어!"

타카야가 왼팔을 쳐들었다.

내리치려는 동작의 기점이 눈에 들어왔을 때, 나는 옆으로 크게 몸을 날렸다.

후려치는 일격이 무섭도록 빠르다.

그러나 동시에 본래의 속도를 생각하면, 말도 안 될 만큼 느리다.

마력으로 신체 능력을 강화해, 회피가 아슬아슬하게 성공했다.

"오오오오!"

타카야의 왼쪽으로 피한 나는 스쳐지나가며 배를 검으로 찔렀다.

시란에게 훈련을 받았지만, 나의 검술은 아직 미숙하다.

그래도 엄격한 단련은 배신하지 않았다. 로즈가 정성껏 제작한 '유사 다마스쿠스 강'의 예리한 칼끝이 수인의 단단하기 짝이 없는 몸을 얕게 찢었다.

물론 이 정도 작은 상처로 타카야는 꿈쩍도 하지 않는다.

내려친 왼팔을 이번에는 올려치듯이 휘둘렀다.

나는 힘껏 몸을 웅크렸다.

넓은 범위를 휘두른 팔은 커진 몸 탓에 지면으로부터 거리가 있었다.

그 사이로 파고들어 몸을 벌떡 일으키며 검을 위로 쳐올렸다.

아까 낸 상처와 대각선으로 교차하는 형태로 타카야의 옆구리에 새로운 상처가 생겼다.

상처로부터 피가 배어 나오며, 타카야가 짜증스럽게 눈빛을 번뜩였다.

그 얼굴을 채찍처럼 날아든 아사리나가 철썩 후려쳤다.

"주인, 님!"

아사리나가 긴 몸으로 타카야의 얼굴을 빙글빙글 감더니 마지막으로 입을 크게 벌려 코를 깨물었다. 눈에 보이는 대미지는 없었지만, 그래도 아팠는지 타카야가 비명을 지르며 얼굴로 손을 뻗었다.

"잘했어, 아사리나!"

그 틈을 타 나는 다시 일격을 가했다.

타카야가 분노로 포효했다.

아사리나의 덩굴이 끊어졌다. 그러나 곧 새로 돋아났다.

자, 다시 시작이다. 나는 수인을 또 마주했다.

"오오오오!"

어떻게든 상대의 공격을 피하며 너무 깊이 파고들지 않고, 상처를 내는 데 전념했다.

그렇게 필사적으로 싸우는 동안 서서히 전장이 이동되어 릴리와 이노가 쓰러져 있는 모습이 보이지 않게 되었다.

이것으로 일단 그녀들이 싸움에 휘말릴 일은 없다.

나는 점점 더 눈앞의 위협과 손에 든 무기의 감각에 몰입했다.

수인이 된 타카야에게는 강인한 가죽과 두꺼운 근육이 있다. 그 탓에 내가 내는 상처는 아무래도 얕을 수밖에 없었다.

그래도 몇 번이나 반복하면 대미지가 축적된다.

게다가 지금 타카야는 큰 부상을 입은 상태다. 가슴에서는 아직도 피가 흐르고, 격렬한 움직임을 유도하면 그것만으로도 꽤 체력을 소모시킬 수 있다.

따라서 내가 해야 할 일은 한 방이라도 맞으면 전투 불능이 될 공격을 모조리 피하며 이쪽의 공격을 성공시키는 것뿐이다.

말할 것도 없이 어려운 일이지만…… 반대로 말하면 결코 불가능하지는 않다.

허세가 아니라 싸우는 동안 실감하여 내린 판단이다.

"갸아아아악──!"

현재 타카야는 짐승의 가죽을 두른 버서커다.

이성을 잃고 공격이 매우 단순해졌다.

본래는 그것이 문제가 되지 않을 만큼의 속도와 힘을 지니고 있을 터였으나, 중상을 입은 지금은 그 단순함이 내가 공격할 틈을 만들었다.

지금까지 나는 거베라와 실전 형식의 훈련을 하며 구토

할 정도로 노력한 끝에 회피 기술을 몸에 익혔고, 시란에게는 스텝과 공격, 체중 이동 등 검을 휘두르기 위해 필요한 기초를 배웠다.

타카야의 공격을 계속 회피하기는 어렵기는 해도 불가능하지 않다.

"우오오오오오!"

아슬아슬한 공방이 이어졌다.

이대로 해낼 수 있을까──…….

"큭……?!"

갑자기 무섭도록 서늘한 것이 등줄기를 쓸었다.

그것은 틀림없는 죽음의 기척.

싸우는 중에 예민해진 감각 기관이 경고를 울렸고──.

"앗……?!"

──그 순간, 거대한 나무와 같은 팔이 생각지도 못하게 눈앞에 나타났다.

"으어엇?!"

나는 하려던 공격을 중단하고 자세가 무너지는 것도 개의치 않고 옆으로 뛰었다.

나아가 아사리나가 독자적인 판단으로 바닥을 때려 방향을 수정했다. 간신히 공격을 피할 수 있었다.

"뭐, 지? 방금……?"

자칫하면 직격을 맞을 뻔했다.

방심했나? 아니다. 그럴 리가 없다.

헛점을 노렸나…… 아니. 속도가 빨라졌나?

혼란스럽지만 나는 상황을 파악하기 위해 거리를 벌리려고 후퇴했다.

"크워어어어어엉!"

추악한 수인이 이빨을 드러내고 쫓아왔다. 그 빠른 속도에 순식간에 그 모습이 시야에서 커지며——…… 아니, 틀렸다. 그런 것이 아니다.

"……아니, 거짓말이지?"

아연실색하여 저절로 목소리가 나왔다.

눈의 착각이 아니라 **정말 타카야의 몸이 한층 커진 것**이다.

어떻게 된 일이지?

착각했다. 타카야의 고유 능력은 끝난 게 아니었다.

'광수화'는 단순히 이성을 잃고 짐승이 되는 능력이 아니었다.

다가오는 타카야의 노란 안구는 빠질 듯이 크게 뜨여 있었다.

몸은 근육으로 더욱 부풀었고, 교복은 찢어져 원형이 남지 않았다.

넝마가 된 교복이 질주하는 기세에 펄럭이며 결국 강철 털로 뒤덮인 짐승의 몸에서 벗겨져 떨어졌다.

본래 그의 교복이 너덜너덜했던 까닭은 전에도 이 '광수화' 능력으로 체격을 비대화시킨 적이 있었기 때문일 것이다. 지난 번까지는 간신히 원형을 유지하던 교복이 찢어졌다는 것은…… 이런 상태가 된 것은 지금이 처음이라는 뜻이다.

그 효과는 대단했다.

아까보다 확연히 속도가 빨라졌다.

신체 능력이 증강된 것만이 아니라 고통에도 둔감해진 것이 원인일 것이다.

"크아아악!"

타카야가 왼팔을 크게 쳐들었다.

아직 거리가 벌어져 있었지만, 본능적으로 위험하다고 느꼈다.

앞뒤 가리지 않고 두 발로 크게 뒤로 뛰었다.

그래도 늦었다.

타카야가 털이 부숭부숭한 두꺼운 팔을 쭉 뻗었다.

부풀어오른 거대한 몸통과 그에 상응하는 긴 팔이 공격 거리를 넓혀 주었다.

완전히 피하지 못한다.

"큭……?!"

타카야의 왼손은 이노의 세검으로 큰 부상을 입었다.

따라서 주먹을 쥐지 못하여 내가 정면으로 든 방패와 맞부딪친 것은 그 손가락 끝이었다.

"으윽."

뒤로 뛴 것도 있어서 나는 버티지 못하고 크게 튕겨 나갔다.

충격은 꽤 있었지만, 이 정도라면 대미지는 없다.

이것이라면 착지와 동시에 추가 공격에 대비하는 것도 가능할 것이다.

즉시 그렇게 판단한 나는 착지에 대비하여 공중에서 자세를 잡았고— 거기서 이쪽을 올려다보는, 양갈래로 머리를 땋은 소녀와 눈이 마주쳤다.

순식간에 그녀의 위로 뛰어넘었다. 지면이 다가온다.

"크."

하마터면 추락할 뻔했으나, 아슬아슬하게 온몸을 날려 착지한 충격에 버텼다. 고개를 들었다.

"서, 선배……?"

그곳에 있던 것은 놀란 얼굴로 이쪽을 보는 카토였다.

품에는 로즈를 안고 있다.

그 너머에는 사슬로 구속되었으면서 상반신을 일으킨 릴리의 모습이 보였다.

조금 떨어진 장소에는 정신을 잃은 이노가 쓰러진 것도 보였다.

얼굴에서 핏기가 가셨다.

……아차.

실패했다.

만에 하나 '이노가 타카야를 쓰러뜨리지 못했을 때'에 대비하여 세워둔 작전— 그것은 약해진 타카야를 누군가

가 막고 있는 동안 별도 행동을 하던 카토가 릴리를 풀어
주는 것이었다.

그 때문에 카토는 미리 싸움에 휘말리지 않을 만큼 떨어
진 곳으로 이동하여 몸을 숨기고 있었다.

비장의 카드였던 이노가 당한 시점에 하반신을 잃어 옮
기기 쉬워진 로즈를 안은 카토가 움직이기 시작한 것을
나는 패스를 통해 파악하고 있었다. 따라서 나는 이성을
잃은 타카야를 릴리가 있는 장소에서 떼어 놓기 위해 움
직였다.

그런데 나는 한층 더 광폭화가 심해진 타카야로부터 도
망치는 동안 나도 모르게 원래 있던 장소로 돌아오고 말
았다.

필연적으로 미친 짐승이 된 타카야가 나를 따라 그 자리
에 나타났다.

"크아아아아아아!"

거칠게 포효하며 타카야가 나타난 곳은 릴리가 앉은 곳
에서 아주 가까웠다.

내가 있는 장소에서 릴리에게 다가가려던 카토를 끼고
그 반대편에 있는 것이다.

"제길."

나는 바로 움직였다.

……아직이다.

아직 이 실수는 만회할 수 있다.

혹시 타카야가 방해꾼인 카토를 노리는 경우.

카타와의 거리나 서로의 속도를 고려하면, 이쪽이 다가가는 것이 빠르다.

그녀를 지키는 것은 가능할 것이다.

그에 반해 타카야가 릴리를 확보하려고 하는 경우에는 제때 도달하지 못할 것이다.

그러나 지금 타카야는 오른팔을 쓰지 못한다. 릴리를 확보하려고 한다면, 남은 왼팔을 써야 하기 때문에 양손이 봉인된다. 그렇다면 오히려 이쪽에 유리한 상황이 된다.

상황이 어느 쪽으로 굴러가더라도 대응할 수 있도록 나는 타카야의 움직임을 주시했다.

"―――."

잠시 뒤.

타카야의 노란 눈이 비춘 것은 구속된 릴리였다.

나는 속으로 주먹을 쥐었다.

아까 나는 실수를 범했지만, 타카야 또한 선택을 잘못했다.

이 경우 릴리를 확보하는 것은 뒤로 미루어도 괜찮았다.

하지만 타카야는 릴리를 우선했다.

이것은 분명한 판단 미스이며, 어떤 의미로는 당연한 전개이기도 했다.

타카야는 지금 이성을 잃었다. 제대로 된 판단력 따위 발휘할 수 있을 리도 없다.

나머지는 나에게 달렸다.

자, 릴리를 확보하고 타카야는 어떻게 할까?

도망칠까? 아니면 그 자리에서 나를 추격할까?

어느 쪽이든 끝까지 물고 늘어질 뿐이다.

각오를 품고 나는 타카야를 응시하며 달렸다.

시선 끝에서 릴리를 바라보던 타카야가 움직였다.

털이 무성한 가슴을 크게 젖히고——.

아니, 잠깐만.

저 녀석은 대체 무엇을 하려는 것일까?

온몸에 오싹 소름이 끼쳤다.

내가 잘못 본 것이 아니라면, 저것은 힘을 실어 팔로 내리치는 예비 동작이다.

그러나 있을 수 없는 일이다.

왜 타카야가 릴리를 공격하려고 할까?

놈에게 릴리는 미즈시마 미호다. 소중한 소꿉친구일 터였다.

그런데 왜?

……설마.

답에 도달한 나는 영혼이 얼어붙는 듯한 기분이 들었다.

설마 타카야의 '광수화'는 그런 일까지 모르게 될 정도란 말인가?

릴리를 노린 것도 미즈시마 미호의 모습을 한 그녀에게 반응한 것이 아니라 단순히 **근처에 있었기 때문인가?**

타카야는 수인이 되어 쿠도가 보낸 서른 마리의 몬스터를 물리쳤다.

그때에는 릴리를 공격하지 않았다. 그 정도의 판단을 내릴 정도의 이성이 아직 그에게 남아 있었다는 뜻이다.

하지만 타카야의 '광수화' 능력이 여기까지 진행한 것은 이것이 처음이다.

이제 최소한의 이성조차 타카야에게는 남아 있지 않단 말인가?

그렇다면 릴리는…….

창백해진 릴리가 이쪽을 휙 돌아보았다.

"안 돼…….."

나는 그녀를 향해 손을 뻗었다.

빠르다. 닿지 않는다.

"크와아아아아아아앙!"

완전히 짐승의 소리에 지나지 않는 소리로 외치며 타카야가 팔을 휘둘렀다.

나 혼자서는 그것을 어떻게 할 수도 없어서.

따라서 이것이 나의 한계이다.

아무리 분전하더라도 혼자서 할 수 있는 일에는 한계가 있었다.

하지만 잊어서는 안 된다.

이 자리에 있는 것은 나만이 아니라는 사실을.

"언니!"

소녀의 목소리가 울려 퍼졌다.

순간 타카야와 릴리를 갈라놓듯이 흙 기둥이 솟구쳤다.

타카야가 내리친 일격이 앞을 가로막은 흙 기둥을 파괴했다.

짧은 비명을 지르며 릴리가 묶인 채 바닥을 굴렀다.

"릴리?!"

이름을 불렀지만, 릴리는 누운 자세로 쓰러져 움직이지 않았다.

그래도 방금 흙 기둥의 방해 덕분에 직격만은 피했을 터였다.

아무래도 릴리는 의식을 잃어버린 모양이다. 방해를 받은 타카야가 신경질적으로 고개를 돌렸다.

짐승의 시선을 받아낸 것은 가면 아래에 있는 로즈의 눈이었다.

허리부터 부러져 상반신만 남아 카토에게 안긴 로즈는 그 손에 타카야의 보검, 마법 도구 '붕지의 검'을 쥐고 있었다.

아까 타카야가 떨어뜨린 것을 그녀가 회수한 모양이다.

"언니에게 손대지 말아요!"

용맹한 로즈의 선언에 타카야가 분노하여 포효하려는 순간──.

"샤아아악!"

──그때 하얀 거미가 튀어 나왔다.

"짐승 자식이! 소녀의 언니에게 무슨 짓을 하려는 거냐!"

가는 양팔과 숫자가 맞지 않는 거미 다리가 타카야의 양팔을 구속하려고 했다.

그러나 아까 제대로 맞은 일격의 대미지가 남아 있는지 입에서 피를 흘리는 거베라의 움직임은 지금까지 본 적이 없을 만큼 둔했다.

내가 마력을 다루는 방법은 그녀와 아주 닮았기에, 특히 잘 알 수 있었다. 지금 거베라의 마력 흐름은 엉망진창이다.

혹시 내장 어딘가에도 상처를 입었는지도 모른다.

그래도 거베라는 집요하게 팔을 뻗었다.

그녀는 거미다. 사로잡는 것, 묶는 것에 특화되어 있다.

다시 마력의 기척이 느껴지고, 바닥에서 돋아난 흙 기둥이 타카야의 배에 박혔다.

로즈의 원호였다. 타카야가 사용했을 때만큼 연사는 하지 못하지만, 그녀 또한 저런 몸으로 싸우고 있었다.

두 사람의 분전은 타카야의 횡포를 확실히 막아 냈다.

그러나 몸이 성하지 않은 그녀들로서는 아무래도 한계가 있는 것 또한 사실이었다.

"갸아아아아!"

"오오오옷?!"

먼저 거베라의 구속이 풀렸다.

털이 부숭부숭한 손이 거베라의 손목을 잡았다.

거베라의 몸이 장난감처럼 휘둘러졌다.

그리고 내던져졌다.

그 끝에는 로즈와 카토의 모습이 있었다. 상반신뿐인 로즈는 자유롭게 움직이지 못하고, 그녀를 안은 카토는 곧바로 반응하지 못했다.

"마나!"

"꺄악."

로즈가 바로 카토를 밀어냈다.

허공에 뜬 로즈가 내던져진 거베라와 충돌했다.

"커흑……."

"키이……!"

하나로 얽혀 구르는 두 사람. 로즈가 놓친 보검이 바닥에 떨어지며 묵직한 소리를 냈다.

여기까지 몇 초.

짜증스럽게 으르렁거리던 타카야가 다시 릴리를 쳐다보았다.

그 탁한 노란 눈을—— 나는 똑바로 노려보았다.

"크릉……?"

"……놓치지 않겠어."

두 사람이 번 귀중한 시간을 이용하여 나는 릴리의 곁으로 달려갔다.

드디어…… 드디어 되찾았다.

품에 안은 릴리의 온기에 그리움마저 느꼈다.

두 번 다시 놓치지 않겠다.

나는 타카야의 괴물 같은 얼굴을 올려다보았다.

그곳에는 더 이상 이성 따위는 전혀 남아 있지 않았다. 그저 눈앞의 적을── 혹은 현실을── 파괴하려는 의지만이 미친 듯이 불타고 있었다.

역시 지금 타카야의 머리에는 미즈시마 미호조차 남아 있지 않다.

아무런 가책도 없이, 망설임도 없이 나와 함께 릴리를 부술 것이 분명하다.

두 사람은 정말 열심히 싸워 주었지만, 도저히 릴리를 데리고 도망칠 정도의 시간은 없었다.

릴리를 안은 채로는 타카야와 싸울 수 없고 도망칠 수도 없다.

그렇다고 타카야에게 릴리가 살해 대상이 되고 만 이상, 이 자리에 릴리를 두고 갈 수도 없다.

그야말로 절체절명의 위기를 앞에 두고 나는 조용히 각오를 다졌다.

14 맡기고 싶은 마음(가짜) ~릴리 시점~

 ……나는 무엇을 하고 있는 것일까?

 한없이 펼쳐진 암흑 속, 혼자 무릎을 안고 부유하며 자문자답했다.

 나를 납치한 타카야 준을 상대로 주인님은 필사적인 싸움을 펼치고 있다.

 원래는 내가 주인님을 지켜야 하는데 오히려 나 때문에 그가 위험에 몸을 드러내는 꼴이 되고 말았다.

 소중한 동생들도 자신의 몸이 다치는 것조차 개의치 않고 싸움에 몸을 던졌다.

 그러한 상황에 나만 아무것도 하지 못하고 있다.

 그럼에도 스스로 어쩔 도리가 없었다.

 이 몸을 묶고 있는 마법 도구는 나의 힘으로 해결할 수 있는 것이 아니다. 한 번 사로잡히면 끝으로, 저 응징을 풀기 위해서는 상당한 힘이 필요하다. 이것을 풀 수 있는 것은 기껏해야 거베라 정도일 것이다.

 나는 아무것도 할 수 없다.

 아무것도…….

 그렇게 얼마나 생각에 잠겨 있었을까?

 여기서는 분명 시간이란 개념이 의미를 갖지 않는다. 지금 나에게는 혼자 고민하고, 괴로워하고, 무력감을 곱씹기 위해 있는 장소로 느껴졌다.

"무슨 일이야?"

달리 아무도 없을 터인 그 공간에 갑자기 누군가가 나타났다.

고개를 숙이고 있던 나는 고개를 들었다.

눈앞에는 한 소녀가 있었다.

아까까지 아무도 없었던 암흑 속, 그녀는 물속에 떠 있듯이 크리미 블론드색 머리카락을 하늘거리며 나와 같은 얼굴로 이쪽을 바라보고 있다.

나는 그런 그녀의 얼굴을 보고…… 이제야 왔냐며 메마른 미소를 지었다.

"……늦었구나."

"어라? 안 놀라네?"

"올 거라고 생각했는걸."

뜻밖이라는 듯 말하는 그녀에게 짧게 대답했다.

"예상했다고?"

"응, 뭐."

이것은 얼마 전의 기묘한 꿈과 이어지는 것이 분명하다.

동시에 이것이 단순한 꿈이 아니라는 사실도 쉽게 알아챌 수 있었다.

"전에 주인님에게 '구울이 되고 만 시란 씨의 마음을 되찾을 때 생긴 일'에 대해 들었으니까."

시란 씨의 마음을 구하려고 했을 때, 주인님은 신기한 공간을 보았다고 했다.

내가 체험하고 있는 것은 그야말로 주인님에게 들은 것과 똑같은 현상이다.

왜 이런 일이 생겼는지도 대체로 상상되었다.

나와 그 사이에는 마법적인 연결인 패스가 있다. 아마 그것이 원인일 것이다.

패스를 통해 주인님 고유의 능력에서 유래했을 이 공간에 내가 섞여 들어가고 말았을까? 아니면 이 공간이야말로 패스와 우리가 만든 것일까?

정확히는 모르지만…… 아무튼 이것이 그저 무의미한 꿈이 아닌 것만은 확실하다.

그렇다면 눈앞에 있는 그녀 또한 꿈속의 환상이 아니라는 뜻이다.

"너…… 미즈시마 미호 맞지?"

그것이 계기였다.

"……큭?!"

화르륵 소리를 내며 나의 몸이 불타올랐다.

그와 동시에 눈앞의 소녀 또한 불꽃이 되었다.

순식간에 우리는 암흑에 뜬 두 개의 등불이 되었다.

다만 우리 그 자체인 불꽃에는 결정적인 차이가 있었다.

나의 몸을 감싼 것이 붉은 불꽃인 것에 비해 '미즈시마 미호'의 몸에서 생겨난 것은 푸른 불꽃이었다.

그것이 나와 그녀가 결정적으로 다른 존재임을 드러내는 것 같아 나의 가슴 깊은 곳에서 어두운 감정이 꿈틀거리는 것이 느껴졌다.

"흐음."

양손을 눈앞으로 들어 푸르게 흔들리는 불꽃과 이중으로 겹쳐진 자신의 몸을 찬찬히 내려다본 뒤, '미즈시마 미호'는 다시 이쪽으로 시선을 보냈다.

"내가 미즈시마 미호라. 왜 그렇게 생각했어?"

꾸미지 않고 웃는 얼굴로 묻는다.

나의 모습을 비추는 눈동자에 떠오른 것은 순수한 흥미.

그런 성격의 소녀다.

호기심이 왕성하고, 밝고, 누구에게나 사랑받는 소녀.

그런 그녀의 성격을, 그녀의 껍질을 뒤집어쓴 나는 잘 알고 있었다.

"이곳은 본래 너의 주인님과 그의 권속밖에 올 수 없는 공간이잖아? 그곳에 네가 말하는 '미즈시마 미호'가 있는 건 이상하지 않을까?"

"그렇지 않아."

나는 고개를 가로저었다.

"타카야 준도 말했잖아? 미즈시마 미호는 나의 안에 있다고. 내가 이곳에 올 수 있다면, 나의 안에 있는 너 역시 이곳에 오더라도 이상하지 않아."

그때 타카야 준의 말을 나는 부정하지 못했다.

이성을 잃었기에 오히려 그는 진실을 간파했다.

내 안에는 분명 미즈시마 미호가 여전히 존재하고 있다.

실제로 이렇게 눈앞에 나타난 것이 그 증거다.

그렇다면 그것은 어떻게 된 것일까?

그건 분명 미믹 슬라임인 나의 특이 능력과 관련이 있다.

"의아하게 생각했어. 나의 의태 능력은 대상 전체를 재현해. 예를 들어 파이어 팽의 화염 브레스 공격도 나는 의태할 수 있어. 하지만 이것은 보통 있을 수 없는 일이야."

틸리아 성채에서 교역 도시 세라타로 향하는 여정 중에 처음으로 개척 마을에서 보낸 밤에 시란 씨가 주인님에게 한 말을 떠올렸다.

"몬스터의 특이 능력이란 그 몬스터의 고유 마력으로 만들어지는 것이야. 마력을 지닌 어떤 생물도 종에 따라 공유의 마력 흐름을 지니고 있어서 그것을 그 몬스터가 아닌 자는 재현할 수 없어. 따라서 몬스터의 특이 능력을 다른 몬스터나 인간이 재현하는 것도 불가능해. 보통은."

구울조차 원래 인간과는 다른 마력 패턴을 지니고 있다.

따라서 주인님의 마력이 거베라의 것과 같다는 것에 관해 시란 씨는 우려하는 것 같지만…… 그때 두 사람이 놓쳤던 사실이 있다.

그 이야기를 옆에서 듣던 내가 그 예외에 해당한다는 것이다.

"원래는 쓸 수 없을 터인 다른 몬스터의 능력을 나는 쓸 수 있어. 그건 다른 몬스터의 고유한 마력 흐름을 재현할 수 있다는 뜻이야. 하지만 그런 일은 보통 불가능해. 그렇다면 왜 나는 그런 것이 가능할까……?"

그것이 몬스터로서의 특성이니까……라고 정리하기에는 조금 이상했다.

그러나 오늘 이날까지 나는 그 의문에 대한 대답을 알지 못했다.

뭐, 이것은 어쩔 수 없다. 인간도 사체의 배를 갈라 자세히 조사해보기 전까지는 자신들의 몸 구조가 어떻게 되어 있는지 몰랐다. 한마디로 그것과 같다. 이렇게 자신의 안에 있는 '미즈시마 미호'의 존재와 만나며 나는 처음으로 자신이 어떠한 생물인지 이해할 수 있었다.

"마력은 영혼에 깃드는 것. 영혼에서 나와 흐르는 것. 몬스터에게는 각각 독자적인 영혼의 형태가 있기에 거기서 흘러나오는 마력도 고유한 것으로 되어 있어. 그렇다면 자신의 마력을 바꿀 방법은 두 가지. 구울처럼 '마력의 존재 방식 그 자체를 바꾸는 것'이나…… 혹은 거베라의 마력을 얻은 주인님처럼 '다른 곳에서 마력을 가져오는 것'이지."

주인님의 경우 그 특이한 능력인 패스를 통해 거베라의 영혼으로부터 마력이 흘러들어왔다.

그렇다면 나의 경우에는 어떨까?

눈앞에 있는 '미즈시마 미호'가 그 대답이었다.

"내 능력의 본질은…… '영혼을 수집하는 것'이야."

아마 우리가 영혼이라 부르는 것은 사후에도 바로 공간에 흩어지지 않고, 얼마간 육체에 잔류한다.

마력이 짙은 토지에서는 이 잔류한 영혼이 변질되어 육체에 정착하여 구울이라는 몬스터가 발생하는 것이라 생각한다. 전에 주인님이 구울이 된 시란 씨의 육체와 접촉하여 이성을 잃은 그녀의 마음을 되찾을 수 있었던 것도, 그 육체에 깃든 영혼이 시란 씨의 것이었기 때문이라고 확신한다.

또한 몬스터끼리 서로 잡아먹는 것이 그냥 쓰러뜨리는 것보다 더욱 큰 마력의 증강을 야기하는 것도 그 부분이 이유라고 생각할 수 있다. 그것은 육체에 잔류한 영혼을 섭취하여 본래는 그대로 흩어질 터인 마력을 직접 흡수했기 때문에 일어나는 현상이다.

다만 미믹 슬라임인 내 경우에는 조금 이야기가 다르다.

포식한 영혼을 마력으로 흡수하는 것이 아니라, 일부를 그대로 자신의 안에 보존한다. 그것이야말로 미믹 슬라임의 종족 특성이다. 내가 의태하여 다룰 수 있는 특이 능력이란 바로 이렇게 자신의 안에 보존한 영혼에서 나오는 마력을 이용한 것이다. 본래는 종족의 고유한 것인 마력 패턴을 내가 재현할 수 있는 것은 그 때문이다.

그렇다면 눈앞에 있는 소녀의 존재도 설명이 된다.

내 안에 보존되어 있던 미즈시마 미호의 영혼. 그것이 그녀다.

그 사실은 나에게 복음이기도 했다.

"미즈시마 미호."

나는 푸르게 불타는 '미즈시마 미호'에게 말을 걸었다.

"나는 분명, 너에게 미안하다고 말해야 해. 왜냐하면 나는 너의 존재를 박탈한 것이나 마찬가지니까."

"…………."

"그러니 이런 것을 부탁하는 게 뻔뻔하다는 건 알아. 하지만 부디 너에게 한 가지, 부탁하고 싶은 게 있어."

"부탁?"

고개를 갸웃하는 그녀에게 나는 고개를 끄덕였다.

"있잖아, 주인님을 구해 줬으면 좋겠어."

나의 말을 듣고 '미즈시마 미호'가 눈을 동그랗게 떴다.

"마지마를?"

"응. 주인님이 지금 타카야 준과 싸우고 있잖아?"

"그건 알지만……."

아무래도 '미즈시마 미호'는 어느 정도 우리가 놓인 상황을 파악하고 있는 모양이다.

따로 설명하지 않아도 되어 다행이다. 나는 말을 이었다.

"타카야 준은 원래 전투능력이 뛰어난 워리어고, 심지어 고유능력에도 눈을 떴어. 어떻게 된 일인지 몰라도 주인님은 '위타천'을 아군으로 삼았지만, 궁지에 몰린 타카야 준의 저력은 우리가 상대하기엔 너무 벅차. 이대로 가면 조만간 주인님은 죽고 말 거야……."

지금은 어떻게든 버티고 있지만, 그런 아슬아슬한 상황은 언제 무너지더라도 이상하지 않다.

"그래서 마지마를 구해 달라고?"

푸르게 불타는 소녀의 입가에 쓴웃음이 걸렸다.

"그거 참, 너무 무모한 부탁인데."

"무모하지 않아."

"무모해. 애초에 죽어 버린 미즈시마 미호가 대체 무엇을 할 수 있다는 말이야?"

"할 수 있어."

단언했다.

믿지 않는 표정인 '미즈시마 미호'를 상대로 나는 천천히 입을 열었다.

"내 속에는 많은 영혼이 있어. 나 자신도 포함해서. 다만 다른 영혼들은 모습이 보이지 않는 것으로 보아, 이렇게 형태를 유지하고 심지어 나와 다른 의사를 지닌 건 상당히 드문 케이스라고 생각해."

"그게 어쨌는데?"

"모르겠어? 내 속에 의사를 지닌 영혼은 두 개야. 그렇다면 내가 나일 필요는 없잖아?"

소녀의 귀여운 얼굴에 이해와 놀란 감정이 퍼졌다.

"……너, 설마."

"응."

나는 고개를 끄덕이고 말했다.

"**나의 전부를 너에게 줄게. 그러면 너는 저 세계로 돌아갈 수 있어.**"

나라는 존재를 이용하여 미즈시마 미호라는 전이자를 현세로 돌려보낸다. 그것이야말로 내가 그녀라는 존재로부터 이끌어 낸 '희망'이었다.

"어때? 너에게도 나쁜 이야기는 아니라고 생각하는데."

"너……."

아무래도 이 말은 예상하지 못했나보다.

잠시 침묵한 뒤, '미즈시마 미호'가 입을 열었다.

"……그런 일이 가능하다고 치고, 넌 미즈시마 미호라는 존재에게 무엇을 시키고 싶은데?"

"아까 말했잖아. 주인님을 구해 주기를 바라."

"그건 불가능해. 잊었어? 미즈시마 미호는 아무런 힘도 지니지 않았기에 죽을 수밖에 없었어. 돌아가더라도 마지막를 구하지 못해."

"아니. 그렇지 않아."

나는 고개를 가로저었다.

"왜냐하면 넌 전이자인걸. 그 몸에는 막대한 힘이 숨겨져 있어."

"그런 건, 숨겨진 채로는 의미가 없잖아. 알겠어? 미즈시마 미호는 전이자로서 능력이 각성되지 않았어. ……아니, 각성하지 못했어."

"그러기 위해 필요한, 영혼 깊은 곳에서 바라는 소원이 없어서?"

"뭐야, 알고 있었네."

작게 한숨을 쉬고 '미즈시마 미호'가 어깨를 으쓱했다.

"보통 사람이 쉽게 각성할 수 있는 힘이라면, 누구나 고
유능력에 눈을 떴을 텐데? 하지만 그렇게 되지 않았지. 솔
직히 말하자면, 처음부터 능력에 눈을 뜬 인간은 단순히
바보거나, 진짜 영웅이거나, 아니면 괴물이야. 그리고 중
간에 능력에 눈을 뜬 사람은 절망으로부터 희망을 바란 것
이 대부분이 아닐까?"

아까보다 큰 한숨.

혹시 그녀는 누군가를 떠올리고 있는 것일지도 모른다.

그녀 주위의 푸른 불꽃이 속마음을 드러내듯이 깜박거
리며 흔들렸다.

"아주 일부분은 희망을 원하여 힘을 손에 넣었을지도 모
르지만…… 그건 정말 강한 사람뿐이야. 미즈시마 미호는
그렇지 않았고. 그래서 죽었어. 물론 마지마를 위해 자신
의 존재를 전부 내던져도 상관없다는 너처럼 강한 감정이
있다면 별개겠지만."

그녀의 목소리에는 어딘가 선망하는 마음이 담겨 있어
서, 나는 무심코 웃고 말았다.

"하하. 나는 못 해."

고개를 가로저었다.

"못했다고 과거형으로 말했어야 하나?"

"너……."

"노력은 했다고 생각하지만."

인간의 몸은 그저 위장에 지나지 않고, 잘 필요가 없는 몸이다. 주인님이 잠든 뒤, 그동안 쭉 시행착오를 거친 밤이 얼마나 많았는지 모른다.

셀 수 없을 만큼 시도하였고, 같은 수만큼 실패했다.

그래도 계속 시도하였지만, 오늘까지 해내지 못했다.

따라서 깨닫지 않을 수 없었다.

"어차피 가짜인 나는 도달하지 못하는 게 있어."

나는 자신의 손을 눈앞으로 들었다.

자신의 것이 아닌, 자신의 손이다.

손만이 아니다.

이 얼굴도, 몸도, 머리카락도, 발도, 무엇이든 다 의태한 가짜에 불과하다.

"아무리 마음을 쏟아도 나에게는 그럴 자격이 없었어. 아하하. 그건 처음부터 알고 있기는 했지만."

스스로 안 되는 걸 알면서 주인님을 위해서라면 노력할 수 있었다.

노력은 해보았지만, 역시 안 되었다.

이것은 그저 그럴 뿐인, 당연히 어디에나 있는 잔혹한 이야기에 지나지 않는다.

"그러니까 진짜에게 맡길게."

"맡긴다고?"

나의 말을 들은 '미즈시마 미호'가 의구심을 드러냈다.

"하지만 아까 말했듯이……."

"미즈시마 미호에게는 싸울 힘이 없다고? 아니. 그렇지 않아."

고개를 천천히 가로저었다.

"왜냐하면 내가 힘을 숨긴 채로 놔두지 않을 거니까."

"그게 무슨 소리야……?"

"말했잖아? '**나의 전부**를 너에게 주겠다'고."

나는 미소를 지었다.

"당연히 나의 이 감정도 전부 가져가도록 할 거야."

가슴을 애태우는 그리움도, 주체하지 못하는 애틋함도.

미칠 듯한 이 감정 모두를 진짜에게 맡기겠다.

"이쪽은 자신의 존재와 뒤바꾸려는 거야. 이걸로 마음이 부족하다는 말은 못 하겠지?"

진짜 미즈시마 미호에게는 마음이 부족하다. 가짜인 나에게는 자격이 없다.

그렇다면 그 두 가지를 합치면 된다.

이론은 지극히 간단하므로 필요한 것은 각오뿐이다.

이로써 주인님을 구하기 위한 조건이 모두 갖추어졌다.

"……그렇게까지 해서 마지마를 구하고 싶어?"

눈앞의 '미즈시마 미호'가 확인하듯이 물었다.

"너는 모든 것을 잃게 될 텐데? 그래도……."

"상관없어."

나는 주저하지 않고 대답했다.

나의 존재를 제물로 삼아서 미즈시마 미호를 현세로 보

낸다.

유일하게 남은 나의 마음을 열쇠로 전이자로서 그녀의 능력이 해방된다.

나는 나를 모두 잃겠지만, 무엇보다 소중한 주인님만은 잃지 않게 된다.

아무것도 하지 못하는 가짜라도 할 수 있는 유일한 일이다. 후회 따위가 있을 리가 없다.

"그러니 부탁이야. 주인님을 구해 줘."

"…………."

푸른 등불과 이중으로 겹쳐진 '미즈시마 미호'는 손가락을 구부려 입가에 대고 잠시 생각에 잠겼다.

하지만 이것은 그녀에게 처음부터 선택의 여지 따위는 없는 것이나 다름없는 제안이다.

"……네 말은 이해했어."

결국 그녀는 고개를 끄덕였다.

이쪽을 안심시키듯이 환하게 웃는다.

아아. 이것으로 나의 각오가 보답을 받게 될 것임을 깨달았다.

주인님이 무사해질 것을 확신하니, 더할 나위 없는 안도감이 들었다.

"자, 나를 먹어."

따라서 나는 평온한 마음으로 그녀에게 지금이라며, 신호를 보냈고──.

"거절하겠어."

——단호하기까지 한 '미즈시마 미호'의 말에, 생각을 멈추고 말았다.

15 맡길 수 없는 마음(진짜) ~릴리 시점~

"······뭐?"

작은 중얼거림이 입술로 흘러나왔다.

"뭐?"

다시 한번. 마음속 동요가 그대로 솔직하게 목소리로 나와 암흑 세계를 흔들었다.

그런 나를 눈앞의 소녀는 그저 관찰하듯이 응시하였다.

"자, 잠깐만!"

내가 지금 무슨 말을 들은 걸까?

돌이켜보며 잘못 들은 것이 아닐까 확인했다.

하지만 아무리 생각해도 잘못 듣지 않았다.

분명 그녀는 '거절한다'고 말했다.

"······어째서?"

나는 아연실색했다.

자신의 존재와 뒤바꾸어 미즈시마 미호를 현세로 보낸다.

그녀에게 나쁜 거래는 아닐 터였다. 거절할 이유가 없다.

그렇게 판단한 나에게 이 상황은 정말 예상하지 못한 일이었다.

굳은 각오를 한 만큼 어안이 벙벙하다.

"어째서냐고 물어도 말이지."

그런 나의 반응을 보고 '미즈시마 미호'가 곤란한 듯 미소를 지었다.

그리고 대전제를 뒤집는 말을 입에 담았다.

"애초에 말이야…… 나는 미즈시마 미호가 아닌걸."

"엥……?"

나는 다시 머릿속이 새하얘지고 말았다.

"왜 그렇게 놀라? 미즈시마 미호는 벌써 오래전에 죽었어. 어디에도 없는 게 당연하잖아?"

"그, 그건…… 하지만!"

어떻게든 정신을 가다듬고 나는 그녀에게 반박했다.

"너는 분명히 여기에 있잖아!"

"으음. 일단 나에 대해서는 신경 쓰지 않아도 돼."

푸른 불꽃을 흔들며 소녀가 고개를 옆으로 톡 기울였다.

"나는…… 그래, 그냥 잔해 같은 거니까."

"자, 잔해라니……."

"잔해는 잔해야. 어떤 문제로 남아 버렸을 뿐인, 원형 따위는 남지 않은 것. 그건 미즈시마 미호와 다른 것이겠지."

자신의 일이면서 아무렇지도 않게 말한다.

관심이 없다는 표정. 무심한 말투.

그녀가 진심으로 말하는 건 확실했다.

"게다가……."

갑자기 돌변하여 소녀가 어쩐지 짓궂은 미소를 지었다.

"너의 마음을 받으면 전이자로서 능력이 쓸 수 있다는 것도 정확할까? 안 그래, 미즈시마 미호의 가짜에 불과한 슬라임 씨?"

왠지 놀리는 듯한 말투다.

"너의 모든 것은 가짜잖아? 그럼 너의 마음을 받더라도 능력을 발현하지 못하는 것 아닐까? 왜냐하면 너의 소중한 주인님에게 바치는 마음도 어차피 얄팍한 가짜일 테니까?"

"그……."

거의 반사적으로 말이 튀어나왔다.

"그렇지 않아!"

"그렇겠지."

그런 나를 향해 소녀가 싱긋 웃었다.

"그럼 너는 사라져서는 안 돼."

그곳엔 너무나 아름답고 다정한 표정으로, 내가 반론할 수 없게 하는 힘이 있었다.

"너는 미즈시마 미호의 열화 카피가 아니야. 너만의 것이 분명 거기에 있으니까."

슥 내민 손가락 끝이 나의 가슴 가운데를 가리켰다.

"나는 대체 무엇일까? 나는 어디에 있을까? 그런 것을 넌 궁금하게 여겼지만 말이야. 그 감정이야말로 네가 확실히 거기 있다는 증거잖아."

그러니까.

명랑한 얼굴로 소녀가 말했다.

"그저 잔해에 불과한 내가 너를 먹는 것은 불가능해. 오히려…… 네가 나를 먹어야지. 마지막을 구하고 싶다면."

"주인님을 구하고 싶다면……?"

"응. 그래."

의아한 시선을 보내는 나에게 꾸밈없이 웃으며 소녀가 입을 열었다.

"그렇게 하면 너는 '미즈시마 미호가 전이자로서 지녔던 힘'을 손에 넣을 수 있으니까."

"뭐……."

나는 말문을 잃었다.

그것은 아주 오래전에 포기했던 가능성이다.

포기하지 못하고 계속 시도했던 끝에 결국 오늘까지 얻지 못했던 것이었다.

그것을 손에 넣을 수 있다는 말을 들어도 그리 쉽게 믿을 수 있을 리가 없었다.

"무, 무슨 소리야? 애초에 나는……."

"가짜니까 고유 능력을 다루지 못한다고? ……아니야. 그렇지 않아."

소녀가 고개를 가로저었다.

"사실 이건 전에 마나에게도 지적받았을 텐데."

"카토 씨에게?"

생각지도 못한 말에 당황한 나에게 소녀가 고개를 끄덕였다.

"미믹 슬라임의 의태 능력은 열화를 수반하지만, 이 경우 열화라는 것은 '불가능한' 것이 아니라 '가능하지만 불완전'할 거야. 그런 말을 들은 거 기억하지?"

"그건……."

확실히 이미 들은 말이기는 하다.

입을 어물거리는 나의 얼굴을 소녀가 들여다보았다.

"설마 잊었어?"

"그건 아니지만……."

"그래. 하지만 딱히 진지하게 생각한 적도 없지 않아?"

"…………."

부정할 수 없다.

미믹 슬라임으로서 의태 능력의 한계가 아니라, 그 외의 원인이 있을 가능성.

듣고 보니 그 가능성에 대해 진지하게 검토한 적은 없다.

그런 자기 자신을 이때 처음으로 깨달았다.

아까도 말했듯이 결코 잊은 것은 아니다. 그 증거로 오늘도 카토 씨의 지적에 대해 언뜻 떠올렸기 때문이다.

다만 떠올리는 것에 그쳤을 뿐이다.

그 이상 깊이 생각하지 않았다.

그렇다면 그것은…….

"……무의식중에 생각하는 걸 포기했나?"

"뭐, 어쩔 수 없는 일이 아닐까?"

깜짝 놀란 나에게 푸른 불꽃을 두른 잔해 소녀가 고개를 가로저었다.

"너에게 자신이 가짜라는 사실은 무엇보다 심각한 것이니까. 원인을 거기서 찾는 것도 당연하지."

그리고 위로하듯이 말해 준다.

"열등감은 쉽게 극복할 수 있는 게 아니고."

"……그럼 진짜 원인은 뭐라는 거야?"

나는 시무룩하게 물었다.

"전이자로서 미즈시마 미호가 갖추고 있던 '치트 능력을 발현시킬 소질' 그 자체를 의태할 수 있을 거라는 게 카토 씨의 의견이었어. 하지만 실제로 나는 하지 못했는걸."

한심한 기분으로 말했다.

"무언가 다른 원인이 있다면 그게 뭐란 말이야?"

"그러니까 열등감이야."

"어……?"

나는 허를 찔린 기분으로 푸른 불꽃과 이중으로 겹쳐진 소녀의 얼굴을 응시했다.

"열등감……?"

"그래. 쉽게 극복하지 못하고, 무의식중에 마음을 옭아매는 것."

이해하기 쉽도록 차분한 어조로 잔해 소녀가 말했다.

"어떤 의미로는 이만큼 강한 감정도 없지 않을까?"

"그럼 너는 열등감이 무의식중에 능력 발동을 막고 있었다는 말이야?"

"들어봐. 워리어도 '자신은 특별하다'는 근거도 없는 확신을 무의식중에 품고 있는 사람이 되는 거잖아? 그것과 같은 논리야."

"……'근거도 없는 자신감'이 힘으로 이어진다면, '근거가 있는 불신'이 힘을 억눌러도 이상하지 않다고?"

"바로 그거야."

소녀가 크게 고개를 끄덕였다.

"근거도 없는 자신감이 모두 나쁜 것은 아니야. 그런 무모함은 아이의 특권 같은 것이니까. 반대로 분수를 안다고 말하면 듣기는 좋지만, 그것도 지나치면 가능성을 꺾어 버릴 수도 있지."

"그게…… 지금 나라고?"

모조품에 불과한 몬스터로서의 자신에 대한 열등감.

아아. 확실히 그녀의 말대로 나의 가슴에는 자신은 주인님의 곁에 어울리지 않는 것이 아닐까 하는 마음이 항상 깔려 있었다.

예전에 틸리아 성채에서 지내던 밤, 언젠가 주인님의 곁에 있을 수 없게 되는 것이 아닐까 하는 불안함을 극복하여도 자신의 컴플렉스를 떨쳐내지 못했다.

그것이 지금 와서 결국 문제를 일으키고 말았다.

이것은 그런 것이다.

"잔해에 불과한 내가 여기 있는 것도 반은 너의 그런 부분에 원인이 있는 거라고?"

소녀의 부드러운 목소리에 나는 어느새 내리깔았던 시선을 들었다.

"너는 진짜 미즈시마 미호에게 열등감을 품고 있었어.

왜냐하면 그녀는 인간이었으니까. 마지마의 곁에 있어야 할 것은 몬스터인 자신이 아니라고 생각했으니까. 부러워하고, 질투하며 그런 상대를 좋아할 수 있을 리가 없다고…… 따라서 무의식중에 너는 미즈시마 미호라는 존재를 속으로 받아들이는 것을 거절했어. 그 결과 남고 만 것이 나라는 잔해고."

잔해를 자칭한 소녀는 자신의 가슴에 손을 올렸다.

"그렇지 않으면 나 역시 다른 영혼처럼 형태도 남기지 않고 네 안으로 녹아들었을 거야. 말하자면 나는 '먹다 남긴 것' 같은 거야."

농담처럼 그녀가 킥킥 웃었다.

"네가 미즈시마 미호의 고유 능력을 의태하지 못한 것도 같은 이유야. 너는 어떻게든 진짜 미즈시마 미호에게 다가가려고 시행착오를 거듭했어. 하지만 그와 동시에 마음 깊은 곳에서는 미즈시마 미호라는 존재를 거절했지. 그래서는 그녀의 능력을 쓰지 못하는 게 당연하다고 생각하지 않아?"

그렇게 말하며 이번에는 가슴에 올렸던 손을 이쪽으로 뻗는다.

"그러니까 넌 '먹다 남긴' 나를 먹지 않으면 안 돼. 말하자면 나는 네가 거절한 미즈시마 미호라는 존재의 상징 같은 것이니까."

"…………."

그녀의 말에 거짓은 느껴지지 않는다.

나의 본능적인 부분 또한 그녀의 말을 긍정했다.

"어렵게 생각할 것 없어. 본래 있어야 할 것을 있어야 할 장소로 되돌릴 뿐. 내가 네 속에 스며들어 사라지는 것으로 너의 의태는 완성돼."

뻗은 손으로 시선을 옮겼다.

이 손을 잡으면, 주인님을 구하기 위한 수단이 손에 들어온다고 한다.

고작 그것만으로 그만큼 원하는 것이 손에 들어온다.

망설일 이유가 없었다.

"······알겠어."

나 역시 그녀를 향해 손을 뻗었다.

나의 팔에 휘감겨 있던 붉은 불꽃이 어둠을 가르며 쭉 늘어났다.

잔해라는 소녀 그 자체인 푸른 불꽃이 내가 갈 곳을 비추는 등불이었다.

조용히 흔들리는 그 푸른 불꽃은 그저 삼켜질 때를 기다리고 있었고······.

"······왜 그래?"

의아해하는 목소리가 어둠속에 울렸다.

"············."

나는 손을 뻗다 멈추고 있었다.

스스로도 이유를 모르겠다. 망설일 일은 아무것도 없을

터인데 나의 손은 얼어붙은 듯 움직이지 않았다.

무언가를…… 무언가를 놓치고 있는 기분이 들었다.

그 확신이 나의 몸을 완전히 억누르고 있었다.

내리깔던 시선을 들어 눈앞에 있는 소녀를 바라보았다.

소녀는 온화하게 웃고 있다.

어떤 각오를 마음 깊이 새긴 자의 표정이었다.

"아."

나는 작게 소리를 냈다.

머릿속에서 퍼즐 조각이 딱 맞춰지는 소리가 났다.

어느새 나는 뻗고 있던 손을 내리고 있었다.

소녀가 이쪽의 움직임에 조금 놀란 모습을 보였다.

나는 내렸던 손을 가슴 높이 들어 주먹을 꽉 쥐었다.

반드시 확인해야 할 일이 생겼다.

"……딱 하나만 묻고 싶은 게 있는데."

천천히 입을 열었다.

"아까 너는 '자신이 이렇게 남은 것은 반은 나의 열등감에 원인이 있다'고 말했지?"

"그게 어쨌는데?"

고개를 갸웃한 소녀에게 나는 물었다.

"그럼 **나머지 반**은?"

"_____."

허를 찔린 얼굴로 소녀가 굳어버렸다.

그 반응에 확신을 얻은 나는 말을 이었다.

"내가 품고 있던 진짜 미즈시마 미호를 향한 열등감이 그녀의 존재를 거절했어. 그 탓에 너라는 잔해…… '먹다 남긴 것'이 이렇게 남았다. 너는 그렇게 말했지?"

"으, 응. 그런데."

"하지만 그 말대로라면 조금 이상하지 않나? 왜냐하면 나의 의태 능력은 우선 먹지 않으면 안 돼. 미즈시마 미호를 먹고, 의태하여 주인님을 사랑하고…… 그 뒤에야 난 그녀에게 질투할 수 있었어."

알기 쉽게 정리하자면, **시간 순서가 이상하다.**

"먹은 시점에는 질투하지 못해. 그럼 미즈시마 미호를 거절할 일도 없어. 너라는 '먹다 남긴 것'이 태어날 일도 없고."

"…………."

"거기에는 무언가 '다른 이유'가 없으면 이상하지 않아?"

굳이 그녀가 말하지 않았던 '다른 이유'.

그것이야말로 아까 눈앞의 소녀가 무심코 입에 담은 '나머지 절반의 이유'임이 분명하다.

"그 부분을 들려줄 수 있을까?"

나는 더욱 자세히 물었다.

그러자 소녀는 이쪽으로 뻗던 손을 내렸다.

"으음."

작게 개탄하는 소리가 들렸다.

"조금 말이 지나쳤네."

입을 삐죽거리는 소녀의 표정은 어쩐지 겸연쩍은 듯 보였다.

내렸던 손으로 볼을 긁는 것은 혹시 부끄러움을 숨기기 위한 몸짓이었을지도 모른다.

"있잖아. 그거 꼭 말해야 해?"

"필요한 일이니까."

나는 똑바로 그녀의 눈을 응시했다.

"…………."

나와 같은 얼굴이 옆을 향하며 눈길을 피했다.

나는 시선을 떼지 않았다.

그러기를 몇 초.

"……너의 주인님이 그것을 바랐기 때문이야."

내가 물러나지 않을 것을 깨달았는지 소녀가 체념한 듯 한숨을 쉬었다.

"마지마는 '미즈시마 미호의 원통함을 풀어주고 싶다'고 바랐어. 따라서 나라는 존재가 바로 사라지지 않은 거야. 그것뿐이야."

그렇게 말하는 소녀의 옆모습에는 수줍은 미소가 드리워져 있었다.

"그렇구나."

그런 그녀의 얼굴을 바라보며 나도 한숨을 쉬었다.

"역시."

그것은 내가 예상한 대답이었기 때문이다.

이것을 예상할 수 있었던 것은 당연한 이야기이기도 했다. 왜냐하면 애초에 '미즈시마 미호의 원통함을 풀어주고 싶다'는 주인님의 무의식적인 바람을 이루어준 것은 다름 아닌 나이기 때문이다.

미즈시마 미호의 주검을 먹은 그날의 일은 선명하게 떠올릴 수 있다.

잊을 수도 없는 그 산장에서 보낸 밤의 일이다.

나는 주인님과 맺어졌다.

그를 처음 받아들이고 사랑을 나누었다.

하지만 그때 그와 맺어진 것은 나뿐만이 아니었다.

그렇기에 눈앞의 그녀는 여기에 이렇게 남아 있다.

그리고 그녀가 여기서 이렇게 소멸하려고 하는 것 또한 같은 이유였다.

그것을 깨달았을 때, 나의 마음은 정해졌다.

"나는 너를 먹지 않아."

"뭐……?"

잔해라 칭한 소녀가 고개를 돌려 나를 보았다.

"왜, 왜……?"

놀란 그녀를 바라보며 나는 대답했다.

"네가 나와 같은 행동을 하려고 하기 때문이야."

일단 알아채고 나면, 간단한 일이었다.

지금까지 내가 내 속에 있는 미즈시마 미호를 느낀 적은 거의 없었다. 그러나 그것은 그녀가 사라져 없어졌기 때문이 아니라 내 안의 깊은 곳에 있었기 때문일 것이다. 지금까지 쭉 그녀는 내 안에 있었다.

그런 그녀가 일부러 얼굴을 내민 까닭은 무엇일까?

이유야 뻔하다.

"주인님을 지키기 위해서 너는 이렇게 내 앞에 모습을 드러낸 거지?"

맺어지고, 위로를 받고, 사랑을 나눈 그를 위해 그녀는 사라지려고 한다.

그렇다. 모두 나와 똑같다.

"너에게도 주인님을 향한 마음이 있잖아?"

"…………."

"그 마음을 위해 사라져 버려도 상관없다고 생각한다면, 설령 네가 잔해에 지나지 않더라도 그 마음은 결코 잔해 같은 게 아니야."

퍼뜩 놀란 소녀가 양손으로 입을 가렸다. 암흑 공간 속에서 푸른 불꽃이 된 그녀의 안색은 판별할 수 없지만, 아마 아주 새빨개졌을 것이다.

그런 그녀의 모습을 귀엽다고 느끼며 나는 말을 이었다.

"네가 잔해밖에 되지 않는다고 해서 사라져도 괜찮은 건 아니야."

나와 같은 행동을 하려는 그녀에게 그녀가 내게 해준 말을 거의 그대로 돌려주었다.

"……뭐야 그게. 따라하는 거야?"

"글쎄."

팔자 눈썹을 하고 뾰로통하게 말하는 그녀의 태도에 조금 웃다가 문득 생각했다.

눈앞에 있는 그녀는 정말 미즈시마 미호의 잔해에 불과한 것일까?

혹시나…… 하는 생각도 들었으나, 사실은 어떨지 모르겠다.

이제 와서 그런 일은 아무래도 좋다.

"네 덕분에 소중한 게 떠올랐어. 나는 주인님의 권속이고, 그를 사랑해. 그러니 나는 그의 앞에서 당당한 존재가 되지 않으면 안 돼."

나는 대체 무엇일까. 나는 어디에 있는가. 그런 식으로 자신을 잃었지만, 내가 나의 것이라고 자부할 수 있는 것은 분명 이 가슴속에 있다.

"나는 언제나 주인님을 가장 곁에서 봐왔어. 약한 모습도, 괴로워하는 모습도, 그것을 극복하는 모습도."

그저 떠올리기만 하는 것만으로도, 입 밖으로 소리내어 말하는 것만으로도 마음이 두근거린다.

그 정도로 나는 그를 좋아한다.

사랑한다. 완전히 푹 빠졌다.

따라서 그런 그에게 어울리는 존재가 되고 싶다고 강하게 바란다.

"나는 아무리 해도 추악한 괴물에 불과해. 인간은 될 수 없어. 그런 자신에게 컴플렉스를 품고, 그것이 지금 장애물이 되어 가로막고 있어. 그렇다면 나는 반드시 똑바로 부딪쳐 그것을 극복해내야 해."

전에 트라우마를 극복한 주인님처럼.

그것이야말로 주인님에게 걸맞는 자신이 되는 길이다.

안이한 선택지를 찾는 것은 있을 수 없다.

"나는 너를 먹지 않겠어."

나는 다시 선언했다.

가짜인 내게 열등감의 대상인 진짜 그녀. 혹은 그 잔해.

그녀가 사라지면 확실히 문제 또한 소실될 것이다.

하지만 그것은 컴플렉스를 극복하는 것과는 본질적으로 다르다.

"그렇다고 내가 먹히는 것도 아닌 것 같아."

자신은 추악한 가짜라는 열등감에 얽매였던 내가 사라져도 역시 문제는 말소될 것이다. 하지만 이것 또한 본질로부터는 거리가 멀다.

"어느 쪽이 소실되는 게 아니야. 둘 다 남으면서 나는 너의 존재를 받아들여야 해."

사라지지 않고 있어준 그녀에게, 그녀가 사라지지 않기를 바란 주인님에게 진심으로 감사하자. 덕분에 나는 자신의 열등감을 극복할 수 있게 되었으니까.

진짜인 그녀와 이렇게 마주하지 못했다면, 나는 평생 열등감을 품은 채 살았을지도 모른다.

주인님에게 어울리는 존재가 되지 못했을지도 모른다.

그녀의 존재를 온전히 받아들이는 것.

그것은 동시에 추악한 괴물인 자신을 인정하는 것이기도 하다.

"이것이 나의 선택이야."

나는 눈앞에 있는 소녀에게 손을 내밀었다.

"……정말 괜찮겠어?"

소녀가 나직하게 중얼거렸다.

자신을 잔해라 평한 그녀다. 이런 일이 벌어질 줄은 꿈에도 상상하지 못했을 것이다.

흔들리는 눈동자가 나를 비추고 있다. 그 눈에는 붉은 불꽃이 된 내가 마치 자신을 이끄는 등불처럼 보이고 있을지도 모른다.

그런 모습은 정말 나와 닮았다.

아니지. 내가 그녀를 닮은 건가.

됐다. 그런 것은 이제 아무래도 좋다.

"내가 같이 있어도 괜찮아?"

조심스럽게 물으며 살며시 손을 든다.

그 손에 나는 자신의 손을 마주 댔다.

서로 손을 맞잡았다. 푸른색과 붉은색 불꽃이 뒤섞인다.

거리를 좁혀 나는 그녀와 이마를 마주 닿게 했다.

"아……."

"같이 가자. 주인님이 기다려."

영혼과 영혼이 서로 얽힌다.

그것은 분명, 본래는 있을 수 없을 터인 혼합이다.

붉은색과 푸른색 등불이 서로 먹어치우지 않고 섞였다.

그렇게 새로 태어난 보라색 불꽃은 한없이 펼쳐진 암흑
에 보란 듯이 강하게 빛나며 구석구석 비추기 시작했다.

16 이어진 희망

이성을 잃은 짐승의 포효가 고막을 때렸다.

나의 눈앞에 있는 것은 더는 타카야 준이라 부를 수 없는 존재였다.

일찍이 타카야 준이었던 생물은 이성도, 지성도 지니지 않은 한 마리 짐승이 되고 말았다.

그가 원래의 몇 배나 부풀어 오른 오른 왼팔을 높이 쳐들었다.

"크르르으으응———!"

거칠게 외치는 짐승의 몸은 만신창이다. 오른팔은 찢기고, 오른쪽 가슴에는 뼈가 보일 만큼 큰 상처가 나고, 온몸 곳곳에 무수하게 베인 상처가 있다.

이래서는 실력의 절반 이하…… 기껏해야 20%나 30% 정도의 힘밖에 내지 못할 것이다.

그러나 그 30%만으로도 방패를 든 나의 팔을 몸에서 뜯어내 치명상을 입히기에는 충분하다. 그만큼 우리 사이에는 실력 차이가 많이 난다.

지금까지는 그의 공격을 회피하는 것을 대전제로 하여 싸웠다.

그 덕에 나는 간신히 괴물과 겨룰 수 있었다.

하지만 지금 나는 릴리를 안고 있다. 공격으로부터 빠르게 도망치지 못한다.

다치고 쓰러진 동료들의 도움도 바랄 수 없다.

절체절명이라는 말이 어울리는 상황이다.

그러니 포기할 수밖에 없다.

……그런 생각은 하지 않았다.

절망적인 상황이 어쨌단 말인가. 뒤엎기 힘든 곤경이면 어떤가.

그런 것에 무릎을 꿇을 수는 없다.

애초에 나 혼자서는 릴리를 되찾는 것조차 불가능했다.

심각한 대미지를 입으면서도 버티던 거베라.

하반신을 잃은 상태로 전투에 참가해준 로즈.

싸울 힘도 없으면서 로즈를 안고 움직여준 카토.

필사적으로 함께 싸워준 그녀들이 있었기에 나는 다시 릴리를 이 팔로 안을 수 있었다.

이 상황은 그녀들이 이어 준 것이다.

나는 혼자가 아니다.

따라서 나 혼자 멋대로 포기하는 일은 있을 수 없다.

마지막까지 포기하지 말고 살아서 발버둥치자.

나는 그렇게 각오하고—— 몸 속에 흐르는 마력을 될 수 있는 한 빠르게 순환시키기 시작했다.

오른팔이 릴리를 안느라 봉인된 이상, 쓸 수 있는 무기는 왼팔에 든 방패뿐이다.

도망칠 수 없다면, 버티는 것 외에 다른 선택지는 없다.

필요한 것은 짐승의 일격에 버틸 내구력이다.

전투시, 나는 마력으로 항상 신체 능력을 향상시키고 있지만, 그것만으로는 너무 부족했다.

내가 머릿속에 그린 것은 해수 심부 최강의 하얀 거미, 거베라의 모습이었다.

전에 저 쥬몬지 타츠야를 상대로 팽팽하게 맞선 거베라의 강한 힘이라면, 나에게 버거운 그의 일격에 버티는 것이 불가능하지 않다.

그러나 물론 그녀에게 필적하는 신체 능력을 발휘하는 것은 인간으로서 불가능한 일이다.

아니, 그건 인간에 한하지 않고 몬스터라도 마찬가지다. 그녀는 수해 심부 최강의 하이 몬스터로서 용사의 전설에도 언급되는 존재였기 때문이다.

다만 이야기를 나에게 한정시킨다면, 사정이 조금 달라진다.

왜냐하면 내가 신체 능력을 강화할 때 몸에 순환시키는 마력의 흐름은 거베라의 것을 모방했기 때문이다.

이 세계에는 마력의 흐름으로 특이한 현상이 일어난다.

그렇다면 필연적으로 거베라와 같은 마력 패턴을 지닌 나는 수해 최강인 흰 거미의 신체 능력과 신체 강도를 재현하는 것도 이론상 가능할 터였다.

물론 나와 거베라 사이에 무서울 만큼 실력 차이가 나는 것을 고려하면, 항상 그만한 마력을 가동시키는 것은 전혀 현실적이지 않다.

그러나 아주 찰나라면 어떨까?

거베라와 같은 강도로 마력을 구동시키는 것도 혹시 가능하지 않을까?

오늘 나는 더할 나위 없이 몸 상태가 좋다.

스스로도 조금 신기할 정도로.

그런 지금이기에 이런 대담한 생각까지 했을지도 모른다.

지금의 나라면 가능하다. 그렇게 강하게 믿고, 자신의 마음을 거미줄로 사로잡은 소녀의, 용맹하면서도 아름답게 전장을 누비는 매혹적인 모습을 머릿속에 떠올렸다.

──꼭 안았던 몸의 감촉이 나의 팔에 남아 있다.

──사랑스럽게 바라보던 눈빛이 머릿속에 생생하게 떠오른다.

──지금까지 함께 보낸 어떤 순간보다 그녀의 마음을, 그 존재를 가까이 느꼈다.

그러니, 그것을 흉내내면 된다.

심장이 크게 뛰었다.

그 고동에 맞춰 마력을 단숨에 순환시켰다.

온힘을 다한 최대 순간 풍속으로 거베라의 몸 속에 휘몰아치는 마력의 흐름을 재현했다.

마력이 도는 근육이 본래라면 불가능할 터인 힘을 만들어냈다.

골격이 더욱 단단해지며 만들어진 힘을 지탱했다.

신경은 몸의 말단까지 전력 그 이상을 원하는 신호를 전달했다.

생겨난 변화는 나 자신의 몸만으로 끝나지 않았다.

방패를 든 왼팔에 열기가 솟구쳤다.

나의 왼팔에 깃든 또 하나의 생명, 아사리나가 존재를 주장하고 있었다.

아사리나는 기생식물—— 수해 심부의 몬스터인 철포덩굴의 씨앗이 전이자인 내 몸에서 싹을 틔워 돌연변이를 일으킨 식물형 몬스터다. 그 존재 방식도 당연히 일반적인 식물의 것에 준거한다.

빈약한 토양에서는 큰 나무가 자라지 않는다. 아사리나가 아무리 잠재력을 지니고 있더라도, 나라는 인간에게 뿌리를 내린 이상 자연히 한계가 정해져 있었다.

그러나 지금 그 한계를 돌파했다.

내가 원하는 대로 아사리나는 이 상황에 최적인 형태로 진화했다.

아사리나가 깃든 왼팔 내부에서 위화감이 커졌다.

근육과 뼈와는 별개로 힘을 만들어 내는 육체를 지탱하는 기관으로 작용하는 아사리나의 뿌리가 팔꿈치를 넘어 위팔의 절반까지 도달한 것이 느껴졌다.

그것만이 아니다.

손등에서 자란 덩굴이 손목부터 어깨까지 뱀처럼 기어갔다.

부드러움과 강함을 겸비한 아사리나의 식물체가 팔을 휘감아 단단히 보강했다.

쿠도 리쿠의 권속인 더티 슬러지 시저에 의한 진흙 방패가 방어력을 올리는 장비라면, 이것은 마력과 내구력을 증가시키는 강화 외골격이라고 말하면 될까?

속뿐만 아니라 겉에서도 나의 왼팔은 강화되었다.

"———."

그러한 변화 중 마지막이다. 나의 안쪽에서 빠직 하는 작은 소리가 들렸다.

그것은 급격한 변화에 버티지 못한 현실의 육체가 내는 비명일까? 아니면 그저 환청일까? 아니면…….

"오오오오오오!"

불안을 떨쳐 내듯이 외쳤다.

오른팔에 안은 릴리의 몸을 의식했다. 부드럽고, 따뜻하고, 사랑스럽다. 항상 곁에 있기를 강하게 원한다. 오직 그런 마음이었기에 나는 어떤 불안도 떨쳐 낼 수 있었다.

"갸아아아아아아!"

포효와 함께 짐승이 통나무 같은 팔을 내리쳤다.

완전히 변해 버린 그 모습을 나는 똑바로 노려보며, 온 힘을 다해 방패를 내밀었다.

거의 후려칠 기세로 방패가 짐승의 팔에 부딪쳤다.

"아아아아아아아!"

이성을 잃은 짐승이 되어버린 타카야의 강력한 일격.

그러나 흰 거미의 마력이 깃든 나의 일격 또한 괴물 수준이다.

엄청난 충격이 왼팔부터 전신을 덮치며——.

◆ ◆ ◆

——의식이 돌아왔다.

"어……?"

얼른 상황이 파악되지 않았다.

아무래도 잠깐 정신을 잃었던 모양이다.

방패를 든 팔을 내민 채, 나는 그 자리에 서 있었다.

일단 손발은 붙어 있다.

오른팔에는 제대로 릴리를 안고 있다.

눈앞에는 짐승이 있었다.

내가 의식을 잃기 직전보다 한 걸음 먼 곳에 있는 그는 생각지도 못한 벽에 부딪친 듯 비틀거렸다.

그것이야말로 나의 건곤일척이 만들어낸 전과였다.

그것만이라고 표현해야 할지도 모른다.

보아하니 그에게 대미지는 없었다. 아주 살짝 비틀거린 것도 예상하지 못한 사태에 대처가 늦어졌을 뿐인 듯하다.

그 증거로 물러난 것은 한 걸음뿐이다. 발바닥이 바닥에 닿은 순간, 짐승은 곧 분노에 찬 목소리로 포효했다. 노란색 눈에는 핏발이 섰고, 광기가 점점 더해지고 있다. 당장이라도 다시 공격할 기세다. 도망치든, 지키든 얼른 대처해야 한다.

그러나……

"……커헉."

어설픈 호흡이 목구멍에서 피와 함께 흘러나왔다.

횡경막이 경련하고 있다.

몸이 손끝까지 저려서 제대로 움직여지지 않는다.

그에 더해 지나친 소모가 온몸을 덮쳤다.

부들부들 떨리던 다리가 꺾이며 나는 바닥에 무릎을 꿇었다.

"젠…… 장."

비릿한 피의 맛과 함께 자신의 미숙함을 곱씹어야 했다.

이것이 거베라 본인이었다면 분명 이렇게 다친 그의 공격쯤은 튕겨내고, 추가로 공격까지 해냈을 것이다. 과거 최고라고 할 수 있는 현재 컨디션으로도 온몸을 도는 마력의 재현율은 백%가 아니었다.

게다가 육체의 기본 스펙에 차이가 난다는 것도 문제다.

본래 그의 일격은 나의 몸을 종잇조각처럼 구겼을 것이다. 그런 공격을 막아냈으니 그 순간, 내가 지금까지 중 가장 거베라의 힘에 가까웠었던 것은 확실하다.

그래도 수해 최강 하얀 거미에 비하면 멀었다.

"크르르르릉……."

짐승이 다시 팔을 들었다. 이번에야말로 나의 숨통을 끊기 위해서다.

"큭."

제대로 움직이지 못하는 몸으로 나는 간신히 방어 자세를 취하려고 했다.

동료들이 이어준 희망이 끊기지 않도록 최후의 순간까지 포기하지 않을 거다.

떨리는 팔로 이젠 거대한 바위처럼 느껴지는 방패를 들려고 하였는데——.

"——이제 괜찮아, 주인님."

조용한 목소리와 파괴되는 소리가 들렸다.

그것은 징벌이 해제되는 소리. 소녀를 묶은 사슬의 단말마였다.

그렇게 마지막 주자에게로 모두의 희망이 이어졌다.

"깽?!"

비명과 함께 눈앞에 있던 거대한 몸이 날아갔다.

무릎으로 서 있던 나는 옆에서 다가온 팔에 안겼다.

가늘고, 부드럽고, 든든한 감촉. 이 세계에서 살아나가기로 결심한 그 최초의 순간부터 나를 지켜 준 팔이었다.

지면을 차며 팔의 주인이 짐승으로부터 거리를 벌렸다.

섬세한 손놀림으로 나는 바닥에 내려졌다.

쓴웃음이 나왔다.

"……결국 도움을 받았네."

내가 그녀를 구할 생각이었는데…… 그렇게 순탄하게

되진 않는구나.

"꼴사나운 모습을 보이고 말았어."

"아니야. 그렇지 않아."

마법 도구 '죄악의 포박사슬'에서 해방된 릴리는 나의 말에 고개를 가로저었다.

크리미 블론드색 머리카락이 흔들린다.

조금 흙으로 더러워진 얼굴에 너무나 아름다운 웃음이 꽃피웠다.

"전에도 말했잖아. 우리를 위해 어떻게든 하려고 필사적으로 나서는 주인님을 좋아한다고. 그 마음은 지금도 변함없어."

"릴리……."

"주인님은 멋있어."

손끝이 나의 볼을 다정하게 쓰다듬었다.

"정말 좋아해, 주인님. 뒤는 맡겨둬."

그렇게 전하고 릴리는 일어섰다.

노란 안구에 분노의 불꽃을 피운 짐승의 모습을 늠름한 눈빛으로 노려본다.

"저건 **우리**가 해결할게."

17 한계를 넘어

"저건 **우리**가 해결할게."

선언한 릴리는 입술을 꾹 다물고 짐승을 노려보았다.

"…………"

무슨 까닭인지 그런 그녀의 모습이 어딘가 평소와 다르게 보였다.

나는 릴리의 옆모습을 찬찬히 살펴보았다.

늠름하고 흔들림이 없는 표정. 저절로 나의 마음이 끌리게 하는 굳건한 모습. 저곳에 있는 것은 익숙하게 보아 온 릴리다. 이상한 곳은 어디에도 없다.

기분 탓이었을까?

그런 생각도 들지만, 무언가가 걸린다.

단순한 착각으로 치부하는 것도 어쩐지 틀린 듯한 기분이다.

"간다!"

눈을 부릅뜬 릴리가 자기 자신을 고무하듯이 용감하게 외쳤다.

"크롸아아아!"

대치하는 짐승 또한 야생성을 드러내며 포효하더니 이쪽으로 돌진했다.

나의 앞에 선 릴리가 두려워하지 않고 앞으로 나섰다.

그 손에 애용하던 창은 없다.

서로 맨주먹이다. 그러나 짐승의 거대한 팔은 사람 한 명쯤은 원형도 남기지 않고 짓눌러 버릴 흉기다. 무기 없이 대항할 수 있는 상대가 아니다.

"크르르르릉!"

원래 누구인지 판별할 수도 없게 된 그가 흉기 그 자체인 팔을 휘둘렀다.

여기서 릴리에게는 회피한다는 선택지도 있었다.

무기 하나도 들지 않았다면, 주의를 끌면서 도망다니는 것 외에는 방법이 없다.

나 역시 아까 그렇게 했다.

따라서 당연히 그녀도 그럴 것이라 예상했다.

확신했다고 해야 할까.

하지만 그녀는 나의 예상에서 벗어난 행동을 취했다.

그 자리에서 발을 멈추고 가는 팔을 뻗은 것이다.

퍽…… 하고 묵직한 소리가 울렸다.

"크롸아아아?!"

경악에 찬 비명이 울렸다.

나 역시 놀라 그 광경을 멍하니 응시했다.

짐승의 그 강력한 일격이 수평으로 뻗은 릴리의 한 손에 가로막힌 것이다.

말도 안 되는 일이었다.

릴리의 힘은 보기에 달리 제법 강하다. 그러나 짐승의 완력은 차원이 다르다. 아무리 부상을 입은 상태라고 해

도, 정면으로 힘 대결을 할 수 있을 리가 없다.

그럴 터였다.

그런데 릴리는 타카야의 일격을 똑바로 막아 냈다.

눈앞의 현실이 좀처럼 믿기 힘들다…… 그러나 정말 나를 놀라게 한 것은 **그것이 아니었다.**

그 이상으로 놀라운 광경이 눈앞에 펼쳐졌기 때문이다.

수평으로 뻗어진 채, 짐승이 휘두른 팔을 막아 낸 릴리의 한쪽 팔.

본래는 소녀다운 곡선을 그리는 가는 팔이 팔꿈치를 시작으로 타카야와 같은 **짐승의 것으로** 변했다.

릴리의 몸 크기와 맞지 않는 대형 짐승의 팔을 나는 본 적이 있었다.

그것은 수해 심부에 있는 몬스터, 러프 래빗의 것이 분명했다.

그리고 러프 래빗의 팔 끝에서는, 거대한 거북의 등 껍데기가 생겨 타카야의 일격을 막았다.

바닥에 세워진 중량감 있는 등 껍데기는 장벽처럼 되어 역할을 완벽하게 수행했다.

릴리의 몸보다 큰 저 등 껍데기는 아마 틸리아 성채에서 먹은 대량의 몬스터 중 하나인 거대한 육지거북, 아머드 토터스의 것 같다.

무슨 일이 일어나고 있을까?

대답에 도달한 나는 멍하니 중얼거렸다.

"저건…… 설마 부분 의태인가?"

릴리는 평소 미즈시마 미호의 모습으로 각종 의태 능력을 쓰고 있다.

그러나 본래의 모습이 아닌 경우, 의태한 능력은 대폭으로 열화되고 만다.

부분 의태는 그것을 해결하기 위한 방책 중 하나였다.

그러나 부분 의태는 미완성 기능일 터였다.

미믹 슬라임의 의태 능력의 한계는 오래도록 릴리의 앞을 가로막고 있었다.

그것 때문에 릴리가 고민하며 괴로워한 것도 안다.

"……성공했나?"

눈앞의 현실이 그 대답이었다.

또 생각해보면 어떻게 릴리가 한 번 잡히면 거베라급이 아닌 한 도망칠 수 없을 마법 도구 '죄악의 포박사슬'에서 해방되었을까? 이렇게 자유를 되찾은 것이야말로 그녀가 벽을 뛰어넘었다는 확실한 증거였다.

"크롸아아아아!"

등 껍데기의 표면이 꿈틀거리는가 싶더니 그곳에서 포효 소리와 함께 파이어 팽의 늑대 머리가 튀어나왔다.

허리부터 위만 만들어진 회색 늑대가 짐승의 팔꿈치를 깨물며, 단단한 이빨이 피부에 박혔다.

"가아아아악!"

크게 얼굴을 일그러뜨린 짐승이 억지로 늑대를 뿌리쳤

다. 물어뜯던 늑대 머리가 부서지며, 이리저리 흩어진 살점이 슬라임의 체조직으로 변화하여 바닥에 떨어졌다.

공격에서 벗어난 짐승이 추가 공격을 하려고 했다.

그 얼굴로 여섯 개의 뱀 머리가 달려들었다.

"샤아아아아아아!"

어느새 릴리의 왼팔이 뱀으로 변해 있었다.

레서 히드라. 수해 표층부에 서식하는 몬스터다.

갑자기 허를 찔린 짐승이 버티지 못하고 뒷걸음질 쳤다.

뒤로 물러나며 팔을 휘둘러 독니로 깨물려는 뱀을 박살냈다.

"윽."

거침없이 공격을 퍼붓던 릴리가 여기서 공격을 멈췄다.

그 동안 짐승은 무너지려던 자세를 추스르고 말았다.

눈썹을 찡그린 릴리가 나직하게 중얼거렸다.

"……**도움**이 있다고 해도, 지금 내 능력으로는 동시에 제어할 수 있는 건 네 개가 한계인가."

릴리가 얻은 부분 의태는 강력한 능력이다.

의태한 몬스터 하나하나의 능력치는 대단하지 않지만, 특기 분야라면 강적에게도 대항할 수 있는 부분이 있다. 그것을 연결하고 조합할 수 있는 릴리의 전투 능력은 어쩌면 저 거베라와 비견할 수 있을지도 모른다.

"크롸아아아앙!"

퇴행한 지성 대신 발달한 본능이 여기서 승기를 읽은

걸까?

짐승이 포효하며 릴리에게 돌진했다.

동시에 쓸 수 있는 수단에 한계가 있다면, 대처할 수 없을 만한 공격을 단숨에 퍼부으면 된다.

지성이 없는 짐승이 거기까지 생각했는지 어떤지는 모르겠지만, 노림수는 아마 그런 것이라 생각한다.

"릴리!"

"괜찮아."

이름을 외친 나에게 릴리가 어깨 너머로 대답했다.

그러며 달려드는 짐승을 앞에 두고 손을 슥 내민다.

손을 펼치고 맞은편에 있는 타카야 준을 응시하며 소녀는 당당하게 웃었다.

"우리가 함께라면 어떤 한계도 뛰어넘을 수 있어."

이상하게도 그것은 아까 내가 선택한 것과 같은 결단이었다.

아주 짧게 집중하는 전력 운동. 뒷일을 생각하지 않는 필살의 일격. 릴리의 몸에서 엄청나게 강대한 마력이 솟구쳤다.

"지금까지 내가 쌓아 올린 모든 것! 막을 수 있으면 막아 봐!"

곧이어 릴리의 손이 날아가 버리며 그 끝에서 온갖 것들이 쏟아져 나왔다.

마치 장난감 상자를 뒤집은 것처럼 지금까지 릴리가 삼

킨 다양한 괴물들이 탁류처럼 짐승을 습격했다.

노란 눈을 크게 뜨고 짐승이 발을 멈췄다. 그러나 더는 충돌을 피할 수 없다.

거대한 팔을 휘둘러 선두에 선 몬스터를 박살냈다.

그러나 그것은 기껏해야 무수한 몬스터들 중 하나에 불과했다.

그 뒤에서 밀려드는 몬스터가 거대한 몸과 격돌했다.

강인한 짐승의 몸은 그것만으로는 쓰러지지 않았다.

그러나 그를 향해 차례차례 몬스터들이 몰려들었다.

설령 중장비로 움직이지 못할 만큼 거대한 바위라도 홍수의 흐름 앞에서는 떠밀려 갈 수밖에 없다.

지금이 바로 그런 상황이었다.

"크, 크아아아아아──?!"

그저 압도적인 물량 차이가 분노한 짐승을 덮치고, 때리고, 짓눌렀다.

그리고 마지막에는 그 거대한 몸이 나뭇조각처럼 날아 갔다.

◆ ◆ ◆

몬스터 무리는 아주 짧은 시간만에 모습을 감췄다.

일제히 모습을 잃고 반액체 상태의 조직으로 바뀌어 릴리의 손으로 돌아갔다.

눈앞에 펼쳐진 충격에 내가 숨을 죽이고 지켜보는 가운데 릴리가 뻗었던 손을 천천히 내렸다.

역시 소모가 심했는지 어깨를 들썩이며 숨을 헐떡였다. 싸움의 무대가 된 산은 지금 고요함이 흐르고, 나뭇잎이 서로 스치는 소리가 속삭이듯 나는 가운데 그녀의 조금 거친 숨소리가 울렸다.

끝났다고 생각했다.

그 직후, 떠밀려나 떨어진 곳에 쓰러져 있던 짐승이 노란 눈을 부릅떴다.

"크라아아아아!"

포효와 함께 짐승이 그 몸을 일으켰다.

나는 놀란 눈을 했다.

"……아직도 일어날 수 있다고?!"

아연실색할 수밖에 없었다.

지금 그의 상태는 그야말로 엉망진창이었다. 일어났을 뿐, 온몸의 상처에서 피를 뿜어 내고 있다. 심지어 오른팔은 결국 찢어져 바닥에 따로 뒹굴고 있다.

애초부터 움직일 수 없는 몸을 광수화를 통해 억지로 움직이고 있던 것이었다.

더는 싸울 수 있는 상태가 아니다.

일어난 것이 오히려 이상하다.

"크아아아아!"

그래도 짐승은 미친듯이 날뛰는 것을 멈추지 않았다.

피가 주루룩 흘러 땅에 닿으며 이리저리 튀었다.

이것은 거의 자살행위였다.

이대로 날뛰면 이쪽이 무엇을 하기 전에 죽어 버릴 것 같았다.

타카야 준이 입수한 고유 능력은 무엇보다 그 자신을 깎아먹는 것일지도 모른다.

처음엔 이성을, 다음엔 자아를…… 마지막에는 목숨을 파괴할 때까지 멈추지 않는다.

이빨을 드러내고 울부짖는 짐승에게 릴리는 어쩐지 슬픈 눈빛을 보냈다.

"소용없어."

릴리가 말했다.

"나는 너의 것이 되지 않아."

싸우던 중에는 생각하지 못할 조용하고 슬픔에 찬 목소리였다.

그 속에는 무언가 특별한 감정이 담겨 있는 것처럼 느껴졌고…….

"…………."

문득 짐승이 작게 으르렁거렸다.

노랗고 탁한 눈동자가 릴리를 응시했다.

그것은 마치 무언가를 확인하는 듯한 몸짓이었다.

그 눈을 마주 보던 릴리가 갑자기 나를 향해 고개를 돌렸다.

익숙한 그녀의── 어딘가 다른 눈빛.

얇은 입술이 벌어졌다.

"나는 그와 함께 가겠어."

단호한 어조로 말하고, 소녀는 다시 짐승을 바라보았다.

"그러니 **준**. 난 너와 함께 있을 수 없어."

"…………."

짐승은 반응하지 않았다.

당연하다. 의미 있는 반응을 보일 만한 지성이 그에게는 더 이상 없기 때문이다.

저것은 이제 타카야 준이 아니라, 그냥 한 마리 짐승, 몬스터에 지나지 않는다.

다만…… 명확한 반응은 보이지 않았지만, 지성이 없는 짐승은 눈앞의 소녀를 응시하며 움직임을 멈추고 있었다.

그 모습에서는 조금 전까지 있었을 터인 적의나 해치려는 마음이 완전히 사라져 있었다.

신기하게도 지금 짐승의 거대한 몸이 마치 종이인형처럼 무의미하게 보였다.

그런 짐승의 모습을 보며 자연히 나는 지금이야말로 승부가 난 것을 깨달았다.

지금까지 쭉 곤두서 있던 털이 가라앉았다.

한층 작아진 짐승이 나직하게 울며 바닥을 찼다.

이쪽으로 달려든 것이 아니다. 뒤로 뛴 것이다.

짐승은 릴리와 나를 교대로 쳐다보다 빙글 몸을 돌렸다.

그리고 한번 울었다.

그것이 마지막이었다.

예전에 타카야 준이었던 짐승의 모습이 숲 너머로 사라졌다.

◆ ◆ ◆

"주인님."

짐승이 떠난 나무들 사이를 바라보던 나는 목소리가 난쪽으로 몸을 돌렸다.

이쪽으로 걸어온 릴리가 미안한 듯 미소를 지었다.

"미안해. 끝장내지 못했어."

"괜찮아."

나는 고개를 가로저었다.

"이렇게 되어 다행이라고 생각해."

릴리는 눈에 띄게 소모된 듯했고, 그대로 싸웠더라도 무사할 수 있었을지 모르겠다. 싸움이 벌어지면 언젠가 그는 자멸했겠지만, 우리까지 저승으로 가는 길동무로 삼았을 수도 있다. 굳이 위험을 무릅쓸 이유가 없다.

모두 무사하다면 나는 그것으로 족하다.

또한 이것은 이노에게도 말한 것이다.

게다가 타카야 준을 죽이지 않겠다 이노와 약속도 했다.

우리에게 해를 끼치지 않는다면 그가 도망쳤더라도 상

관없다. 그리고 이것은 왠지 느낌이지만, 앞으로 그가 우리를 공격할 일은 없을 것 같다.

그는 이제 완전히 짐승이 되었다. 타카야 준으로 돌아가는 일이 과연 있을까? 어디에나 있는 몬스터처럼 어디선가 살고, 어디선가 죽을 것이다.

추가로 말하자면 난 솔직히 안심하기도 했다.

왜 그럴까? 지금 릴리에게 저 짐승을 죽이게 해서는 안 된다는 마음이 들었다.

어째서 그렇게 생각했는지 이유는 잘 모르겠지만…….

"왜 그래, 주인님?"

"……아니. 아무것도 아니야."

시선을 느꼈는지 의아한 얼굴로 쳐다보는 릴리에게 나는 고개를 가로저었다.

아무튼 재난은 지나갔다. 지금은 그것으로 되었다.

깊이 생각하기에는 너무 지쳤다. 긴장이 풀린 탓인가 솔직히 이대로 주저앉고 싶을 정도였다.

그럴 수 없으니 괴롭다.

일단 다친 동료들의 상태를 확인하고, 필요한 치료를 해주어야 한다. 목숨이 위태로운 중상은 입지 않았을 테지만, 그래도 다친 채로 놔둘 수는 없다.

"있잖아, 릴리. 회복마법을 걸 만한 마력은…….

남아 있어? 라고 말을 걸려던 나의 품으로 릴리가 쓰러졌다.

"……앗?"

"미안해, 주인님."

옷 너머에서 느껴지는 릴리의 몸이 비정상적으로 뜨거 웠다.

"조금…… 한계, 일지도…….."

나에게 안긴 릴리가 간신히 목소리를 내어 말했다.

"리, 릴리……?"

"안심, 해서…….."

릴리는 나를 올려다보더니 피폐하여 열이 나는 얼굴로 애써 미소를 지었다.

"잠깐만, 쉬는…… 거니까…….."

마지막으로 그 말을 남기고 그녀의 몸이 풀썩 쓰러졌다.

18 비밀스러운 미소 ~광수 시점~

나는 사람이 발을 들이지 않는 산속을 헤매며 걸었다.

걷는 것이 그리 힘들지는 않다.

길이 없는 길을 걷는 데는 익숙해졌다. 요즘에는 매일같이 깊은 숲속을 걷고 있기 때문이다.

그런 기억이 있다.

바로 최근의 일일 텐데 거의 단편적으로밖에 떠오르지 않는다.

하지만 그것은 확실히 과거에 있었던 일이다.

도움을 요청하기 위해 혼자 떠났다.

굶주리고, 갈증에 시달리고, 다치면서.

그래도 계속 걸었다.

……그럼 지금은?

내가 왜 걷고 있지?

모르겠다.

목적지가 있는 것은 아니다.

목적 같은 것도 처음부터 없었다.

모르겠다. 모르겠다. 모르겠다.

아무것도 모르겠다.

모르게 되고 말았다.

내 안에 생긴 '무언가'는 이미 치명적일 정도로 나 자신을 집어삼키고 있다.

그래서 이제 아무것도 모르겠다.

······아니.

그게 정말일까?

문득 의심이 들었다.

무엇을 의심하는지는 모르겠다.

현저하게 떨어진 사고 능력으로는 의심을 해결하는 것조차 마음대로 되지 않았다.

다만 나는 생각하고 있었다.

이 세계에 온 뒤의 일을······.

처음에는 그저 당황스럽기만 했다.

이세계에 온 것을 알게 되고 나서는 신이 났다.

나에게 힘이 있다는 것을 알고 나서는 더욱 그랬다.

특히 나중에 탐색대의 리더가 되는 나카지마 코지로가 나에게 말을 걸어주었을 때에는 가슴이 뛰었다.

──이런 식으로 끝날 수는 없어.

──우리가 힘을 합치지 않으면 안 돼.

──너의 힘이 필요해. 같이 가줘.

어떤 상황이었는지는 기억나지 않지만, 그런 말을 들은 것만은 어렴풋이 기억한다.

마치 동화 같은 일이었다.

똑같이 권유를 받은 사람들과 무아지경으로 싸웠다.

평범하고 따분한 일상이 끝나고, 무언가가 시작되었다고 느꼈다.

나는 탐색대의 멤버가 되어 콜로니를 지키기 위해 싸우기 시작했다.

……아니다.

그게 아니다.

지키기 위한다는 말은 허울뿐인 변명이다.

즐거웠다.

나는 그냥 즐거웠다.

개중에는 '위타천' 이노 유나처럼 현재 상황에 진심으로 분개하며 싸우던 독특한 사람도 있었지만, 기본적으로는 다들 나와 같았을 것이다.

자신의 것이라고는 생각할 수 없는 힘을 휘두르는 것이 즐거웠다.

이 손으로 몬스터를 척척 쓰러뜨리는 것이 즐거웠다.

하지만 모두 잊고 정신없이 빠져들 수 있던 것은 처음 일주일 정도였다.

그 뒤로는 서서히 불안해졌다.

앞으로 어떻게 될까?

그런 생각을 하다보면 불안하고 불안해서 견딜 수가 없었다.

그래도 표면상으로는 주변 분위기에 맞춰야만 했다.

그것이 또 고통스러웠다.

그런 나의 마음을 오래 알고 지낸 미호 누나는 다 알고 있었던 모양이다.

누나는 나를 신경 써 주었다.

……그렇다. 미호 누나가 있다.

그렇게 생각했다.

나의 이 힘은 누나를…… 첫사랑을 지키기 위해 받은 것이다.

그렇게 생각했다.

자신이 틀렸다는 것은 어렴풋이 깨닫고 있었다.

나는 미호 누나를 좋아해서 지키려고 한 것이 아니다.

지키기 위한 이유가 필요했기에 누나를 좋아한 것이다.

잘못된 생각이다. 어긋난 짓이다. 하지만 나에게는 그런 생각에 매달리는 것 외에 방법이 없었다.

그런 내가 누나를 지키지 못한 것은 당연한 결말이었을지도 모른다.

무엇을 해야 할까? 나는 어떻게 행동해야 할까? 처음부터 아무것도 몰랐다.

그래서 실패했다.

……나는 어떻게 하면 좋았을까?

무엇을 하고 싶었을까?

모르겠다. 모르겠다. 모르겠다.

아무것도 모르겠다.

그저 나의 머릿속에는 지금은 멀어진 미호 누나의 웃는 얼굴만이 떠올라서…….

"보기 흉하군요, 타카야 준."

몽롱한 상태로 걷던 나는 그 목소리에 발을 멈췄다.

◆ ◆ ◆

내가 가려던 길 앞에 낯익은 소년이 서 있었다.

자신의 몸이 거대해진 것을 차치하더라도 선이 얇은 소년이었다.

옆에는 날카로운 인상의 키가 큰 소년── 의 모습을 본 뜬 몬스터가 서 있다. 그리고 그림자처럼 검은 인간형 몬스터가 양손을 검으로 변화시켜 이쪽을 방심하지 않고 응시하고 있다.

그 외에도 몬스터를 열 마리쯤이 소년의 주위를 빈틈없이 지키고 있다.

"어리석군요."

갸름한 얼굴에 슬쩍 미소를 짓고 소년이 말했다.

"마지마 선배는 대단해요. 과장하지 않고. 자신이 무엇을 하고 싶은지도 모르고, 무엇을 바라는지도 이해하지 못하는 당신같이 덜떨어진 자가 대적할 상대가 아니죠."

"…………."

공교롭게도 무슨 말을 하는지 거의 이해하지 못했다.

다만 비웃고 있는 것만은 알 수 있었다.

하지만 화는 나지 않았다.

그런 감정도 일지 않을 만큼 텅 비어 버리고 말았나?

아니면 비아냥거리는 말에 납득한 걸까?

모르겠다.

……아무래도 상관없다.

"선배에게 적의를 드러낸 그 거만함, 천벌을 받아 마땅합니다."

소년이 살짝 손을 들자, 그 동작에 따라 소년의 주위에 있던 몬스터가 공격 자세를 취했다.

잘 훈련된 군대처럼 절도 있는 움직임이었다. 소년이 한 마디 명령하면 그들이 일제히 공격할 것이다. 적의 수는 수십. 현재 다친 상태로는 싸울 만한 상대가 아니다.

"…………."

알고 있으면서도 딱히 걱정되지도 않았다.

위협적으로 으르렁거릴 마음도 들지 않았다.

자신의 위기를 앞에 두고서도 마음속에는 동요 하나 일지 않았다.

오히려 안심이 되기까지 했다.

괴로움도, 고통도, 슬픔도, 미안함도.

이것으로 모든 것이 끝날 것 같다.

따라서 도망치지도, 맞서 싸울 자세를 취하지도 않고 그저 가만히 시선을 아래로 떨구었다.

그 자리에 멍하니 서서 제대로 반응도 보이지 않는 나의 태도를 보고, 소년이 작게 웃은 듯했다.

"이대로 놔두어도 머지 않아 죽음에 이르겠지만…… 모처럼 이렇게 발견했으니까요. 이 자리에서 마무리를 짓도록 하지요."

이것으로 끝이다…….

"……라고 말하고 싶습니다만, 그냥 죽이기엔 조금 아깝기도 하거든요."

문득 분위기가 바뀌었다.

소년의 말을 듣던 몬스터들이 일제히 물러나는 기척이 느껴졌다.

그러나 그 또한 나에게는 아무 상관이 없었다.

반응하지도 않고 그 자리에 그냥 서 있었다.

"당신의 그 힘에는 이용가치가 있습니다."

소년이 내민 손이 내리깐 시야 끝에 들어왔다.

역시 나는 반응할 마음이 들지 않았다.

"어차피 곧 끝날 일만 남은 목숨이잖아요. 그럼 저의 도움이 되도록 하시죠."

무슨 말을 하더라도 달라질 것은 없다.

나는 그저 그 자리에 계속 서 있기만 하였고——.

"그러면 당신의 바람을 이루어드리죠."

"…………"

나는…… 나는, 고개를 들었다.

그 말만은 어쩐지 나의 의식으로 자연스럽게 들어왔다.

"어떻습니까?"

질문하는 소년의 갸름한 얼굴에는 알쏭달쏭한 미소가 지어져 있었다.

나에게 제대로 된 지성이 있더라도 의도를 읽어 내지 못했을 것이다.

무엇을 생각하고 있는지 모르겠다.

믿을 만한 부분이 하나도 없다.

하지만 신기하게도 나의 눈에는 그가 거짓말을 하는 듯 보이지는 않았다.

그래서 귀를 기울이고 말았다.

"약속하죠. 저의 것이 되어 일하면, **언젠가 당신의 바람이 이루어질 겁니다.**"

"…………."

나의 머릿속에는 자연히 미호 누나의 웃는 얼굴이 떠올랐다.

바람. 나의 바람.

원하는 것.

나는…… 나는 미호 누나를…….

"정해진 모양이군요."

정신이 들었을 때에는 이미 늦었다.

나는 이미 소년의 말로부터 도망칠 수 없게 되었다.

"모두 놓아 버리십시오. 모두 저에게 넘겨요."

말이 나의 존재를 침식해갔다.

"그것이 소원의 대가입니다."

"아, 으아······."

아주 조금 남아 있던 것이 손바닥에서 흘러나갔다.

산만해졌던 의식이 풀어진다.

원래 대부분 잃어 가던 것이다. 모두 없어지는 데 그리 시간이 걸리지 않았다.

그렇게 희박해진 나라는 존재에······ 철컥 목줄이 채워졌다.

"아아. 역시 그렇군. 생각대로 나의 능력이 통했어."

나를 올려다보며 목줄의 주인인 소년이 말했다.

"후후. 재미있군요. 몬스터란 무엇인가······. 우리 전이자란······ 아니죠. 애초에 인간이란 무엇인가. 이 세계, 여전히 제가 모르는 것이 많아 보이는군요."

소년이 아직 무언가를 계속 말했으나, 이제 무슨 말을 하는지 모르겠다.

내 속에 나는 대부분 남아 있지 않다.

"······왕이시여. 무슨 생각이십니까?"

사라지기 직전 목소리를 들었다.

날카로우면서 동시에 무섭도록 무기질적으로 감정이 느껴지지 않는 목소리였다.

"또 한 명의 왕인 마지마 타카히로에게는 자신이 적이 아니라고 말하는 반면, 미즈시마 미호를 원하는 광수에게는 소원을 이루어주겠다고 약속하다니. 대체 어느 쪽이 진짜입니까?"

"글쎄, 어떨까요?"

그러며 터진 의미심장한 웃음소리.

"저는 그저 제 목적을 달성하기 위해 움직일 뿐입니다."

모르겠다.

아마 어느 누구도 그를 이해할 수 있는 사람은 없을 것이다.

그것은 어딘가 슬프게 느껴져서…….

그런 생각을 끝으로 나는 모든 것을 놓아 버렸다.

19 사랑을 너에게

눈을 뜨자 난 드러누운 채였고, 눈앞에는 온통 밤하늘이 펼쳐져 있었다.

"눈을 뜨셨습니까, 주인님."

막 일어나 멍한 의식으로 밤하늘을 올려보고 있으니 목소리가 들렸다.

고개를 움직여 시선을 보내자, 로즈가 바닥에 앉아 무언가 작업을 하는 모습이 보였다.

바로 몇 시간까지 하반신을 잃었던 그녀는 이제 완전한 상태로 돌아와 있었다.

산사태가 일어날 때 유실된 도구 주머니를 베르타가 찾아 주었기 때문이다.

안에 넣어 둔 예비 파츠로 교체해 로즈는 온전한 몸을 되찾았다. 이 부분이 인형형 몬스터의 강점이라고 할 수 있다.

그러나 그녀 이외의 멤버는 그리 쉽게 나아지지 않았다.

특히 제3계제의 강력한 회복마법을 쓸 수 있는 릴리가 쓰러진 것이 타격이 컸다. 대부분의 멤버가 부상을 입어 이동도 녹록치 않았기에 떨어져 있던 시란, 케이와 합류하는 것조차 곤란한 상태였다.

결국 부상이 적은 베르타에게 부탁하여 두 사람을 데려오도록 했다.

데미 리치로 변하며 시란은 회복마법을 잃었다. 현재 실용적인 수준으로 아슬아슬하게 회복마법을 쓸 수 있는 사람은 릴리를 제외하면 케이뿐이다. 따라서 케이에게는 부상이 심한 이노와 거베라의 치료를 부탁하기로 했다.

치료하던 중 눈을 뜬 이노에게는 지금까지의 경위를 간단히 설명해 두었다.

그녀는 의외로 조용히 이야기를 들은 뒤, 금세 잠들고 말았다. 반응할 만한 기력이 없었을지도 모른다. 내일이라도 앞으로의 일에 대해 다시 대화를 나누어야 할 것이다.

거베라도 이번 전투는 힘들었는지 치료하던 중 잠이 들었다.

지금은 거미 다리를 접고 주저앉아 새근새근 자고 있다. 재생된 그녀의 다리에 기대듯이 아야메를 안은 케이가 몸을 웅크리고 잠든 것이 보였다.

소소한 행복이 느껴지는 광경에 흐뭇함을 느끼며 나는 몸을 일으켰다.

"…………?"

그때 무언가가 옷을 잡아당겼다.

내려다보자 놀랄 정도로 가까이에 카토가 누워 있었다.

"……응."

무방비한 숨결. 작은 손이 나의 옷소매를 쥐고 있었다.

그러고 보니…… 문득 떠올랐다.

비교적 경상이었던 내게 카토가 회복마법을 걸어 줬다.

꾸준히 계속한 훈련 끝에 카토는 회복마법을 다룰 수 있게 되었다.

그러나 아직 레벨로는 제1계제 정도. 효과는 한정적이다.

상처가 낫는 속도가 조금 빨라지고, 약간 진통 작용을 기대하는 정도일까.

그래도 티끌도 쌓이면 산이 된다…… 까지는 아니지만, 계속 걸면 효과는 있다.

"마나는 몇 번씩 휴식을 취하며 주인님에게 계속 회복마법을 걸어 주었습니다."

로즈가 알려주었다.

"나중에 챙겨 주세요."

"그래야지."

옷을 잡고 있던 손가락을 조심스럽게 풀고 일어났다.

그런 나의 동작에 맞춰 머리를 드는 그림자가 있었다.

"또 한 명의 왕이여."

"베르타?"

나는 쌍두 늑대를 바라보았다.

"너에게 신세를 졌네."

"왕명이다. 개의치 마라."

베르타의 반응은 무뚝뚝했다.

나는 고개를 가로저었다.

"그런 말 하지 마. 아무튼 너에게 도움을 받은 건 사실이니까."

"…………."

"고마워, 베르타."

감사 인사를 하다 나는 고개를 갸웃했다.

"……왜 그래?"

지성을 지닌 두 쌍의 눈동자가 이쪽을 응시하고 있었다.

"알고는 있었지만, 넌 우리 왕과 많이 다르군."

베르타가 천천히 꼬리를 흔들었다.

"……아니. 아무것도 아니다. 왕께서는 너의 몸을 지키라고 말씀하셨어. 안심하고 지내도 좋다."

쌍두 늑대가 바닥에 몸을 눕히고 겹친 팔 위로 두 개의 턱을 올렸다.

이 이상 말할 생각이 없는 모양인지 눈을 감는다.

"타카히로 공."

허리에서 돋아난 촉수가 하늘하늘 흔들리는 걸 보고 있는데 모닥불 너머에 있던 시란이 말을 걸었다.

"로즈 공과 베르타가 있고, 저도 보초를 서고 있습니다. 여기는 맡겨 주십시오."

제멋대로 떠다니는 정령을 가리키며 시란이 미소를 지었다.

모두 눈치챘나 싶어서 쓴웃음이 나왔다.

나는 그녀에게 감사를 표하고 그 자리를 떠났다.

◆ ◆ ◆

패스를 따라 걸었다.

찾고 있던 그녀는 그렇게 멀리 떨어진 곳에 있지는 않
았다.

"릴리."

말을 걸었다. 하늘을 올려다보던 릴리가 이쪽을 돌아보
았다.

별이 뜬 하늘을 등지고 돌아보는 소녀.

싱긋 웃는 그 광경에 기시감이 들었다.

"_____."

이상한 감각이었다.

나는 이 광경을 알고 있다…….

그런 생각을 하며 나는 눈앞의 광경을 그저 멍하니 바라
보았고──.

"일어났구나, 주인님."

──소녀의 목소리가 나를 현실로 되돌렸다.

어느새 아까 느낀 이상한 감각은 사라져 있었다.

왠지 겸연쩍은 기분으로 나는 머리를 긁었다.

"……움직일 수 있을 정도로는 회복했구나."

"아하하. 아직 완전히 나으려면 멀었지만."

그렇게 말하며 웃는 릴리의 몸에는 색이 없었다.

다소 납작하게 퍼진 슬라임 몸에서 돋아난 소녀의 상반신은 투명했다.

풍만한 가슴도, 그 아래로 허리까지 이어지는 매혹적인 라인도 슬라임의 질감인 채였다.

"주인님은 좀 어때?"

"아직 나른하기는 하지만, 거의 다 회복했어. 카토가 노력해 준 덕분에."

대화를 나누며 릴리의 상반신이 돋아난 옆에 앉았다.

평소와 다를 바 없는 익숙한 거리감.

다른 점이 있다면, 릴리가 기대지 않는 것 정도일까?

몸 앞으로 팔을 내리고 손을 마주잡은 채로 릴리는 조용히 있었다.

내리깐 시선 끝, 그녀의 손은 자세히 보니 허리에 붙어 있었다.

손가락도 만들어지지 않았다.

가까이서 보니 잘 알겠는데, 소녀의 피부 질감만이 아니라 조형 자체도 세세한 부분은 재현되어 있지 않았다.

그런 그녀를 힐끗 보며 나는 입을 열었다.

"……저기, 릴리. 하나 물어봐도 될까?"

"뭔데?"

"미즈시마 미호의…… 전이자로서의 힘을 발현하는 데 성공했어?"

짐승과의 싸움에서 릴리는 마법 도구의 주박을 풀고 싸

움에 참가했다.

종족의 한계를 넘은 힘의 행사. 다양한 몬스터의 종족 특성을 무기로 싸우는 방식은 수해 심부의 하얀 거미, 거베라에 비견할 만했다.

특히 마지막으로 짐승을 물리친 일격은 정말 대단했다.

그 일격의 묵직함만 보면 거베라조차 능가하였다.

그것들 모두가 새로운 힘의 획득을 추측하게 하기에는 충분했다.

"응. 맞아."

이쪽으로 고개를 돌린 릴리가 살짝 턱을 당겼다.

수줍은 듯한 미소를 짓는다.

"영혼 깊은 곳에서 바라는 것만이 고유 능력을 발현시키는 것. ……결국 나는 자신의 바람으로부터 계속 도망쳐 왔던 거야."

다시 하늘로 시선을 보낸다.

"나는 항상 추악한 몬스터에 불과한 나 자신이 싫었어. 하지만 그만큼 강하게 그런 자신을 인정하고 싶은 마음도 있었어. 주인님처럼 자신의 벽을 뛰어넘고 싶었어. 그렇게 하는 것 외에 당당하게 주인님 옆에 설 방법이 없다고 생각했으니까."

추악한 몬스터인 자신을 인정하고 싶다.

그것이 릴리의 바람이었나.

전이자의 고유능력은 본인의 바람을 반영한 것이다.

자신의 몸속에 자리잡은 괴물들을 드러낸 그 힘은 부분의태라는 종족으로서의 한계를 뛰어넘은 힘임과 동시에 릴리의 바람을 드러낸 것이라는 뜻이다.

릴리가 먼 하늘을 응시하며 입을 열었다.

"나, 더욱 더 강해질 거야."

아직 릴리는 새롭게 얻은 힘에 익숙하지 않다.

익숙해지면 더욱 잘 싸울 수 있을 것이다.

……사실 그것만 의미하는 말이 아닌 것은 확실하다.

주인인 나에게 걸맞은 존재가 되기 위해 릴리는 앞으로도 걸음을 멈추지 않을 것이다.

그것을 위해서라면 언제까지고 강해질 수 있을 것이라 믿는다.

그런 확신이 그녀의 힘이 된다.

그것이 권속으로서 그녀의 존재 방식이었다.

"……이거 큰일인데."

들리지 않도록 작게 혼잣말하며 나는 쓴웃음을 지었다.

그녀에게 걸맞은 주인이 되기 위해 나도 지지 않고 노력을 거듭해야 한다.

정말 큰일이다.

결코 싫은 일은 아니지만.

"아. 근데 미안해."

진지한 표정을 웃음으로 지우며, 릴리가 이쪽을 돌아보았다.

"마법을 쓰지 못하게 되어서. 모두 치료가 필요한데."

"딱히 사과할 일은 아니야."

릴리가 입수한 힘은 강대하지만, 그만큼 평소보다 소모가 컸다.

부분의태 능력은 차치하더라도, 마지막으로 짐승을 쓰러뜨리기 위한 일격은 몸에 걸린 부담이 보통이 아니었던 모양이다. 현재 릴리는 마법은커녕 종족 특성인 의태 능력조차 제대로 쓰지 못할 만큼 소모되고 말았다.

그만한 힘을 행사한 대가라고 해야 할까.

아니면 아까 이야기를 들으며 생각했는데, 그것 자체가 릴리가 획득한 능력의 일부로 보이기도 한다.

몬스터인 자신을 드러내는 것. 그런 자신을 인정하는 것. 그것이 그녀의 바람이었으니까.

에헤헤, 하고 웃는 릴리의 모습을 본 나는——.

"……으읍?!"

볼로 손을 뻗어 가볍게 키스하자 릴리가 매우 놀란 표정을 지었다.

얼마나 놀랐는가 하면, 솟아나 있던 상반신이 순간 철퍽거리며 형태를 잃을 정도였다.

입술을 양손으로 가린 릴리의 상반신이 아까보다 50센티미터 떨어진 곳에 만들어졌다.

"뭐, 뭘 한 거야?"

"뭐냐니……."

뭔가 확 사랑스러워져서 충동적으로 움직이고 말았다.

"혹시 싫었어?"

"그, 그건 아니지만."

내가 묻자, 릴리가 양손을 흔들었다.

대충 만들어진 손 끝에서 슬라임의 체조직이 조금 흩어졌다.

그런 자신의 손에 잠깐 시선을 보낸 릴리가 어두운 표정을 지었다.

"오히려 이런 나에게 키스를 해도 되나 해서⋯⋯."

"무슨 뜻이야?"

"⋯⋯기분 나쁘지 않아?"

아아.

그렇구나.

그 부분을 신경 쓰니까 평소처럼 붙어 있으려고 하지도 않은 거구나.

납득한 나는 장소를 이동했다.

밀착될 위치에 다시 앉아 릴리의 상반신을 끌어안았다.

두 팔에 느껴지는 부드러움은 보통 인간과 달리 독특한 탄성이 있었다.

닿은 피부의 표면은 매끈하고 서늘하다.

겹쳐진 입술의 감촉은 평소와 달리 혀를 넣자 릴리의 맛이 났다.

"아, 아, 아니⋯⋯."

입술만 떼고 가까운 거리에서 응시하자, 릴리가 상기된 목소리로 당황스러움을 드러냈다.

나는 고개를 갸웃했다.

"……너무 동요하는 거 아냐?"

지금까지 키스를 몇 번이나 했는데.

심지어 우리는 연인이라 몸을 섞은 관계다.

가슴이 크게 뛰고, 사랑스러움에 가슴이 짓눌릴 듯한 느낌이 드는 것은 처음 했을 때와 다르지 않지만, 이제 와서 이 정도의 애정 표현으로 동요할 만한 일은 아니다.

"그치만."

릴리가 애타는 얼굴로 힘없는 목소리로 말했다.

"주인님이 먼저 하는 건 이게 처음이니까."

"…………."

대체로 다 내 탓이었다.

그럴 의도는 아니었겠지만, 패기 없는 자식이라는 말을 들은 기분이었다.

변명도 못 하겠네…….

그러나 오늘 밤은 달라진 모습을 보이겠다.

때로는 말뿐만이 아니라, 행동으로 보여주는 것이 중요하다.

자신의 내면에 있는 벽을 뛰어넘고, 릴리는 몬스터로서 자신의 일면을 인정했다.

그 결과가 현재의 릴리다.

그렇다면 그런 그녀를 받아들이는 것이 나의 역할이라고 생각한다.

릴리가 어떤 릴리라도 계속 사랑하겠다.

그것을 드러내는 것이 자신을 인정하고 싶다고 바란 그녀의 보탬이 될 수 있기를 바라며…….

"사랑해, 릴리."

"……나도. 사랑해, 주인님."

나는 사랑하는 몬스터 소녀를 두 팔로 안고 진하게 입술을 겹쳤다.

번외편 인형의 등을 미는 소녀 ~카토 마나 시점~

사포질을 하는 손놀림이 마치 춤을 추는 듯하다.

"기분이 좋아 보이네요, 로즈 씨."

말을 걸자 작업을 하던 로즈 씨가 이쪽을 돌아보았다.

단 둘이 있어서 그녀는 지금 가면을 쓰고 있지 않다.

그렇게 드러난 얼굴은 아직 무기질적인 인상이 강하다. 그래도 요즘에는 제법 웃는 것이 능숙해졌다.

"기분이 좋은 이유는 혹시 릴리 씨 때문인가요?"

얼마 전 사건으로 큰일을 겪은 릴리 씨는 현재 요양 중이다. 다만 그 사건을 통해 마지마 선배와의 유대가 더욱 깊어졌는지, 회복까지 시간이 걸릴 상태라도 매일 행복하게 지내고 있다.

나는 그런 언니의 모습을 보며 로즈 씨가 기뻐하던 모습이 기억난다.

"마나는 무엇이든 다 아는군요. 네. 릴리 언니 때문이기도 해요."

대답한 로즈 씨가 손을 멈추고 사포를 내려 놓았다.

나는 의도를 알아채고 가까이 있던 한층 세밀한 사포를 건넸다.

"이건가요?"

옆에서 보는 일이 많아서 대략적인 공정은 알고 있다. 지금 공정이면 다음에 무엇이 필요한지도 자연히 눈치챌 수 있게 되었다.

"고맙습니다, 마나."

"아니에요."

이렇게 짧은 대화에도 행복할 수 있구나 알게 된 것은 이세계에 온 뒤의 일이다. 행복 따위라며 포기했던 시절도 있던 것을 생각하면, 나에게 지금 이 시간은 뜻하지 않은 행운으로도 느껴졌다.

"그런데 로즈 씨. '릴리 언니 때문이기도 하다'는 건?"

다시 사포질을 시작한 로즈 씨에게 나는 물었다.

"릴리 씨 때문만이 아니라는 말인가요?"

"네. 지금은 거베라를 생각하고 있었어요."

"아아……."

자세한 경위를 들은 것은 아니지만, 아무래도 거베라 씨는 마지마 선배에게 마음을 고백했고, 그 마음이 받아들여진 모양이다.

솔직히 조금 놀랐다.

지극히 일반적인…… 굳이 따지자면 고지식한 연애관을 지녔던 선배를 함락시킨 것이다. 과연 거베라 씨. 수해의 하얀 거미가 지닌 돌파력은 그러한 방면으로도 충분히 힘을 발휘한 모양이다.

그것은 나에게도 기쁜 일이었다.

거베라 씨 본인의 행복이라는 의미로도 그렇지만, 로즈 씨에게도 이것은 결코 나쁜 일이 아니다.

마지마 선배의 고지식한 부분을 거베라 씨가 깨뜨렸다고도 말할 수 있기 때문이다.

기본적으로 소극적이고 한 발 뒤로 물러나려는 경향이 있는 로즈 씨에게는 전혀 나쁜 상황이 아니다.

다만 다른 시점으로 보자면, 현재 상황은 **추월당한 것**이라고도 표현할 수 있다.

로즈 씨는 그런 것은 전혀 개의치 않고…… 오히려 순수하게 동생의 행복을 기뻐하고 있다. 그런 모습은 정말 그녀다워서 흐뭇하게 보이기는 하지만, 좀 더 안달을 내는 편이 본인을 위해서는 좋지 않을까 싶기도 하다.

이대로 가면 언제까지고 진전이 없다.

누군가가 등을 밀어주어야 한다.

"로즈 씨."

잠시 생각한 뒤, 나는 입을 열었다.

"슬슬 마지마 선배 앞에서 가면을 벗는 게 어때요?"

"…………."

로즈 씨가 놓친 사포가 무릎 위로 떨어졌다.

"지금, 뭐라고?"

끼이이익.

이쪽을 돌아보는 몸짓이 마치 녹슨 기계와 같았다.

"주인님에게 보여 주라고요?"

"네. 로즈 씨도 제법 표정을 만들 수 있게되었으니, 슬슬 괜찮겠다고 생각하는데요."

무엇이든 일단 이 첫걸음을 내딛지 않으면 시작되지 않는다.

내가 보기에 마지마 선배는 여성스러운 모습을 하게 된 로즈 씨를 여성으로 의식하고 있다. 슬슬 한 걸음 내딛어 보아도 괜찮을 것 같다.

"하, 하지만 아직 어색함이 남아 있고……."

"안 돼요, 로즈 씨."

나는 손가락을 세워 로즈 씨의 눈앞으로 내밀었다.

"완벽주의가 나쁜 건 아니지만, 그러다 행동하지 못하게 될 수가 있어요. 완성도를 추구하기 시작하면 끝이 없으니 어느 지점에선 과감하게 끝내야죠."

주눅이 든 로즈 씨의 얼굴을 나는 똑바로 응시했다.

이런 부분이야말로 연습의 성과가 나타났다고 할 수 있다. 지금까지 그녀가 가면 밑에서 얼마나 꾸준한 노력을 계속해 왔는지 나는 잘 안다. 확실히 어색한 부분이 있는 것은 사실이지만, 그것이 로즈 씨의 매력을 깎아내리지는 않는다.

"……하지만 정말 괜찮을까요?"

로즈 씨가 시선을 내리깔았다.

"주인님을 불쾌하게 만드는 건 아닐까요?"

맥아리 없는 목소리로 중얼거린다.

평소에는 그렇게 믿음직스러운데 자신의 일이 되면 자신감이 없다.

그런 그녀의 모습이 기특하고 또 사랑스럽다.

나는 일어나 로즈 씨의 곁으로 다가갔다.

무릎을 꿇어 고개를 든 로즈 씨와 시선을 마주쳤다.

"괜찮아요. 로즈 씨라면 선배 앞에 나서도 부끄럽지 않아요. 그건 제가 보장할게요."

"마나⋯⋯."

"오히려 완전히 반해 버릴지도 모른다고요."

"⋯⋯릴리 언니와 거베라가 있는 이상, 그건 어려울 것 같습니다만."

농담처럼 말하자 그제야 로즈 씨의 입가도 풀어졌다.

"그래요. 언제까지고 자신이 없다고 말해서는 힘이 되어 주는 마나에게도 실례일 테니까요?"

로즈 씨가 고개를 끄덕였다.

"알겠습니다, 마나. 용기를 내보겠습니다."

"응원할게요, 로즈 씨."

나 역시 입가에 미소를 짓고 고개를 끄덕였다.

"그렇게 정해졌으니 해야 할 일도 의논해야겠네요."

"네. 다시 한번 표정에 이상한 곳이 없는지 확인해 주겠어요?"

"그야 물론이죠. 최종 조정은 꼼꼼하게 해두어야 하니까요. 그 외에도 할 일은 잔뜩 있다고요. 거베라 씨에게 부탁한 새 의상이 이미 준비되어 있으니 이제 자잘한 액세서리를 마련해야죠. 타이밍이 중요하겠네요⋯⋯."

할 말이 많다.

즐겁다.

이다지도 기특하고 귀여운 로즈 씨의 일면을 어서 선배에게도 알려 주고 싶다. 그녀의 노력이 보답받을 날을 생각하니 나는 가슴이 들뜨는 것을 억누르지 못했다.

번외편 나와 그의 관계 ~이노 유나 시점~

"좀처럼 낫지 않네……."

따분함을 버티지 못하고 나는 작게 한숨을 쉬었다.

바닥에 아무렇게나 뻗은 다리에는 붕대가 감겨 있다.

마지마 타카히로 일행을 따라잡고, 교전하고…… 무슨 인연인가 마지막에는 함께 싸우기까지 한 지 벌써 하루가 지났다.

카토에 의해 생긴 나의 상처는 아직 낫지 않았다.

나의 몸은 일반인보다 더 튼튼하다. 비상식적인 속도에는 그것을 지탱할 강도가 필요하다. 빠르기만 한 것은 있을 수 없다. 덧붙여 말하자면 회복력도 보통 사람보다 뛰어난 것이 내가 자신의 몸이 이상하다고 인식하게 된 원인이기도 하다.

그런데 카토의 나이프는 그런 나의 몸에 그리 쉽게 회복되지 않는 깊은 상처를 입혔다.

이 경우, 무서운 것은 나이프의 예리함이겠지만, 나는 솔직히 말하면 그 사용자의 집념에 더 공포를 느꼈다.

실제로 어젯밤에는 꿈에까지 나왔다.

오늘 밤에도 나올 것 같아 무섭다.

"미안해요, 유나 님."

조금 전까지 회복마법을 걸어주던 케이가 미안한 얼굴로 사과했다.

"어? 뭐가?"

"제 실력이 안 좋아서 회복에 시간이 걸리고 말아서요."

그렇게 말하지만, 케이의 회복마법 실력은 결코 나쁘지 않다.

물론 제3계제 회복마법이라면 지금쯤 완치되었을지도 모른다. 그러나 제2계제 회복마법이란 치료를 전문으로 하는 마법사가 다루는 평균적인 수준이라고 들었다. 나이를 생각하면 그녀는 충분히 우수하다고 할 수 있다. 마력이 떨어져 휴식을 취하면서도 잘 해주었다.

"케이. 너는 그런 거 신경 쓰지 않아도 괜찮아."

사죄하는 케이에게 나는 되도록 가벼운 어조로 마음을 담아 대답했다.

"나는 치료해 주는 너에게 감사해야 할 입장이니까."

누군가의 말은 아니지만, 최악의 경우 나는 다친 채 산속에 버려졌을지도 모른다. 그렇게 되었을 것을 상상하니 저절로 몸이 떨렸다. 케이에게는 아무리 감사해도 모자란다.

"오히려 좀 더 뽐내도 될 정도로."

"아, 아뇨! 뽐내다니요!"

격렬하게 손을 저으며 케이가 눈을 내리깔았다.

"과분한 말씀이십니다."

"…………."

나는 쓴웃음이 나오려는 것을 참아야만 했다.

나와 케이 사이에는 좁히기 힘든 거리가 있었다.

그것은 이 세계에서 용사로 떠받들어지던 나에게 당연한 일이었다.

이제 와서 이렇게 신경이 쓰이는 것은 마지마와 친근하게 대화를 나누는 그녀의 모습을 보았기 때문이다.

마지마만이 아니다. 케이는 카토와도 자연스럽게 대화했다.

이 세계에 온 뒤로 이세계 사람들이 저렇게 편하게 대하는 모습을 본 적이 없다. 우리는 이 세계에서 용사이므로 마음 한 편으로는 그럴 수밖에 없다고 생각했다.

그래서 그럴까? 그런 마지마, 카토와 달리 몇 살이나 어린 여자아이가 이렇게 황송한 태도를 취하게 하는 나는 무엇인가…… 그런 생각을 하고 말았다.

"저기, 유나 님. 유나 님은 이제 타카히로 씨를 다치게 하지 않으시죠?"

갸륵한 표정으로 이런 말을 하니 더욱 그렇다.

"케이."

타이르는 듯한 목소리가 우리 사이에 끼어들었다.

"유나 공은 '치료한 뒤에 태도를 뒤바꾸고 기습하는 짓은 하지 않겠다' 약속했습니다. 그것을 의심하는 것은 실례예요."

"죄, 죄송해요. 시란 언니."

"저에게 사과해도 소용이 없겠지요. 유나 공, 케이가 실례했습니다."

근엄한 태도로 사죄한다.

시란 씨의 옆에서 케이도 꾸벅 머리를 숙였다.

"어. 아니야. 딱히 사과할 일은 아니니까……."

말하며 나는 손까지 저었다.

그 손이 중력에 이끌려 툭 떨어졌다.

"…………."

두 사람의 딱딱한 태도가 왠지 선을 긋는 것 같은 기분
이었다.

나는 작게 한숨을 쉬었다.

"잠깐 산책하고 올게."

다리에 부담이 가지 않도록 일어나자 케이가 놀란 눈을
했다.

"앗? 괜찮으세요?"

"달리는 건 아직 힘들지만, 천천히 걷는 것 정도는 할 수
있으니까."

"하지만 몬스터가 나올지도……."

"그거야말로 문제없어. 다리를 쓰지 못하더라도 습격하
는 몬스터를 격퇴하는 것쯤은 가능하니까."

나는 자신의 세검 외에 타카야의 검을 허리에 찼다.

이 보검은 에베누스 성채에서 대여한 것으로, 내가 책임
을 지고 반환하기로 했다. 평소라면 원거리 공격을 하는
것보다 달려가서 때리는 편이 빠르지만, 지금의 나에게는
딱 좋은 무기다.

"조심하세요."

거리를 유지한 채 들리는 목소리를 뒤로하고, 나는 걸음을 옮겼다.

◆ ◆ ◆

강을 따라 평탄한 바닥을 찾아 재활 운동을 겸하여 걸어갔다.

움직이지 못하느라 쌓였던 스트레스가 풀어지는 것을 느꼈다.

일단 여기도 몬스터가 서식하는 위험한 키틀스 산맥 안이지만, 나에게는 그리 문제가 되지 않는다. 바람을 가르며 달리면 기분 좋겠지만, 그럴 수 없는 것이 아쉽다.

기분전환을 하러 나온 게 정답이었다.

몸도 좀 움직이고, 혼자가 되었다는 해방감도 들었다.

싸우지 않겠다고 약속했지만, 마지마의 권속과 동행자는 나를 아직도 경계하고 있다. 그런 사람들 사이에 혼자 있으면 불편하지 않을 리가 없다.

"그야 경계하는 것도 어쩔 수 없기는 하겠지만……."

혼자 투덜거렸다.

그렇다. 경계당하는 것은 어쩔 수 없다.

그것은 단순히 적으로 만났기 때문만은 아니다.

지금도 나에게는 마지마 타카히로라는 인간에 대해 걸

리는 부분이 있다. 그것이 문제다.

물론 나도 지금은 그 녀석이 극악무도한 인간이라고는 생각하지 않는다.

마지마는 나쁜 인간은 아닐 것이다.

내가 느끼는 이 불편함은 어떤 의미로는 마지마에게 향하는 주위의 호의가 드러났기 때문이라고 할 수 있다. 권속 몬스터는 물론이고 시란 씨는 마지마에게 두터운 신뢰를 보내고 있고, 케이도 마음을 다해 따르고 있다. 어찌 보면 충격적일 정도로 친밀했다. 혹시 마지마가 악인이라면, 순수한 그녀들과 저런 관계를 쌓을 수 있을 리가 없다.

무엇보다 나는 이 눈으로 마지마가 권속을 위해 목숨을 걸고 싸우는 모습을 보았다. 틸리아 성채 습격 사건 때도 역시 필사적으로 싸웠을 것임을 이제는 쉽게 상상할 수 있다. 적어도 그 녀석은 사리사욕을 위해 악행을 저지를 남자가 아니다. 그것은 부정할 수 없는 사실이다.

하지만 동시에 나는 한 가지, 아무래도 걸리는 것이 있었다.

단적으로 말하면, 아직도 그 녀석을 용서하지 못하겠다.

마지마의 동행자들은 나의 그런 부분을 어디선가 느낀 모양이다.

따라서 그렇게 경계하는 것도 당연하기는 하지만——.

"——용건 있어?"

끌듯이 움직이던 다리를 멈췄다.

돌아보았다. 그곳에는 '투명한 소녀'의 모습이 있어서 나는 조금 표정이 일그러지는 것을 스스로 느꼈다. 어떤 의미로는 지금 생각하던 것이 그녀에 관한 일이라고 해도 좋았기 때문이다.

"릴리 씨, 따라온 거야?"

굳은 목소리가 나왔다.

눈앞의 존재에 대해 쉽게 떨칠 수 없는 거부감을 느꼈다.

죽은 미즈시마 미호의 모습을 빼앗은 몬스터.

만났을 때와 달리 타카야와 싸운 후유증으로 지금 그녀의 모습에는 한눈에 몬스터임을 알 수 있는 슬라임 질감이 남아 있었다. 그러나 그 존재가 미즈시마 미호를 바탕으로 한 것은 다를 바 없다.

그 사실이 속을 긁었다.

원래 세계에 있었을 때부터 나는 미즈시마 미호와 알고 지냈다. 주로 노는 그룹이 달랐고, 휴일에 같이 놀러 갈 정도로 친하지는 않았지만, 학교에서는 교류했다. 그녀를 생각하면 눈앞의 존재를 도저히 받아들일 마음이 들지 않았다.

"나한테 할 말이라도 있어?"

자연히 퉁명스러운 말투가 나왔다. 그것을 정정할 생각도 없다.

이쪽이 불쾌하게 여긴다는 게, 이걸로 전해졌을 것이다.

하지만 눈앞의 소녀는 주눅 들지 않았다.

다만 투명한 몸으로 조금 곤란한 듯한 미소를 지었다.

"으음. **나는** 할 말이 없지만."

"뭐라고? 그럼 왜 따라왔어?"

의아함에 마주 보자, 소녀가 미소의 종류를 바꾸었다.

아주 살짝—— 하지만 결정적으로.

"이노 씨가 도저히 마지마를 용서하지 못하는 것 같아서. 이러면 **내가 나올 수밖에 없겠다**고 생각했거든."

다시 잘 이해가 안 가는 말을 하여 나는 인상을 찌푸렸다.

놀리는 건가 싶어 가시 돋힌 말이 나왔다.

"그게 무슨……."

말하던 나는 위화감을 느끼고 입을 다물었다.

지금 눈앞의 소녀는 **마지마**라고 말했다.

마지마의 권속인 릴리 씨가 그를 그런 식으로 불렀던가?

게다가…… **내가 나올 수밖에 없다**?

누가? 어디에?

이상한 말을 하는 소녀를 나는 찬찬히 살폈다.

커져가는 위화감이 자연히 입을 열게 했다.

"너…… **누구야**?"

눈앞의 소녀는—— **다르다**.

확신이 담긴 생각이 내 안에 떠올랐다.

"글쎄, 누굴까요?"

장난스럽게 킥킥 웃는 소리가 귀를 간지럽혔다.

나를 향한 미소에 눈길이 끌렸다.

이상한 이야기다. 나의 눈에는 완전한 상태의 릴리 씨가 의태한 미즈시마 미호의 모습보다도 눈앞에 있는 슬라임 질감의 소녀 쪽이 진짜에 더 가깝게 느껴졌다.

그것이 의미하는 것은 즉──.

"설마 미즈시마? 진짜로?"

"정답."

가벼운 대답이다.

그런 말투가 오히려 기억 속의 그녀와 겹쳐졌다.

아연실색한 목소리가 나의 입에서 새어 나왔다.

"그럴 리가…… 거짓말."

"놀라는 것도 당연해. 나도 설마 이런 일이 있을 줄은 생각도 못 했으니까."

동의하듯이 소녀가 고개를 끄덕였다.

"인생은 무슨 일이 일어날지 모른다고 하지만, 그렇다고 해도 한계가 있어야지."

"…………."

아무래도 정말 그녀는 미즈시마인 모양이다.

그러나 도저히 믿을 수 없다.

"대체 어떻게……?"

"아…… 미안해. 실은 별로 말할 시간이 없어."

사정을 묻는 나의 말을 미즈시마가 미안한 얼굴로 가로 막았다.

"아무튼 지금은 의태를 이용하여 이렇게 나왔지만, 이건 오래 지속되지 않거든. 좀 더 익숙해지면 달라질지도 모르지만, 지금은 좀 그래."

나를 크게 놀라게 한 미즈시마의 등장에는 아무래도 문제가 있는 모양이다.

그렇게 원하는 대로 가능한 일은 아닌가보다. 미즈시마가 말을 이었다.

"집중력이 끊기기 전에 무리해서 나온 용건부터 끝내도 될까?"

"용건? 뭔데?"

혼란스럽지만, 나는 대화를 이어갔다. 불명확한 부분도 많지만, 시간이 없다면 설명은 포기할 수밖에 없다.

그녀의 이야기를 듣지 않으면 안 된다.

들을 준비를 한 나의 모습에 미즈시마는 만족스럽게 고개를 끄덕이더니 입을 열었다.

"이노와 마지마 사이를 어떻게든 해결하고 싶어서."

예상하지 못한 말에 나는 당황했다.

"뭐라고? 왜 미즈시마가 그런 걸······."

"으음. 그야 이노는 나를 생각해서 마지마에게 화를 냈잖아? 그걸로 두 사람 사이가 어색해지면 나로서는 좀 곤란하거든."

설득하기 위한 말을 고르고 있는지 잠시 생각에 빠졌던 미즈시마가 다시 입을 열었다.

"곤란하다?"

"그래. 으음, 이노가 나를 생각해서 화를 내주는 건 기뻐. 하지만 나는 지금 환경에 납득하고 있거든."

그것은 내가 전제로 삼은 것을 뒤집는 고백이었다.

"납득한다니…… 정말? 화나지 않았어?"

"응."

무심코 되물었지만, 그녀는 바로 긍정하고 말았다.

딱히 고민하지도 않고, 당연한 대답을 한다는 어조였다.

시간이 없는 탓인가 자세한 이야기를 할 생각은 없는 듯하여, 미즈시마가 무슨 생각으로 그런 결론에 도달했는지는 모르겠다. 그래도 그녀가 거짓말을 한 것은 아닌 것이 전해졌다.

"그러니 이노가 마지마에게 화내지 않아도 돼."

"…………."

알게 된 사실은 나에게 일종의 충격을 주었다.

왜냐하면 그것은 나에게 마지마 타카히로라는 소년의 위치를 완전히 바꾸어야 할 사실이었기 때문이다.

그걸 아는지 모르는지 미즈시마가 웃으며 말을 이었다.

"이노가 마지마와 친해지면 좋겠어."

"치, 친해지라고?"

"응. 둘 다 성실하니까 궁합은 나쁘지 않은 것 같은데."

태연한 어조로 엄청난 말을 꺼낸다.

아니. 그렇지도 않은가? 모르겠다. 나는 혼란에 빠졌다.

"어때?"

"어떠냐고 물어도…….."

대답할 말이 없다.

입을 다물고 10초가 지났을까?

침묵을 깬 것은 풀이 바스락바스락 스치는 소리였다.

나는 생각지도 못 하여 깜짝 놀라고 말았다.

"……아, 여기 있었구나, 릴리."

그런 말을 하며 풀을 헤치고 마지마가 나타났다.

그 뒤에는 호위일 터인 가면을 쓴 회색 머리의 소녀도 있었다.

"앗, 이노도 같이 있었구나."

"응."

아무 일도 없었던 듯 두 사람이 대화를 주고받았다.

"둘이 뭐하고 있었어?"

"으음. 별거 아니야."

그곳에 있는 것은 더는 미즈시마 미호가 아니었다. 마지마가 나타나서 물러났을까? 아니면 시간이 끝났을지도 모른다.

"이노 씨가 나가는 게 보여서 조금 걱정이 되어서. 따라왔어."

"아니, 릴리야말로 약해져서 위험하니까 얌전히 있어야지."

"네에."

대담한 릴리 씨가 이쪽을 돌아보았다.

다른 누구에게도 보이지 않는 각도로 몰래 그 입술이 '비밀이야'라고 움직였다.

지금 그녀는 **어느 쪽**일까? 그런 의문에 사로잡히며, 거의 무의식중에 고개를 끄덕이다 문득 마지마와 눈이 마주쳤다.

"이노, 너도."

"어? 뭐가?"

"너에게 여기가 위험한 장소가 아니란 건 알아. 하지만 다친 사람인 것도 맞잖아. 너무 무방비하게 혼자 돌아다니지 않는 게 좋아."

어느 정도 떨떠름한 얼굴이기는 했지만, 그래도 신경은 써주었다.

"응? 아니, 어……?"

말문이 막힌 것은 아까 미즈시마의 말이 귓가에 머물러 있는 탓이다.

친해지라고? 나와 마지마가?

물론 미즈시마가 현재 상태를 받아들였다면, 내가 마지마에게 적의를 가질 이유가 없다.

없어지고 말았다.

그것을 바탕으로 다시 생각했다. 마지마 타카히로란 어떤 존재일까?

자신의 소중한 것을 위해 목숨을 걸 수 있는 그의 방식은 칭찬받아 마땅하다.

타카야와 함께 싸우자며 거래를 제안했을 때의 각오를 다진 표정이 아직도 선명하게 떠오른다. 뭐, 성실한 성격은 호감이기도 하고. 아마 조금이지만 그에게서 엄격했던 아버지를 떠올린 탓일지도 모른다.

하지만 동시에 마지마와 친해지는 것을 생각하면, 무슨 까닭인지 심하게 기가 죽는 기분이다.

정확한 이유는 모르겠다.

모르겠지만…… 그것은 당연할지도 모른다.

그야 그만큼 험악한 말을 퍼부은 상대다.

온갖 말을 듣게 한 상대이기도 하다.

애초에 단호하게 싫다는 말까지 들었다.

두 번이나 바보라는 말도 들었다.

"…………."

왠지 전보다 화가 났다.

"왜 그래?"

내가 입술을 삐죽이자, 마지마가 의아한 듯 물었다.

"아무것도 아니야."

"왜 화를 내?"

영문을 모르겠다는 얼굴을 한 마지마를 노려보았다.

"나도 너 싫거든."

"그게 뭐야……."

나는 중얼거리는 마지마의 옆을 스쳐지나갔다.

모든 것을 아는 릴리 씨의 쓴웃음은 못 본 척하고, 제대로 움직이지 않는 발을 답답하게 끌며 그 자리를 떠났다.

내가 마지마와 친해질 일은 앞으로도 없을 것이다.

아니, 있을 수 없다. 절대로 없다. 있을까 보냐.

누가 바보야. 나도 너 같은 건 싫어.

싫은 녀석. 싫은 상대.

나에게 마지마 타카히로는 누가 뭐라 해도 그런 존재다.

그렇기에 두 번 다시 그 녀석에게 바보라는 말은 듣고 싶지 않다.

이 감정은 분명 그런 것이라고, 나는 생각했다.

MONSTER NO GOSHUJINSAMA Vol.6
©Minto Higure 2014
All rights reserved.
Original Japanese edition published in Japan in 2014 by Futabasha
Publishers Ltd., Tokyo.
Republic of Korean version published by Somy Media, Inc.
Under licence from Futabasha Publishers Ltd.

몬스터의 주인님 6

2024년 6월 15일 1판 1쇄 발행

저　　자	히구레 민토
일 러 스 트	나포
옮 긴 이	이서연
발 행 인	유재옥
담 당 편 집	정지원
부 사 장	이왕호
이　　사	조병권
출판본부장	박광운
편 집 1 팀	최서영
편 집 2 팀	정영길 조찬희 박치우 정지원
편 집 3 팀	오준영 이소의 권진영
디자인랩팀	김보라 박민솔
디지털사업팀	박상섭 김지연 윤희진
라이츠사업팀	김정미 맹미영 이윤서
영업마케팅팀	최원석 박수진 이다은
물 류 팀	허석용 백철기
경영지원팀	최정연
발 행 처	(주)소미미디어
인쇄제작처	코리아피앤피
등　　록	제2015-000008호
주　　소	서울시 마포구 토정로 222, 502호(신수동, 한국출판콘텐츠센터)
판매및마케팅	(070) 8822-2301

ISBN 979-11-384-8330-8 04830
ISBN 979-11-5710-355-3 (세트)